EIGHT HUNDRED

エイト ハンドレッド

植田文博
Ueda Fumihiro

原書房

エイトハンドレッド

目次

第一章　遺跡　005
第二章　孤島のヌシ　019
第三章　新世界　041
第四章　襲撃　070
第五章　奉仕者　082
第六章　支度　104

第七章　楽土　136
第八章　捜索　170
第九章　疑念　221
第十章　闇　244
第十一章　エイトハンドレッド　282
第十二章　未来　346

第一章　遺跡

1

淡い、淡い朝の光を取り込んだダイニング。

目の前に置かれたコーヒー。持ち上げたカップの湯気の向こう。妻、都子《みやこ》の顔が見える。はにかんだ彼女の笑顔。嬉しそうだ。俺もつられるように顔がほころぶ。その顔に触れたくなって手を伸ばす。

途端に首もとに冷たい木枯らしが吹き込み、現実を見せた。眼前にあるのは夕陽に照らされた東京都庁。赤い光を吸い込み、荘厳にも見える超高層建築物が俺を見下ろしていた。足元からは先を急ぐ車のクラクション。ここは都庁の膝元にある新宿中央公園。小高い丘の上にある、公園同士を繋ぐ陸橋のベンチ。そこから俺は都庁を見上げていた。

身を凍らす木枯らしがわずかに手を緩める。代わりに胸もとから饐《す》えた臭いが立ち上がってきた。家を引き払って二ヶ月、もう二週間風呂に入っていない。安宿に泊まるぐらいの金ならまだある。だがそれも面倒だった。頬に手をやる。かなり痩《こ》けてきた。その持ち上げた腕も棒きれのように細い。最近は食べるのも億劫《おっくう》になってきた。まるで学生時代に溺れたクスリのようだ。あれからもう十五年経つのか。都子と会ったのもその頃だったっけ。

ほのかな記憶を吹き消すようにまた木枯らしが吹く。俺は一張羅のダウンジャケットの襟をかき込み、再び都庁を見上げた。社会から離脱し、立ち尽くしている自分と都庁舎。薄く笑いが漏れる。俺にとって都庁は遺跡と同じだった。俺とは無縁の存在。ただ神々しく目の前にそびえている。ふと思った。俺が都庁を見上げているのは、遠い未来の人が遺跡となった都庁を見上げているのと、似たようなものかもしれない。

「都庁は遺跡、か。そうかもしれないな」

突然声がした。それも今考えていたことをそのまま言われ、びくっと顔を上げた。声の方に目をやると、微笑した男が立っていた。日焼けした顔に、細い首根。そしてぼろぼろのジャージとジャンパー。男がホームレスであろうということは、すぐに察しがついた。自分も含め、ここはホームレスが多い。この公園に住みついているのだろう。それにしてもこの男はなぜ、俺の考えていたことを言い当てたのか。怪訝な表情を読み取ったのか、男は「いやいや」と首を振った。

「あんたが今、自分で口にしたんだよ」

「え？」声をあげたものの、言われてみれば口に出していた気がする。無意識につぶやいていたらしい。ばつが悪い。そう思ったが、すぐにどうでもよくなった。

「あんたの言う通り、俺たちからすれば都庁は遺跡と変わらんな」

男は隣のベンチに腰かけた。その横顔には幾重にも深い皺が刻まれ、長い間、肉体労働に従事してきたことを思わせた。五十は過ぎているだろう。

「もう一週間もあんたはここにいる。今夜はかなり冷えるそうだ。十月もう終わる。冬が来る。路上じゃ冬は越せないぞ」

男は掠れがかった低い声で言った。俺に行くあてがないことを看破しているようだった。冬は越せない、か。たとえ越せなくとも、俺にとって大したことではなかった。

「見たところ、あんたはまだこの生活を始めて日が浅い。俺たちには俺たちの生き延び方がある。あまり人が死ぬのは見たくないんでね。俺が教えられることは教えよう」

男はゆっくりと立ち上がり「来るか？」と聞いてきた。

俺は男を見上げた。なんだろう、と思った。男の目は不思議だった。ホームレスをやっていて、こんな目ができるものなのか。凍てつきかけた感情が、わずかに揺れるのを感じた。そういえば以前の俺は、知らないことを知るのが好きだったよな。そう他人事のように思った。最期に、このホームレスがどんな生き方をしているのか、知るのも悪くないかもしれない。

俺は引かれるように立ち上がった。

「俺はモトキ。あんたは？」

「峰田《みねだ》、です」俺は小さく頭を下げた。

「よろしく。そうだな、ミネちゃんでいいか？」

モトキはにかりと笑うと「俺はモッちゃんって呼ばれてる」と手を出した。俺もぎこちなく手を出す。彼は俺の手を握り、言った。

「ようこそ遺跡前の公園へ。泡沫の友」

さっき口に出してしまった俺の言葉とかけているのだと思い、俺はきまりが悪くなってうつむいた。

2

唯一の持ち物である黒いボストンバッグを肩に背負い、俺はモトキの後をついていった。陸橋のベンチから、木々に囲まれた散策路へと入っていく。しばらく歩いた先の小階段を下りると、大きな広場があった。広場には公園のシンボル的な人工滝があり、それを横目に横断していく。反対側にある小階段を上がりきったところで、モトキは左手を指さした。

「あそこが俺たちのテントだ」

散策路の向こう、木々の中にブルーシートの小さな群れが見えた。視線を戻すと、モトキが俺の顔を心配そうに見つめていた。

「大丈夫か？　ここ」モトキは自身のこめかみを触って見せた。俺の顔の同じ部分には、まだ新しいアザがあった。

「これは――」言いよどむと、モトキが首を振った。

「べつに理由を聞きたいわけじゃない。家をなくせば色々ある。外で寝るだけだって怖くてたまらない。どこに行けばいいのかわからない。意味もなく街を歩いて時間をつぶす。そりゃ、カラまれたり、やけになったり色々だ。病院にいくほどひどくなけりゃと思っただけだ」

「――大丈夫、です」

なんとかそれだけ答えた。モトキは頷き「敬語はいらないよ」と先を歩き始めた。

散策路を進み、柵を越えて木々の中に入っていく。そこには四つのテントが、円を描くように立っていた。モトキはそのうち、左奥のテントのブルーシートで作られた暖簾《のれん》に声をかけた。

「ザッコクいるか？　ちょっといいか」

「なんですか？」くぐもった声が聞こえ、中から無精ひげをさすりながらジャージを着た巨体の男が出てきた。そう身長があるわけではないが、太っていて横に大きい。俺よりも若く見えた。三十ぐらいか。

「この人、ミネちゃん。これからよろしくな」

そう言われて俺の存在に気づいたザッコクという男は、深々と頭を下げて言った。

「よろしくお願いします」

俺もかしこまって頭を下げた。それが終わると、今度は左手前のブルーシートの暖簾を小さく開け、モトキは中を窺った。

「サムライはまだ帰ってないか」

独りごちて「ここの奴はまた今度紹介するよ」と言うと、右奥のテントを指さした。

「そこが俺の寝床」そう言って右手前のテントの前に立つ。

「ヤマザキさんいる？　ちょっといいかな」

しばらく待っていると、暖簾がわずかに開いた。その隙間から細いフレームのくすんだ眼鏡が見えた。煤けた黒のタートルネックを着た細身の男が、陰のある目でモトキを見ている。

「彼、ミネちゃん。今日から世話になりますんで、よろしく頼みます」

ヤマザキと呼ばれた男は何も答えず、わずかに顎を上下に動かした。視線が俺に移る。うさんくさいものを見るような目。すぐに暖簾が閉じた。

苦笑したモトキは肩をすくめ、「気にしないでくれ」と小さく言った。

「今日のところは、サムライのテントの隣に風をしのげる場所を簡単に作るから、そこで寝てもらうよ。悪いがどのテントも狭くて二人は無理でな……あっと」

モトキはテントの奥に向かうと、俺に手招きした。近寄ってみるとモトキのテントの隣に、一畳程度の広さをブルーシートで囲った一角があった。他のテントと違い、腰ぐらいまでの高さしかない。

「こいつらも一応紹介しておく」

モトキがブルーシートをめくると、囲われたシートの中で歩き回る白いものがいた。

「俺が飼ってるんだ」

ブルーシートの中では、五羽のニワトリが餌をついばんでいた。

3

日が暮れる前、モトキはサムライというホームレスのテントの隣に、小さな寝床を作ってくれた。ブルーシートを巧みに使い、簡素ながらも三角の天井と床ができあがっていた。さらに彼は自分のテントからなけなしの毛布を二枚持ってきてくれた。俺は風がしのげれば十分だと言ったが、今夜は冷え込むと彼は譲らなかった。結局、一枚だけ借りることにした。

そしてテントでの初めての夜が来た。

午前二時を過ぎたあたりだろうか。俺はカチカチと歯を鳴らしていた。昨夜までとは比べものにならない冷え込みだった。身体の震えが止まらない。呼吸が速い。もらった毛布を必死に体に巻きつける。だが冷たい地面はブルーシート越しに俺の体温を吸い、すきま風は首筋から無理やりに胸の芯へと潜り込んできた。

本当にやばい。身体が冷たくなっていく。だが同時に、このまますべてが終わってくれれば、とも思った。

その時、シートの擦れる音がした。

「ミネちゃん、大丈夫か？」モトキの掠れ声と共に、ランタンの灯りが俺を照らす。

返事をする前に「ちょっと待っててくれ」と灯りが消えた。戻ってきたときには、彼は毛布を手に抱えていた。

「これを下に引いて」それを遠慮をする力は、俺にはもう残っていなかった。

モトキは外で何かを始めた。ブルーシート越しに光が瞬く。俺は毛布にくるまったままブルーシートの暖簾《のれん》を開けた。小鍋をのせたカセットコンロに火が灯っていた。モトキは沸いたお湯を、手元に用意していたキャップ付きのコーヒーの空き缶に移す。しっかりとキャップの口を締めてタオルでくるみ、投げてよこしてきた。

「湯たんぽがわりだ」

俺は受け取ったものを胸の真ん中にかき抱いた。小さいが力強い温かさが体の芯に伝わってくる。

モトキは鍋とカセットコンロを手早く片づけると、立ち上がって言った。

「頼むからなんかあったらすぐに言ってくれよ。遠慮はいらない。忘れるな。俺たちは風邪でも死ぬんだ」

やわらいだ寒さに歯鳴りが消え、俺はモトキを見上げた。

「どうして……」

思わず聞いていた。どうして赤の他人の俺にそこまでやる？

モトキは笑った。

「お互いさまさ。いつか俺も助けてくれよ」

そうして初めての夜は過ぎていった。


遠くから聞こえてくる。

なんだろう。とても懐かしい歌だ。軽快なピアノ。遠い遠い記憶――それが夢ではないことに気づき、俺は目を開けた。しばらく聞いていると音の正体がわかった。スピーカーを通して聞こえてくるラジオ体操のピアノ伴奏だった。起き上がり、四つんばいでブルーシートの暖簾を分ける。朝日の中でモトキとヤマザキがカセットコンロを囲んで湯気を立たせているのが見えた。

「ミネちゃん、おはよう。ここ座んなよ」

モトキが椅子がわりのブロック塀を指さした。俺はテントをはい出てブロックの上に座った。

鍋の中では沸騰したお湯があぶくを作り始めていた。

「あの体操のおかげで規則正しい生活になる」

モトキは笑いながら鍋にインスタントラーメンを入れ、「毎日やってるよ」と俺に目顔をやった。立ち上がって見ると、広場にはラジオ体操にいそしむ老人たちの姿があった。

「サムライは帰ってないし、ザッコクは当分寝てるから先に食べよう」

モトキが粉末スープを入れ始めると、ヤマザキが椀を渡してきた。頭を下げたが、ヤマザキはなんの反応もみせなかった。

「ごちそうになります」

俺は分けてもらったインスタントラーメンのスープを口にした。味噌の風味が口に広がり、それが胃に落ちていく。体の芯が熱を帯びるのがわかった。麺をすする。なんの具も入っていなかったが、無性にうまい。

食後には、モトキがテントからインスタントコーヒーを持ってきてくれた。

「これぐらいの贅沢はな」

コーヒーを飲みながら、モトキはカセットコンロと鍋は必需品だと教えてくれた。これさえあれば、大抵の料理は作れるという。熱心に教えてくれる彼の話を聞きながら、俺は内心、申し訳ない気持ちになっていた。

俺にはもう何も残っていない。そう長く生きるつもりはなかった。

4

昼過ぎ、モトキは俺をテントから連れ出した。

公園に住む、ほかのホームレスグループへの挨拶回りだという。最初のグループは、モトキたちのテントから三十メートルほど離れた木々の中にある、六つほどのテント群だった。

「セキさんいる？」

テントのひとつにモトキが声をかけると、中からタバコを手にした男性が出てきた。顔にシミの浮いた、六十歳過ぎぐらいに見える小柄な男性。

「セキさん。この人、新入りのミネちゃんって言うんだ。これからよろしく頼むよ」

頭を下げると、セキは微笑し、よろしくと頷いた。このグループのまとめ役とのことだった。

「お父さん、お父さん」

セキの背後から声が聞こえた。テントの中に目を向けると、セキと同じくらいの年に見える老婆が座っているのが見えた。俺と目があったが、これ見よがしに顔を背《そむ》けられた。

「じゃ、また顔出すから」モトキが言うと、セキはテントの中へ戻っていった。

俺は腑に落ちず、モトキに小声で尋ねてみた。

「あの人たち夫婦？　お婆さんの方、ちょっと俺に怒ってたみたいだけど」

「夫婦だよ。ホームレスじゃめずらしいがな。奥さんは人見知りでな。トイレ以外でテントから出るのを見たことがない。もともとそんな感じだから、怒ってたわけじゃないよ」

モトキはそう言うと「次はキュウさんだ」とひとつ奥のテントに声をかけた。

「ありゃ、モッちゃん」

甲高い返事と共に出てきたのは、セキよりもさらに小柄な初老の男性だった。体格のわりに大きな頭が、子供のまま歳をとったように見えた。

「ひさしぶりやんか」

キュウとモトキが話している間、テントから猫の鳴き声がひっきりなしに聞こえていた。鳴き声が気になっていると、「見るぅ？」と彼はテントの中へ入った。出てくると赤い紐を握り、後から五匹の猫が連なるように出てきた。

「俺の家族や」そう言ってキュウは猫たちの頭をやさしく撫でた。

それから残りの四つのテントを訪ねたが、いたのはヤン爺という老人だけだった。公園で見かけるホームレス中でも飛びぬけて高齢のようだった。あまり話が通じず、聞き取れない言葉を繰り返していた。

その後も公園内のホームレスグループに挨拶をして回った。ほとんどが男性で、年齢も多くは五十歳を超えて見えた。ここでは三十五の俺でも若いようだ。さらに若いザッコクがいるモトキのグループは少し変わっているのかもしれないと思った。

「あそこに見えるのが公園の管理所」

モトキが指さした先には、一軒家風の建物があった。

「今はさ。管理所がうるさくて、新しくテントを張るのは難しいんだ。俺たちみたいな古株は、グループのまとめ役が管理所と話して、なんとか黙認してもらってる。人道的配慮とでもいうかな」

「モッちゃんが話をつけてるんだ」

「いいや」とモトキが首を振るので、俺は首を傾げた。

「それじゃモッちゃんたちのグループのまとめ役は？」

「そのうちな」と言ったところでモトキの視線が前を向き、つられて見ると対面から歩いてくる人の姿があった。髪が長く、顎先まで隠れる赤いマフラーをした二十代後半ぐらいに見える男。

「モッちゃん」その男は片手をあげた。そして隣の俺を一瞥し「誰？」と聞いた。

「ミネちゃんだ」モトキは、俺がグループに入った経緯を簡単に説明した。

「ミネちゃん、こいつがサムライ」

「え？」俺はまじまじと見た。若いということもだが、それ以上に小綺麗なダウンジャケットにジーンズという服装から、とてもホームレスには見えなかったからだ。彼は少々角張ってはいるが、端正な顔立ちをしていた。ただその瞳は灰色がかり、白目が茶色く濁っていて、そこだけ老人のように見えた。

「俺、サムライ。そう呼ばれてるんだ。あんたはミネちゃんだね、よろしく！」

サムライはほがらかに挨拶をすると、モトキに顔を向けた。

「仕事行ってくるよ」

「今日も入ったのか、おつかれさんだな」

「仕事？」俺は思わず口にした。だが、考えてみればホームレスだって金がなければインスタントラーメンも食えない。

「うん、登録制の日雇いだけどね」

「サムライは若いからまだ雇ってくれるんだ」

それならなんで普通に部屋を借りて生活しないんだ、と思ったが、人のことを言えた義理ではなかった。しかし顔に出てしまっていたのか、サムライが笑って答えた。

「仕事はいつもあるわけじゃないし、部屋を借りられるほどの貯金はないからさ。事情があって親には頼れないしね。ま、いろいろあるんだ」

俺は頷いた。何か質問して逆に自分のことを訊かれたくはなかった。

「ミネちゃんが、管理所と話をつけてるのは誰かってさ」

モトキがサムライに聞いた。

「まだ会ってない？　ヌシだよ」

「ヌシ？」

「うん。テングのヌシ」

「天狗？」

「そ、天狗。なんで天狗だと思う？」サムライはいたずらっぽく笑った。

「鼻がでかい？」

「ぶー。会えばわかるよ」

サムライが「ね」とモトキを見やる。彼も笑って頷いた。

「会ってからのお楽しみにしといてよ。じゃ、俺行くから」

そう言ってサムライは去っていった。

俺たちは挨拶回りを再開した。

移動の合間にモトキが話してくれた。ホームレスにはいくつかタイプがあるという。モトキたちのように場所を確保し定住する人、夜だけ路上にテントを張って暮らす人、ネットカフェと路上生活を交互に繰り返す人。サムライのように意外に小綺麗で、一見しただけではホームレスとわからない人も意外に多いということだった。

散策路を進むと陸橋が見えてきた。新宿中央公園の二つのエリアを繋いでいる。橋の中央には花壇があり、その間で寝転んでいる五十過ぎぐらいの男が見えた。手元にはカップ酒の空き瓶が二つ。その横を通り過ぎたところでモトキが言った。

「あの人はミネちゃんと同じで最近見るようになった。夜だけこの辺りにテントを張ってる。みんなアルさんって呼んでる」

カップ酒を呷《あお》っては、通行人にぶつぶつと何かを言っているのを俺もよく見かけた。アルコール依存症のようだった。それでアルさんと呼ばれているのだろう。


「これでつき合いのある人たちは一通りだな」

陸橋を渡った先のエリアのグループにも挨拶が終わった。俺たちは休憩がてら、大型遊具やジャブジャブ池といった児童用施設がある近くのベンチに座った。一息ついたところで、俺は気になっていたことを口にした。

「サムライが言ってた天狗のヌシって人は、この公園に住んでないの？」

テントを張れるように管理所と話をつけているのに、公園には住んでいないヌシ。妙な話だった。モトキは白くなった髪を、節くれ立った手ぐしで梳《と》いて言った。

「今はわけあって別の場所に住んでる。近いうちに会いに行くから一緒に行こう」

第二章 孤島のヌシ

1

テントから出た俺は昼下がりの散策路を歩いていた。頭上には穏やかな陽光が注いでいる。今日は風もなく、ひなたぼっこにはちょうどいい陽気だ。

モトキのグループで生活を始めて三日が経った。その間、モトキは俺のテントを作り直してくれた。広さは二畳ほどだが、すきま風がなくなり、床にすのこを敷いて冷たい地面に凍えることもなくなった。買ったのはすのこだけで、骨組みに使う鉄パイプやブルーシートは廃材を使って完成した。組み上げるときには、ザッコクとサムライも手伝ってくれた。公園ではテントの新設は認められない。そのため一見すると、サムライのテントが少し大きくなったようにしか見えない作りになっていた。

人工滝のある大広場まで来た俺は、その脇にある小階段の途中に腰を下ろした。

ぼんやりと眺める。大広場には様々な人がいた。演劇の練習に励むグループに、スケートボードや自転車の曲乗りをする若者。散歩している人やジョギングをする人たち。カメラを手にした老夫婦や異国の人。同じくして広場の端には、セキのグループのヤン爺の姿があった。地べたに座り込み、ベンチを枕がわりにして、ぶつぶつと何かつぶやいている。俺たちホームレスと、普通の生活を営む人々。二つの世界が重なり、同じ空間で過ごしていることに俺は不思議な感覚を覚えた。

それにしても暖かい。じんわりとした陽に、俺は次第にまどろみ始める。視界の先に、遠い過去がゆらりと立ち上がるのがわかった。

妻の都子と会ったのは大学生のときだった。二年の時、専攻するゼミが一緒になった。当時、彼女は浮いていた。時代遅れの化粧に、高いテンション。話もどこかかみ合わない。後に知る都子とは似ても似つかない。つき合い始めてからこそ笑い話になったが、当時の彼女は必死だった。

一方、俺は高校時代の挫折をひきずり、恋愛やサークルに没頭する周りとは一線をおいていた。少しばかり顔立ちに恵まれ、学校の外ではそれなりに遊んでもいた。大学へ進学したのもなりゆきでしかなかった。ゼミの学生に興味はなく、都子に対してもそんな女がいるという認識しかなかった。

ゼミが始まり一ヶ月も経つと、立ち位置のようなものができあがる。俺はとりたてて浮くこともなく日々を過ごしていたが、都子は違った。ゼミでは完全に浮いた存在になっており、周りは彼女を揶揄することが多くなっていた。彼女が発言するたびに失笑が漏れたり、執拗に揚げ足を取ったりする。常に彼女の失敗を待っているような、そんな雰囲気がゼミには漂っていた。

俺は面倒と思うだけだったが、それは少しずつエスカレートしていった。都子はあまりしゃべらなくなった。代わりに彼女のひきつった笑い顔を目にするようになった。俺は次第に舌打ちをしたい気分になった。べつに都子がかわいそうなどと考えていたわけではない。教室に漂う気色の悪い雰囲気が、無性に癇に障るのだ。

ある日の、ゼミ前の休み時間だった。座っている都子の脇を通り抜けようとしたゼミ生の男が、都子の使っている古びたふでばこを見つけて声をあげた。

「なにこれ？　きたなくね？」

周りから押し殺したような、それでいてしっかりと聞こえる失笑が漏れた。

「おしゃれな化粧の前に、これ買いなおしたほうがいいんじゃない？」

失笑のいくつかがあからさまな笑い声に変わった。都子が硬直した顔に、無理やりに笑みを浮かべる。その顔を見てまた内心に舌打ちが出た。近くの席で文庫本を読んでいた俺は結局、我慢ができなかった。立ち上がり、机の上に転がっている都子のふでばこを取り上げた。

「まじ骨董品だな」

今まで関わりを持ってこなかった俺に言われるとは思っていなかったのだろう。都子はひきつり笑いさえ失い、沈むように顔をうつむけていった。

「すげーよな」最初にちょっかいを入れたゼミ生が笑いを弾けさせた。俺は微笑を浮かべ、ゼミ生が肩にかけているバッグを見た。

「お前が使ってるバッグも相当だろ？　ずいぶん小汚ねーけど、小さい頃ママにもらった宝物か？」

「あ？」ゼミ生が声をあげて睨《にら》んできた。俺は見返した。当時の俺はガタイがよく、目つきも鋭かった。はったりがよく効いた。周りの空気が凍りついていく。そのうちゼミ生は俺から目をそらした。俺は席に戻った。ゼミ生はしばらく身動きひとつしなかった。ややあって強ばった笑い顔を作ると、大げさに首を傾げて都子から離れていった。

それから誰かが都子をいじって楽しもうとするたびに、俺はちゃちゃを入れるようになった。ゼミを覆っていた気色の悪いものが次第に霧散していく。代わりに空気が張りつめるようになったが、知ったことではなかった。

後に聞いたことだが、都子が浮いていたのは両親の極端な過保護にあったようだ。都子の姉はそれを嫌ってそうそうに家を出た。両親の過保護ぶりは、それから度を超したものになったという。高校生になっても部活動さえ許されず、休日に遊びに出かけることもできず、平日もすぐに帰って家にこもっていたという。危機感を抱いた都子は、必死の思いで東京の大学進学を説得し九州から上京した。普通の女の子になりたい。その力の入り過ぎた思いと世間ずれが、高いテンションと話の空回りを生み、妙な化粧が拍車をかけていた。

「ミネちゃん」

日差しを遮る影が入り、顔を上げると赤いマフラーが揺れるのが見えた。サムライだった。手に持った新聞をこちらに見せる。

「読む？」

「ああ。ありがとう」受け取ると、サムライはチープな腕時計をちらりと見て隣に腰かけた。

「買ったのか？」もらった新聞紙を揺らす。

「まさか。それ三日前の」そう言ってサムライはマフラーを首もとに寄せた。こんな陽気なのに、かなりの寒がりのようだ。

隣に座ったはいいが、サムライはそれきりしゃべらなかった。

「聞いてもいいか？」俺は手持ちぶさたに尋ねてみることにした。

「なに？」

「なんでサムライって呼ばれてるんだ？」

長い髪が浪人風に見えなくもない。

「俺はさ。もともと医大に通ってたんだ」

「へえ」思わず声が出た。

「なかなか合格できなくてさ。四浪した。だから最初はみんな浪人って呼んでた。でもモッちゃんが浪人じゃかわいそうって言い出してさ。冗談で格上げしようって。で、今はサムライが定着しちゃったってわけ」

「医大生か」あだ名の由来よりも、俺は医大という話に興味をもっていかれていた。

「あ、でも途中で退学したから、医師の資格はないよ」

「そうなんだ」

「もともと医者になりたいってわけでもなかったしね。やっと勉強から解放されたと思ったらそれ以上に勉強しなくちゃいけなかったし、なにより解剖実習がだめでさ」

「にしても、それがどうして――」

どうしてホームレスに？　自分でも踏み込み過ぎだと気づき、俺は言葉を切った。話を変えようとしたが、サムライは答えた。

「うちは医者の家系でさ、医大をやめてからは家族や親戚の風当たりが強くて。それで家を飛び出したんだ。それから普通の会社に勤めたんだけど、そこも長続きしなくって」

先が気になり、俺は相づちを打ってしまう。

「それからは転職の繰り返し。転職すればするほど条件が悪くなっていって、正社員から派遣、派遣からアルバイトって。家賃もきつくなってネットカフェ暮らし。だんだんそれもままならなくなって、この公園で夜を過ごすようになったんだ。そこにモッちゃんが」

後はわかるだろ？　という顔でサムライは俺を見た。その後は俺と同じ、ということらしい。

「ミネちゃんは？」

「あ、ああ」俺は当然の問いに「――なんか疲れちゃってな」と曖昧に返した。

サムライは小さく頷き、それ以上は訊いてこなかった。気を遣われたのがわかった。それでも俺は、話せるほど気持ちをもっていけなかった。

「そろそろ仕事行くよ」サムライが立ち上がった。

彼が公園から出て行くのを見届け、俺は溜め息をひとつ吐いて新聞を広げた。

日付を見ると確かに三日前のものだった。社会の動きなど興味はない。なんとなく読んでいるだけだった。記事には内閣の支持率や円高円安といったものが並んでいる。社会と繋がっている感覚を手放してから、新聞など久しく読んでいなかった。何を思うわけでもなく、文字を追い続ける。その中でひとつだけ、ささくれた心に障る記事があった。俺は睨みつけるように文字を追った。

『レインボーマンと夢の癌治療――匿名の研究者が発表する論文に注目』

記事によると、癌治療薬の先進的な論文が発表されたらしい。だが、記事が注目しているのは、薬よりも研究者そのもののようだった。研究者の素性が、本人の希望で一切公開されていないという。日本の製薬会社である九喜総合薬品《くきそうごうやくひん》が代理で発表したが同社の研究員ではないらしく、海外ではその謎の人物に、「レインボーマン」とあだ名をつけて業界をにぎわせているとあった。現在、九喜総合薬品はレインボーマンと契約を結び、癌治療薬の製品化に向けて研究を進めているという。薬が完成すれば多くの癌患者が救われるだろう。時代を変える夢の治療薬が現実への一歩を踏み出した、とその記事は締めくくっていた。

「夢の治療薬ね」

俺はその言葉を、苦虫を噛みつぶしたような皮肉な笑いで吐き出した。

「この世に、そんな薬なんてない」

新聞を持つ指先に力がこもり、紙面がゆがんだ。

そうだ。そんな夢みたいな薬なんてない。現に都子には薬なんてまったく効かなかった。

「なんでやねん」

ふいに強い声が耳に入り、俺は意識を戻した。

座っている小階段から三メートルほど先。いつのまにか二人組の若者が立っていた。向かい合ってテンポよく声をかけあっている。どうやら漫才の練習をしているらしい。俺は頭を振り、意識を彼らに集中させた。すべては終わったことだ。もう考えるな。忌まわしい記憶をかき消そうと彼らを一心に見つめた。

「だからなんでやねん」ひとりが相手の肩を叩く。

彼らは同じ流れを何度も繰り返した。没頭する彼らの目は真剣そのものだった。そこには、俺にはもう欠片《かけら》さえ残っていないものがあった。

ふと俺はその若者たちの先に目をやった。視線を感じたからだ。二十メートルほど離れた対面にある小階段。そこに若い男がひとり立っていた。距離があるのではっきりとはわからないが、俺を見ているように思える。俺は目を凝らした。やはり俺を見ている？　おぼろげにしか見えないが、若い男の顔に見覚えはない。気になって立ち上がると、背後から声がかかった。

「ミネダさん、体に毒ですよ」

振り返ると、ヤマザキが立っていた。初対面と同じく、細いフレームと傷だらけのレンズの眼鏡。その奥からくすんだ瞳で俺を見ていた。体に毒と言うヤマザキの言葉に引っ張られながらも、こちらを見ていた若い男の存在が気になって視線を前に戻す。

だが、その時にはいなくなっていた。小さな不安が芽生える中、隣にヤマザキが腰かけた。いつも俺をうさんくさげに見つめるだけで、まともに話したことはなかったので、虚を衝かれた感があった。無視するわけにもいかず、俺も腰を下ろした。

「夢に溢れたまっとうな人間をみてると、みじめになるでしょう」

微笑してヤマザキは言った。体に毒という意味がわかった気がした。面倒な話をされそうだと思った。

「この広場で、夢を追いかけたり、気楽に遊んだり、観光をしている人たち。彼らと僕たちの差はなんだと思います？」

俺は答えなかった。

「人がホームレスになるかどうかの差は、どこにあるのかということですよ」

「さあ、やる気ですか？」適当に答えた。興味のない話だった。

ヤマザキは微笑を濃くした。

「それも一理あるでしょう。ただ本質ではありません」

彼は視線を広場に移した。

「事情は国によっても違います。たとえば日本の場合、セーフティネットとして存在する社会保障は、失業保険や生活保護といったものです。セーフティネットとは、言葉通り社会階層の底辺に向かって坂を転げ落ちる人々のために張られた網のことです。網を張ってそれより下に落ちないよう、そこから這い上がれるように社会が手助けする仕組みです」

ヤマザキは今までの印象とは別人のように、饒舌に話す。

「しかしそういった類のセーフティネットの網の目は大きい。少しでも失敗すれば網の目を抜けて簡単にホームレスに転がり落ちてしまいます。でも、そこまで多くの人がホームレスになっている感じはしないでしょう？　そう、実際に多くの人は失敗してもホームレスにはなりません。結果として絶対数が少なく、自分は絶対にそうはならないと考える人からホームレスは軽蔑されます」

俺は頷きこそしなかったが、そういう考え方もあるのかと思った。そんなことなどホームレスになった今でさえ考えたこともなかった。

「では、なぜ多くの人がホームレスにならないか、わかりますか？」

「いえ……」思いのほか彼の真剣な考えに、俺は素直に言葉を返していた。

「日本におけるセーフティネットの柱は、国の社会保障ではないからですよ。血縁と言う名のセーフティネットなんです。一文無しになった、借金を背負った、働けなくなった。それを事実上支援してくれるのは、家族、親族とよばれる人たちの場合がほとんどです。その人たちに頼れない人間はどうなるのか？　それが私たちなんですよ」

　俺は広場に目をやった。公園で過ごす普通の人々。ヤマザキが言っていることはそう間違っていないのだろう。俺は血縁の誰にも頼らなかった。結果、今の状態にある。ただ、俺は頼る気もなかった。そんなことさえどうでもよくなったからだ。

「ミネちゃん」

　また声がした。振り返ると、今度はモトキが階段を降りてくるのが見えた。

「ヤマザキさんも一緒かい？　めずらしいな」

　ヤマザキはモトキに小さく頭を下げた。

「ミネちゃん、ヌシに挨拶行こうと思うんだけどいいか？」

　頷くと「ヤマザキさんもどう？」とモトキは誘った。しかしヤマザキは小さく首を横に振って立ち上がり、離れていった。

2

　俺たちは公園を出た。

　公園脇の坂を下りていく途中、モトキが聞いてきた。

「ヤマザキさん、ミネちゃんになんか用だったのか？」

「いや、話をしてただけだよ。セーフティネットの話なんか聞いたよ。あの人、難しいことを考えてるんだな」

「あぁ」とモトキはこめかみを掻く。

「悪い人じゃないから、仲良くしてやってな」と言った。俺は目顔で頷く。

「俺たちのグループじゃ一番最近で、去年来た。前は中学の教師をしてたらしい。社会科の先生だったって聞いたから、そういうのには一家言あるのかもな。それに」

モトキは少し言いづらそうにつけ足した。

「はっきりとは言わないが、学校で色々あったみたいでな。それであの歳で辞めることになったそうだ。それもあってちょっと不安定なところがな」

「あの歳って、ヤマザキさんいくつ?」

「四十八だそうだ」見た目よりも少し老けて見えると思った。

「モッちゃんは?」話のついでに聞いてみた。

「俺か？　俺は今年で五十二だ」

「ふーん」と、数珠つなぎにサムライを思い出した。

「サムライは？　すごく若くない？」

「あいつはこの辺りのホームレスじゃ飛びぬけて若い。まだ二十八かな。四年前に公園に来たんだが、あんときゃさすがに管理所がうるさかった」

「ザッコクも若そうだしね」そう言うとモトキは頷いた。

「ザッコクは今年三十二。あいつが来たのはもう六年前だけど、あれも結構大変だった」

モトキはしみじみとした顔で笑った。

「ミネちゃんにしたって、まだそんな年喰ってないだろ？」

「三十五だよ」

「やっぱりまだ若いよな。周りのホームレスは五十は過ぎたのがほとんどだからな。うちは変わってる」

「なんで若いと管理所はうるさいの？」

「若いのはな、事件起こして逃亡中とか、きついわけありも多いんだ。だから警戒される。うちはヌシが古いつき合いだから、管理所も結構甘めにみてくれる。ミネちゃんも最初に見かけたとき、うちじゃなきゃ追い出されるだろうなって思って声かけたんだ」

そんな理由があったとは思いもしなかった。だが、どう答えていいかわからず、俺は曖昧に頷いた。

「それはそうと、ミネちゃん。少し金ある？　千円くらい」

「それぐらいなら」

「悪いけど、ヌシに少し酒を買ってもらえるか？　ヌシのおかげでテント張れてるからさ」

言いづらそうにモトキは片手をあげた。

「もちろん」俺は頷いた。

公園脇の坂道から小道に入ったところにあった酒屋で安酒を買った。

「もう少しだ」モトキと並んで歩いていく。

「モッちゃん。結局ヌシってどんな人なの？　サムライは天狗って言ってたけどさ」

会えば天狗の意味もわかると言っていたが、実際会うとなると気になった。

「ちょっと気難しいが――素直にしてりゃどうってことないよ。天狗ってのは」

モトキは言いかけた口を閉じ、笑った。

「それは会ってからのお楽しみだったな。気に入られればくれるさ」

「くれる？」

よくわからないまま俺は酒の入ったレジ袋を手にモトキの後をついていく。中野方面へ進み、神田川にぶつかった。そこから川沿いを川上に向かって歩いていく。と、何もない歩道の途中で、突然立ち止まったモトキは辺りを見回して言った。

「ここを降りる」

「は？」モトキが向かった先を見ると、川に降りるためのはしごがあった。足をかけてするすると降りていく。予想していなかったことに、俺は川底に降り立った彼を見つめた。

「ミネちゃん。見つかると面倒だから、はやく」

顔を上げたモトキが急かした。仕方がない。俺はレジ袋を肩にかけてはしごを降りた。降りてみると、中央部分のわずかにしか水の流れがなかった。モトキは川岸の乾いたコンクリートの上を早歩きで進み始めた。俺もついていく。

しばらく歩くと、横壁の途中に大きな円形の横穴が見えた。人が余裕で立って歩いていけるほどの大きさがあり、その下辺の中央には申し訳程度にちょろちょろと水が流れていた。モトキはその横穴に入っていく。後に続くと途端に薄暗くなり、体感温度が一気に下がる。

「ヌシはこんなところに住んでるの？」

顔をしかめた俺に、振り返ったモトキが頷いた。

「ヌシも元々は、俺たちがいるテントに住んでいたんだけどな。六年くらい前にふらっと姿を消したんだ。放浪癖がある人だったから最初は心配してなかったが、それきり帰ってこなくてな。新しい住処を見つけたんだろうと思ってたんだが、三年前に突然戻ってきた。帰ったのはいいが、これからはここで暮らすって聞かなくてな。はっきり言わないが、放浪してる間に、色々と嫌な目にあったみたいで結果——」

モトキは細く流れる水の中に足を踏み入れそうになって避けた。

「結果？」俺は先を促す。

「極端に人嫌いになって戻ったヌシは、誰とも会わずに済むこの場所を住処にした」

モトキは立ち止まった。

「ここだ」

薄闇に横壁を抉《えぐ》ったような穴が見えた。穴の入り口には、太いモップのようなものが、暖簾のごとくかけられている。

「これ、ヌシが掘ったの？」

手作業にも見える荒いコンクリートの削れ具合だった。

「まさか」モトキは笑った。

「ヌシは探検が好きなんだ。それでここを見つけたらしい」

モトキはモップの間に手を入れ、暖簾を分けた。

「ヌシ？　いるかい」

モトキに続いて中へ入る。暗く、ずっと陽が入らないためだろう。かなり肌寒かった。奥で布が擦れる音がしたかと思うと、小さな明かりが灯った。寝袋から人影が起き上がるのが見えた。

「モッちゃんか」

そうつぶやくと同時に、モトキの後ろの俺をいぶかしげに見つめた。これがヌシか。寒さのためだろう彼は綿の飛び出たコートを二枚重ねに着ていた。かなりの高齢で七十近くに見える。顔と首には深い皺が刻まれ、シミが浮いている。申し訳程度に残っている髪と、豊富にたくわえているひげは一本残らず白かった。

「知らん奴を連れてくるなと言ったろう」

ヌシの口から不機嫌な声が漏れた。

「違うよ。この人、最近俺たちと一緒に暮らし始めたんだ。ヌシに挨拶したいってさ」

モトキが目配せしたので、俺は手にしていた酒を差し出した。

「峰田と言います」

俺の顔をしばらく見つめていたヌシだったが、黙って酒を受け取った。

「せっかく持ってきてくれたんだ。少し飲もう」

モトキはそう言うと、勝手知ったるという具合にカラーボックスの棚から三人分のコップを取り出した。

「自慢のやつ出してよ」

ヌシはあまり乗り気ではないようだったが、振り返って物色し始めた。俺は薄灯りに目を凝らした。壁には拾ってきたらしい色とりどりのカラーボックスが敷き詰められていた。その中にはカップ酒の瓶にジャム瓶といった統一感のない空き瓶がずらりと並んでいた。中には何か茶色いものが詰められている。その多くの瓶の口元からは、奇妙なものが飛び出していた。植物のようだが、その様はあまりにもあやしげで、俺は息をのんだ。

「ヌシはさ、キノコの自家栽培が趣味なんだ」

手酌した酒を呷ったモトキが教えてくれた。俺は瓶を凝視する。言われてみれば、瓶の口から出ているのはキノコの傘。瓶ごとに入っている種類が違うようだった。

「スーパーじゃ見ないのも多いだろう？　山で採ってきたキノコを、ヌシはうまいこと栽培するんだ」

様々な形の瓶に入ったキノコは、確かに食料品店で見かけたことのないものが多かった。ヌシは並んでいる瓶の中から、蓋がしてあるものを取り出す。菜箸で瓶の中からキノコを小皿に取り出し、俺たちの前に出した。

「ウスヒラタケの塩漬けだ。食ってみろ」

それはシメジを大きくして傘の部分を広げたようなキノコだった。生ではなかったことに安堵しながら、俺は渡された爪楊枝でキノコをさし、恐る恐る口に入れてみた。

「ほ」と声が漏れた。意外な旨みが塩味と共に広がる。「うまい」と自然と口から出た。

値踏みするように俺を見ていたヌシの顔に、ゆっくりと笑みが広がるのがわかった。

「悪くない顔をする」ヌシは再び背を向け、もうひとつ瓶を取り出した。

「これも食べてみろ」と小皿にのせられたものは、同じく塩漬けのようだが、種類が違うキノコだった。傘の部分が淡く赤みがある。言われるままに食べてみると、同じく塩の味がした。が、そこからが違った。さきほどとは段違いの強烈な旨みが口中に広がった。

「これは――」喉を上下させ、俺はびっくりして赤いキノコを見つめた。

「ヌシのとっておきだよ」

モトキが訳知り顔で笑いながら手を伸ばし、赤いキノコを口に放り込んだ。

「やっぱこれが一番うまいなぁ」と、しみじみ言う。

ヌシは笑い、俺の前に酒を差し出してきた。俺は杯を受けた。どうやら受け入れてくれたらしい。

酒もすすみ、俺たちは穴ぐらの宴会を楽しんでいた。

「飯が食えてりゃなんとかなる」

少し酔いがまわったように見えるモトキが、キノコを口に運びながら言った。

「それもあるがなあ」ヌシも顔を赤くして体を揺らし、あぐらをかいたモトキの膝を叩いた。

「なんだ、また自慢の説法か」モトキが笑う。

「お前が忘れんようにな。ミネ、お前も聞け」

俺は久しぶりの酒で酔いがまわった頭を、上下にふった。

「何年前だったかな。俺と同い年のホームレスがいてな、お前たちと同じようにあの公園でテント暮らしをしていた。別のグループの取りまとめ役をしてた爺さんだった。その人が冬に風邪をこじらせてな。肺炎を起こしたらしくて、日に日に弱っていった」

「俺たちは病気にはめっぽう弱いからな」

モトキが言うと、ヌシは頷き話を続ける。

「それで仕方なく救急車を呼んだ。爺さんは何度もやめてくれと言ったが、他に方法がなかった。どうしようもないくらい衰弱してたんでな」

「嫌がったのは、治療費ですか？」

健康保険には当然入っていないだろう。かなり高額な医療費となるはずだ。

「いや、ホームレスが入院すると、だいたい生活保護になる。病院も無一文から金は取れんからな。役所に連絡するんだ」

それならいいことずくめじゃないか。そう思ったが俺は黙って聞くことにした。

「治療のかいあって爺さんは退院できるまでに回復した。同時に生活保護をうけて、退院後はアパートに入居することになった。だがな」

「だが？」聞き返す俺の隣で、モトキは結末を知っているのか目を細め、黙って酒を呷った。

「半年後に、爺さんは首をくくった」

「首を？　なんで？」

「わからんか？」

俺は首を横に振った。正直わからなかった。ホームレスでいるより、生活保護下にあるほうがはるかに生活は楽になるだろう。首を傾げる俺にヌシは言った。

「集団で生活していれば、コミュニティができる。それはホームレスも同じだ」

俺はわずかに目を開いた。話の本筋と外れたところで軽いカルチャーショックを受けていた。ホームレスが意外に新聞などを読むというのは気づいていた。だが、このほの暗い地下で暮らす七十は超えているように見えるヌシから、コミュニティという単語を聞くとは思わなかった。

ヌシは淡々と続ける。

「生活保護を受け始めた爺さんはアパートに入居して、飯の心配をする必要はなくなった。グループの取りまとめ役として、グループ内で起こる問題や管理所への対応といった面倒なことに頭を悩ませることもない。だがそれと引きかえに、爺さんはコミュニティを失ったんだ。救急車を呼ぶなと言ったのは、そうなることに薄々気づいていたからだろう。実際、爺さんはひきこもりがちになって外に出なくなった。たとえホームレスに戻りたいと思っても、もう体が無理を許さなかった。爺さんには、もう一緒に笑う相手も、腹が立つ相手さえもいなくなっていた。ひとりきりの狭い部屋の中で、少しずつ心を病んでいったんだ。そして孤独の果てに死を選んだ」

ヌシは皺の間から覗く射貫くような目で俺を見た。

「人はな、時としてその日の飯よりも必要ものがある。俺がこんなところで生きてられるのは、モッちゃんやサムライ、ザッコクがまめに顔を見せてくれるからさ」

「なら公園に戻りゃいいのに」

混ぜ返したモトキの言葉に、ヌシは笑って首を振った。

「もう表はこりごりだ。それにこいつらには、この環境があっている」そう言って背後のキノコを見た。

「言っておくが、お前たちがうまいキノコが食えるのは、俺がここで生活してるからだぞ」

ヌシのしたり顔に「へいへい」とモトキはキノコを口にいれ、思い出したように俺を見た。

「そういや、ミネちゃん。サムライがなんでヌシを天狗って呼ぶのか説明してなかったな」

「ああ、そうだな」すっかり忘れていた。

「さっきから特別うまいって食べてるキノコあるだろ」

「うん」ちょうど爪楊枝にさしていた赤いキノコを見た。

「それ、ベニテングタケっていうんだ」

「へぇ、ベニテング。だから天狗のヌシ？」

「そういうことだ」

頷きながらどこかで聞いたことのあるキノコの名前だなと思った。そういえば写真で見たことがある。赤い頭に白をまぶしたようなキノコだった気がする。そうだ、有名なゲームで、食べると体が大きくなるキノコ。あれ？　でもあれは。

「それ、毒キノコだ。幻覚なんかが出る場合がある。俺たちは慣れてるから大丈夫だけど、とりあえず吐き気とか異様な眠気とかはないよな？」

俺は口に手をやり、自分の体調に集中した。吐き気、特にない。眠気は少しある。これは酒を飲んだからか？　いや、どうなんだ？　毒じゃないよな？

「まぁ、大丈夫だよ。ちゃんと毒は抜いてある」

「なんだ。抜いてあるのか」モトキの脅かしだったのかと安堵すると、「ほんのちょっとしか残っていない」と酔いで間延びした声でモトキがつけ加えた。

「残ってる？　ほんとに？」

モトキの代わりにヌシが答えた。

「完全には無理でな。うまいもんには相応のリスクがある。それよりも貴重なんだぞ。ベニテングタケは菌根菌といってな。マツタケと一緒で栽培ができんのだ。だから大事に――」

ヌシの蘊蓄《うんちく》を聞きながら、俺は少しずつ意識が遠のいていくのを感じた。

3

「ミネちゃん大丈夫か？」

「うん……」

「キノコじゃないよ。飲み過ぎだ」

そう言ってモトキは空のペットボトルに公園の水を汲んでくれた。ほら、と手渡されたボトルを、胃に流し込む。毒キノコの話を聞いている最中に、俺は意識を失うように寝てしまったらしい。起こされた時にはすでに宴は終わり、モトキにそろそろ帰ろうと促された。

「酔い覚ましにヌシも表に出ないか？」

帰りしなモトキはヌシを誘った。そうだな、と答えたヌシと共に、俺たちは人気のない小さな公園に来ていた。ビルの狭間から赤みを帯びた光が差す。暮れかけた外は風が吹いて肌寒かったが、酔い覚ましにはちょうどよかった。

「たまには外の空気もいいだろ？」モトキが夕陽を見つめながらヌシに言った。

「べつに外に出ないわけじゃない。キノコを探しに山にいったりしてるだろう。管理所にもたまに顔を出しとかないと忘れられるからな」

「お世話になってます」ヌシに礼を言うと、そういう意味じゃない、というようにヌシは手を振った。

「いつも炊き出しの飯を持って来てもらってるし、お互いさまだ。あぁ、でも――」

「なに？」モトキが聞き返した。

「陽を浴びるのは、やっぱりいいな」

「あんなとこにいりゃ、嫌でもそう思う」

モトキが笑う中、ヌシは皺だらけの顔を夕陽に向けてぼそりとつぶやいた。

「――黄昏が未来を開き、ガラスが未来を支える」

「またそれかよ」

「なんです、それ？」尋ねるとヌシが俺を見た。

「俺の尊敬する人がよく言ってた」

「どういう意味なんです？」

「さあな。なにかの有名な一節かもな。俺は響きが好きなだけなんだ」

「ヌシはたわごとが多いから、ミネちゃん話半分でいいよ」

モトキがちゃかす。俺は好奇心からもう少し突っ込んで聞きたいと思った。が、直後に胃に不快感が走り、それどころではなくなって公園の隅に走った。

第三章　新世界

1

「ミネさん、これスチールですよ」

手渡した空き缶を見たザックが言った。新宿中央公園から十分ほど歩いた場所にある小さな公園。陽が昇り始めた朝、俺は園内に設置されたゴミ箱を漁っていた。

「確かにこの空き缶、薄いから見分けがつきにくいんですけどね、こういうスチールもあるんで――あ、そうだ」

ザックは巨体を揺らして背負っていたバッグを地面の上に置き、中を探り始めた。

「これ使ってください」

消しゴムぐらいの灰色の物体を渡された。手のひらに乗った重みには記憶がある。

「磁石？」

「そうです。アルミはひっつかないですけど、スチールにはひっつきますから、これで空き缶の材質を見分けてください」

「わかった」俺は磁石を受け取り、軍手をした手をゴミ箱の中へと突っ込んで空き缶を取り出した。

テント暮らしを始めてから、一週間が経った。

できるだけ持ち金には手をつけないほうがいい。モトキはそう言って、ホームレスの金の手に入れ方を手ほどきしてくれた。その言葉に従い、俺はザッコクと一緒に夜が明ける前から、アルミ缶を集めて回っていた。業者にもっていけば換金してくれるのだという。スチールでは金にならないそうだ。ホームレスが空き缶を集めているのは見たことがあったが、アルミ限定だとは知らなかった。ホームレスの間ではメジャーかつ手がたい仕事なのだという。

明け方からの作業で、軍手と服の袖には飲み残りの汁がこれでもかと染みこんでいた。腕全体が甘いような苦いような複雑な悪臭を発している。モトキから借りた自転車とゴミ袋を手にかれこれ三時間。三袋分の空き缶を集めたが、ザッコクに言わせればまだ腹の足しにもならない金額ということだった。いつも寝ている気楽な生き方だと思っていた。だが、ホームレスも一文無しでは生きられない。一般の基準ではまったく割に合わないことをやって日銭を稼いでいた。

「ミネさん。一旦、どこかで缶をつぶしましょう」

アルミ缶を溜め込んだゴミ袋を揺らし、量を確認しながらザッコクが言った。頷いた俺は、額の汗を手の甲で拭った。軍手についていた汁が目に染みた。

人気のない公園に入り、隅に陣取ってアルミ缶を踵《かかと》でつぶす。そのままではかさばって持ち運びがしにくいので、ある程度溜まったらつぶしていくのだという。

空き缶つぶしは、最初こそ新鮮で面白かったが、百本もいかないうちに踵に痛みが出てきた。

気を紛らわそうと、俺はザッコクに話しかけた。

「結構長いんだってね、この生活」

最初こそ敬語で話していたが、年下なんでやめてください、と言われてやめていた。

「そうですね」とザッコクは缶をつぶしながら言う。

「もう六年──ですね。結局、全部おれが馬鹿だったんですけど」

俺は相づちを打った。こちらから無理に聞かなくとも、話したければ自分から話す。そう俺は学んでいた。

「俺、ホームレスになる前、渋谷にある大型書店で働いてたんですよ。バイトですけど」

「へぇ」

「彼女もいなかったし、とりたてて楽しい毎日というわけでもなかったんですけど、それなりに充実してました。そんなとき帰りの駅で女の人に声かけられて。それからなんとなくその子と遊ぶようになったんです。今考えれば、結構かわいい子だったし、俺に声かけてくるって変なんですけどね」

ザッコクは太く重そうな足を器用に使い、次々とつぶしていく。

「あっちからつき合おうって言われて。出会って一ヵ月後には、彼女は一人暮らしの俺の家に転がり込んできてました。俺、彼女できたの初めてで。舞い上がってたんですよ。それから三ヶ月後には、結構な額の金を貸してました。その上、あなたとゆくゆくは結婚したいけど、借金を全部返してからじゃないとって言われてつい」

俺は耳を傾けながら、アルミ缶をつぶす。

「借金の肩代わりをすると同時に彼女は消えました。三百万。俺、アルバイトだったし、なにもなくてもかつかつで。親には嫌われてるし、どこにも頼るとこなんてなかったんです。──それで逃げたんです。引っ越して小さな弁当屋でバイト始めたんですけど、なんなんですかね。見つけられるんですよ。連れて行かれそうになったところを店の人が警察呼んでくれて。もう俺怖くて。それでまた逃げたんです。けどもう働くのは無理だなって。ネットカフェを転々としてるうちに金も尽きちゃって。それで公園で寝泊まりするようになったんです。ホームレスでいいから、なんとかご飯食べたいって思ったんですけど、どうやればいいのもかわかんなくて。若いと疎まれるんですよ。ホームレスの人たちからも敬遠されちゃって。もうだめかなって思ってたところで、モトキさんに声かけられたんです。行くとこないなら来るかって、それ以来ですね」

「モッちゃんは恩人なんだ」

「はい。感謝してます。あれから怖い人にも見つかってないですから」

話を聞きながら、モトキは変わっていると思った。人助けが生き甲斐なのだろうか。だが、それも少し違うような気がした。

「モッちゃんって元々なにやってた人なの？」モトキのことを聞いてみたくなった。

「俺もよくは知らないですけど、建設関係だったそうですよ。若い頃は日雇いで飯食ってたって言ってました。仕事がある日はドヤで寝て、仕事のない日はアオカンの毎日だって」

「ドヤ？　アオカン？」聞き慣れない言葉だった。

「ドヤっていうのは日雇い労働者がよく使う安い宿のことで、アオカンは路上で寝ることです」

「そうなんだ」

「ええ。そんな生活だったから、仕事がなくなったら自然にホームレスになっちまったって笑ってました」

ザッコクが笑い、俺もつられて笑った。

「でもホームレスになってからの方が楽しいって。本をよく読むようになったって。知らないことを知るのは面白いよなってよく言ってます。図書館にもちょくちょくいってるみたいで」

老齢のヌシがコミュニティという意外な言葉を使っていたのを思い出した。あれも案外モトキの影響なのかもしれない。俺はそう考えながら空き缶をつぶした。

2

拾ってはつぶし、つぶしては拾う。時計を見ると午前十時を回っていた。陽も昇らないうちから始めた空き缶集めだったが、気づけば五時間近く経っていた。くしゃりと形を変えるアルミ缶を見つめながら、俺は思い出していた。

母親がいなくなったのは小学三年生のときだった。男を作り蒸発した。母親のことはあまり覚えていない。かわいがられた記憶はおろか、怒られた記憶もほとんどないからだろうか。いつも不機嫌な人だった。それで俺は自宅の一階で父が営む歯科医院の休憩室に入り浸っては、父や歯科助手たちと過ごすことが多かった。だから母親の蒸発よりも、父が廃業に追い込まれたときのほうがショックは大きかった。それに伴い私学から公立小学校へと転校した。

何が気に入らなかったのか今もわからない。転校先で結構ないじめを受けた。理不尽だと思ったが、数には勝てなかった。それでも泣き寝入りはしたくなかった。俺は帰り道にみかけるボクシングジムに通いたいと父に頼み込んだ。廃業して勤務医に戻った父が毎日疲れ切って帰宅する姿を見てきた。自分なりに負担にならないようにとしてきたが、その時だけは別だった。恥ずかしくてやりたい理由は言えなかった。それでも必死な俺に、感じるものがあったのか。借金で日々もままならないはずの父は俺をジムに入れてくれた。

そして俺は復讐を、とはならなかった。ボクシングにのめり込んだのだ。俺は手を出されれば毅然とした対応ができるようになり、いつしかいじめはなくなっていた。小学校、中学校と全身全霊で打ち込み、高校一年にしてアマチュアボクシングの全国大会に出場できるほどになっていた。さすがに全国での結果は散々だったが、来年はと大きく夢を描けた。

しかし、それはあっけなく潰えた。椎間板ヘルニアだった。手術したが完治はできず、ボクシングはあきらめるようにと宣告された。残りの高校時代、俺は空っぽの入れもののように過ごした。父に説得されるまま大学へ進学はしたものの、心から真剣になれるものはなかった。

そんな大学一年の夏。父が交通事故で亡くなった。飛び出しを避けての自損事故。その頃の父は、再起して自分の歯科医院を開院していた。前回の失敗を糧に経営は軌道にのり、借金も返し終えてこれからというときだった。俺に残されたのは、歯科医院の譲渡で受けとった一千万円。そして孤独だった。いつだって大事なものは手から零れ落ちる。それが俺の、人生への実感だった。

それから俺はうまく心が作れなくなった。どんなに泣けるという映画を観ても、たとえば誰かが殴りかかってきても、大きく心を動かすことができない。生きることそのものに価値が見いだせなかった。毎日とは、ただ無為に過ぎていくものだった。そんな時だ、出会ってしまったのは。

大学三年の春だった。

夕方からうとうとしていた俺は、そのまま寝てしまったらしく、目覚めると深夜だった。喉の渇きを感じ、冷蔵庫へ行こうと上半身を起こしたとき、腰に強烈な痛みが走った。固まったようにその場に突っ伏した。

古傷——椎間板ヘルニアだと直感した。携帯電話で救急車を呼び、そのまま深夜診療をしている病院へと連れて行かれた。脂汗を全身から吹き出しながら、俺は古傷のヘルニアを伝えた。話を聞いた医師は、筋肉注射をした。

それは鎮痛剤のソセゴンという薬だった。衝撃的だった。消してくれたのは痛みだけではなかったからだ。ソセゴンはこの上ない快楽を俺に与えた。薬と相性がよすぎたのかもしれない。頭の中に鬱積していたものが消し飛び、頭の芯が痺れるような多幸感に包まれた。俺はすべてを忘れさせてくれる偉大な薬だと思った。

以降、病院に行っては痛くもないヘルニアの痛みを訴え、ソセゴンを打ってもらうようになった。ソセゴンはかなりの苦痛を演じなければ打ってくれない。しかし数回繰り返しただけで医師は俺の目的を見抜き、他の鎮痛剤へ代えられた。病院を代えても同じで、せいぜい三回が限度だった。俺は深夜診療の病院にタクシーで乗りつけ、強い痛みを訴えて個人情報を話す前に打ってもらう方法をとるようになった。病院を代えながら続けていたが、近場はすぐに行き尽くしてしまった。その頃には、完全なソセゴン中毒となっていた。さらに遠出してソセゴンを求め続けたが、打ってもらえない夜も多かった。俺は代替品を探した。値段は張ってもいい。確実に手に入るもの。

辿り着いたのは、その世界のバイヤーから紹介されたフェンタニルとよばれる、癌などの激しい疼痛を鎮静させるための医薬品だった。健康体の人間が使用すれば、ソセゴンとは比べものにならない。必要とあればいつでも用意できると説明された。最高の薬だった。無色透明のその液体は、ソセゴンの何倍もの快楽を俺に与えてくれた。何もかもを幸福と感じさせてくれる。なんの努力も必要ないままに、頭の中に信じられないほどの幸福が溢れ出す。性行為よりも、長い努力の末の成功から得られる喜びよりも。フェンタニルは、それらをすべて軽く飛び越える快楽を生み出してくれた。もちろん違法であり、その分価格は凄まじかった。だが、俺には父が残した使い道のない一千万円があった。

新しい生活が始まった。飯もいらない、友達もいらない、女もいらない。ただフェンタニルがあればいい。俺の身体はみるみるうちにやせ細った。大学も億劫《おっくう》になり、フェンタニルを調達するとき以外は外に出なくなった。

一年が経った。そろそろ春、大学四年生か。留年しているかどうかもわからなかった。興味はない。心配なことはあった。一千万の内、すでに七百万をフェンタニルに溶かしきっていた。さすがにやばいとは思った。バイヤーからは足元を見られて買うたびに値上がりし、体は棒きれ同然になっていた。金が尽きるか、身体が逝くか、警察に捕まるか。その三つの結末しか、俺にはなかった。

金がなくなればフェンタニルを打てなくなる。それが一番怖かった。だがフェンタニルを打てば、そんな不安もすぐに消えた。

荒れ果てた自宅のソファの上。その日も俺は、よだれを垂れ流し最高の気分で横になっていた。

さっきから呼び出しベルが鳴っている。

うるさいなあ。俺はおかしくなって笑った。そのうち、鍵の錠が開けられる音がした。まさか警察？　バイヤーが捕まってさしたか？　一瞬不安になったが、またすぐにどうでもよくなった。

曖昧な意識の中、影が動く。目を開くと誰かが立っていた。

だれだ、この女。

勝手に入ってきて、俺の散らかり放題の部屋を物色している。大事な注射器を取り上げると、険しい目つきで「これは？」と聞いてきた。

「さあな」と答えたと思う。女はしつこかったが、話にならないと思ったのか、そのうち出て行った。それきり現れなかった。幻覚でも見ていたんだろう。俺はそう思い、またふけった。それから何日経っただろうか。目を開けると、ソファに寝そべる俺の前に、また女が立っていた。大きなバッグを両手に抱えている。

誰だっけ？　まあ、いいか。

気がつくと、俺の左手には手錠がかけられていた。手錠の片方はベッドの柱にかけられ、ベッドの足は鉄板とネジを使って壁に固定されていた。驚いて周りを見渡すと、インスタントラーメンや菓子類で溢れ返っていた部屋が片づけられていた。パソコン机に座っている女の背中が見えた。机の上には買った記憶のない本が何冊も積み上げられている。

「お前、誰だよ――」

椅子を回し、くるりと振り返った女は言った。

「今から、あなたの身体のクスリを抜きます。覚悟してください」

正気に戻った俺は、女が誰なのか思い出した。奇抜なメイクが抜け、薄化粧をした大きな目がこちらを見ている。ゼミで一緒だった浮いていた女。都子が俺を見つめていた。

「調べたレポートによると、多くの薬物依存症の人は、実際は施設に入ることなく薬物依存を脱しているそうです。精神疾患の中では一番完治がしやすい病気、とされています」

それからもぐちゃぐちゃと都子は言っていたが、ようするに俺は監禁されたということだった。部屋から出ることはおろか、便所に行くことさえも許されなかった。バケツでの排泄を強要された。その上、部屋に防音対策を施したから、どんなに喚いても外には届かないと言われた。

俺は唐突に断薬を強制された。

発汗、不安、寒気、体中の痛み。のたうつような禁断症状がすぐに出た。

手錠が自由を奪っている。俺はどうしようもなく自分を殺したくなり、クスリをくれない都子をどうしようもなく殺したくなった。手足が震え、悪寒が背筋を這い回る。どんなに懇願しても脅しても都子は動じなかった。ゼミで揶揄されても、ひきつった笑いしかできなかったあの女とは別人のようだった。

クスリが欲しい。それは脳の絶叫だった——俺は心から震えた。

俺は解放されるために、都子に必死に語りかけた。

「なんでこんなことする？」

都子は答えなかった。

「俺に恩でも感じてるのか？　勘違いするな。べつに助けようなんて思ったわけじゃない。お前を笑ってた周りの奴らに、そしてその場にいる自分にいらついただけだ。俺が一番いらついていたのはお前だ。だからお前が俺に構う理由はない。なあ、ほっといてくれないか？　頼むよ。こっち見ろよ。無視するな答えろよ！　頼むから――頼むからほっといてくれよ」

泣き落としても、都子はただ俺をじっと見つめるだけだった。

それは間違いなく地獄だった。

都子は大学で講義を受ける以外は、すべて俺の部屋で過ごした。彼女は無口でほとんどしゃべらなかった。食事、排泄物の世話と淡々とこなし、後はただ俺のそばにい続けた。俺は禁断症状に打ちのめされ続けた。

そして、都子が来てから三ヶ月近くが経った。

悪寒が、消えていた。心の奥底から聞こえていたフェンタニルへの渇望も失せてしまった。

「もう大丈夫だと思う――」

俺は都子にそれだけ言った。都子はいつものように、何も言わず俺の顔をじっと見た。俺も見返した。彼女は俺のためにやってくれた。感謝すべきことは理解しているつもりだった。だが俺は、彼女への怒りも内包している自身を自覚していた。その相反する感情をもてあましていた。その揺らぎは俺の表情に浮き出ていたに違いない。俺が今どれだけ危うい状態なのか、都子にはわかったはずだ。

だが、都子は俺の手錠を外した。

俺は八十七日ぶりに解放された。擦り剝けて分厚くなった左手首をさする。ゆっくりと立ち上がり、自由になった左腕を窓際の光に掲げた。

「はは」思わず声が漏れた。もう自由だ――

都子を見下ろした。俺はどうする気なんだ？　自分でもよくわからなかった。鍵と手錠を手に正座していた都子は、俺を今までと変わらない顔で見上げていた。

「――ありがとう」

俺の口から、そう零れていた。

それを聞いた都子は何も言わず立ち上がり、荷物をまとめて出て行った。その間、俺は何も言えず、ただその小さな背中を見つめていた。

ひとりになった。整頓された部屋で左手から外れたものを噛みしめながら、いつも都子が座っていた椅子に腰かけた。もう自由だ。外で太陽を体いっぱいに浴びたい。街をぶらつきたい。本を、映画を、漫画を楽しみたい。俺は好きなことができる。そう考えて笑っている自分を自覚した。不思議だった。灰色がかって無為に感じていた毎日が愛おしく思えていた。

俺は机の上に貼ってあるものに気づいた。付箋《ふせん》だった。机から引き剝がすと、小さな字で書いてある。都子の言づけだった。俺は食い入るように読んだ。

うまく言えないので書いておきます。誰かに施しを受けたら、いつか誰かに同じことをしてあげればいい。私の好きな本に書いてありました。あなたにどんな意図があったにせよ、私はあなたに救われた。そして私が渡すチャンスに巡り会ったのが、偶然にもあなただったというだけです。それ以上でも以下でもありません。長い間、本当に耐えてくれました。ありがとう。家から出てみてください。外はもう、夏です。

三日後、一年ぶりに大学に出てきた俺は、構内で都子を見つけ食事に誘った。みるみる赤くなった都子の顔を今でもよく憶えている。

「ちょっと休憩しましょうか。ミネさんも疲れたでしょう」

ザッコクの声だった。

「あ、ああ」

近場の公園で俺とザッコクは休むことにした。汁を吸った軍手を冷たい水道水で洗い、固く絞ってベンチに座った。冷え切った手をすり合わせて温める。隣ではザッコクがバッグから本を取り出し、無精ひげをさすりながら何かを読み始めた。

「なに読んでんの？」

「これですか？　パラダイムシフトの話です」ザッコクは視線を落としたままいった。

「パラダイムシフト？　聞いたことないな」

「ある時代や集団の共通の認識、考え方が劇的に変化することですよ」

俺はまったく意味がわからず首を捻った。するとザッコクは本を閉じ「たとえばですね」と顎先に手をやった。

「人間って大昔は、狩りをして暮らしていたじゃないですか。野生動物を捕まえたりして」

「うん」

「そういう狩猟採集時代って農耕の発達によって終わりをつげますよね。農耕革命ってやつです。狩猟採集時代のように獲物を求めて土地を移動するんじゃなくて、作物の育つ土地に種を植えて育て、その土地に定住するスタイルです」

「ああ、そうだったかな」社会の授業で習ったような気がしないでもなかった。

「農耕の導入によって人の生活は劇的によくなります。以前よりずっと飢えることがなくなった。獲物を求めて土地を移動する必要もないし、豊かになって自然と人口も増えました。それに伴い考え方も変わるんです」

「考え方が変わるって、どんなふうに？」

ザックはどこか得意気な顔でひげを撫であげた。

「農耕生活になると、獲物を求めて土地を転々としていた今までと違って、作物を生み出してくれる土地そのものが重要になりますよね。そうすると、この大事な土地は誰のものか？　という所有の概念が生まれるんです。その概念は土地を持つ者と持たぬ者、つまり身分の差を生み出しました」

「へぇ」俺は感心して頷いた。

「もうひとつは作物の種です。植えるための、もみ種は翌年の収穫のために絶対に食べてはいけません。それこそどんなに飢えようが、食べてはいけないものなんです。そこから種の管理の必要性が生じました。管理するのはもちろん、より多くの土地を所有する人です。管理という考え方は、管理者を生み出しました。王様ですね。王となった者は、次第に土地を貸して年貢を取り始め、不作の対応や侵略者からの対応の決定なども行うようになります」

聞いたことのない視点からの話で、俺は興味深くなって大きく首肯した。

「その頃になると、農耕生活を送る人々は、狩りをして暮らす人々を見て、その日暮らしの野蛮な人間たちだと蔑むようになります。下等な人間たちだって。

狩りで暮らす人々にとっては、食べ物とは奪って食べるものです。だから獲物を狩ったり、他の集団から食べ物を力で奪うことは正しいことなんです。でも農耕を始めた人にとって、食べ物とは育て収穫するものです。だから力で奪おうとする彼らを理不尽だと憎み、蔑むんです。もう狩り暮らしの人々の考え方がまったく理解できなくなってるんですよ。狩猟採集社会から農耕社会への変化に伴うこの考え方の劇的な変化。これがパラダイムシフトです」

「社会の変化に伴う考え方の変化か。ザッコクは面白い本読んでるんだな」

ザッコクは少し照れたように笑った。俺はふと思いついたことを口にした。

「あのテントにいる人ってそういう人多いよなあ。ヤマザキさんは社会保障の話とかしてたし、サムライは医学生だったわけだろ？」

「ヤマザキさんは知らないですけど、サムライはそうでもないですよ」

急にザッコクの声に棘《とげ》が入った。

「そう？」思ったより強い口調に、内心驚いた。サムライと何かあるのだろうか。

「あいつ、元医学生っていうのを自慢にしてるのか、なんか上から目線なんですよ。俺の方が年上なのに敬語も使わないし」

理由はそれか、と納得した。ザッコクはその手のことをきっちりとするタイプなのだろう。

「言われてみれば、サムライは敬語使わないな。でもそれはモッちゃんにも俺にもだし、そんな悪気はないんじゃない？」

「そうですか？　俺にはそうは思えませんけど」

ザッコクは頑なで、微妙な空気になった。

「ところで、ザッコクはなんで、ザッコクって言われてるの？」

俺は話題を変えることにした。

「え、俺ですか？」ザッコクは気を取り直すように、もみあげを掻いた。

「元々のあだ名はザツガクだったんです。ザツガクが好きだったから。でも言いにくいらしくってザツガクがいつのまにかザッコクになっちゃったんですよ」

「ザツガクって、雑学好きとかの雑学？」

「そうです。たとえば」とザッコクはまたひげを撫でると、自転車のカゴに乗っているつぶしたアルミ缶を指さした。

「飲み物の缶には、なんでアルミ缶とスチール缶があるかわかります？」

「さあ、わかんないな」

「アルミ缶って強度がなくてぺこぺこしてるでしょ、中から圧力がないと簡単につぶれちゃうんです。だからアルミ缶が使えるのはビールや炭酸ジュースみたいに、炭酸入り限定なんですよ。逆にスチール缶は、コーヒーやお茶なんかに使われていて、加圧しながら殺菌をするんで強度の面からいっても適してるんです」

「へぇ」初耳だった。

「そんな理由があって使い分けてたんですが、最近は技術力が上がってきて炭酸入りじゃなくてもアルミ缶を使えるようになっています。逆にスチール缶を薄く作ることもできたり。会社によって違うので今は見分けがつきにくいんですよね」

「缶にしたって歴史があるんだ」

「そういうことです」ザッコクは満足そうに頷いた。

「そういうことを知ってるから雑学で、ザッコクか」

「ですね」

ふと、俺はヌシの言ってた一節を思い出した。

「ならさ、これ知ってる？」

「なんです？」ザッコクは受けて立つといった顔をした。

「黄昏が未来を開き、ガラスが未来を支える。ヌシが言ってたんだ。なんかの有名な一節かもって言ってたけど、元ネタわかる？」

「さぁ」

ザッコクはほとんど考えることなく答えた。その返答の早さと表情を見て、俺は目を細めた。ザッコクは今、ごまかした。この一節を知っている。しかし、なぜごまかす必要があるのだろうか。不思議だった。何かこの言葉に意味があるのか。俺は身を乗り出すようにザッコクに身体を向けた。そこで問い詰めようとしている自身に気づき、思いとどまった。

悪い癖だ。昔の仕事の性。何をしようとしている。誰だって言いたくないことはある。まさに俺がそうだろう。俺たちはそれぞれに事情を抱えるホームレスの集まりなのだ。

「そっか」俺は興味をなくしたように頷き、疑念を腹に収めた。

3

新宿中央公園の近く。信号を待ちながら手のひらを開く。

百円玉が六枚。ゴミ袋五袋にぎっしり詰めたつぶした空き缶と引きかえに得た金だった。ザッコクは今日は集まりが悪かったからと言っていたが、どの道信じられないほど割に合わない仕事だった。時給に換算すると一時間あたり七十円ぐらいにしかならない。モトキが言った、持ち金には手をつけるなという意味を痛感する。

稼いだ金は、一部をグループのみんなに食事などで還元するのが暗黙のルールだった。これではほとんど貢献できそうにはない。ザッコクはそういうことは気にしないのか、牛丼が食べたいといって牛丼屋へいってしまった。

確かに俺も腹が減った。出かける前に素うどんを食べたきりだ。時計を見ると十四時をまわっている。帰ってインスタントラーメンを作ろうと考えていると、大学生くらいに見えるカップルが歩いてきた。

「腹いてぇ」と男が言うと「二個は食べ過ぎって何回も言ったじゃん。ぜんぜん聞かないんだもん」と女が怒っていた。俺は思わず小さな笑みを作った。俺にも似たような経験があった。

あれは都子と結婚してどれくらいたった頃だろうか。俺も食べ過ぎるきらいがあった。都子はことあるたびに「腹八分」と言って注意したが、わかったと口ばかりでいつも腹いっぱい食っていた。二十代も後半になると、さすがに腹に脂肪がのるのを実感するようになった。

食べ過ぎるたびに、言うことを聞かないと怒られた。都子は小食で細い体つきを維持していた。俺は少しうらやましくなり、それなら今度食い過ぎたら腹パンしてくれよと言ったことがあった。いいの？　ほんとにやるよ？　都子は顔をしかめながら言った。もちろんだ、俺のためにやってくれ。そう請け合った。都子の細腕などたかが知れていた。

その翌日だったと思う。二人で焼き肉屋を訪れ、腹いっぱいに食べた俺は満腹に腹をさすりながら店を出た。

「いい？」都子がぽつりと言ったが、俺は昨日の話などすっかり忘れていた。

「は？」と聞き返すと都子は言う。

「食べ過ぎたらお腹をぶっていいって言った」

ああ、と思い出した俺は腹に力を込めた。昔取った杵柄《きねづか》ではないが、脂肪はのっても腹筋には自信があった。

「やってみ」俺は酔いでふらついた足を踏ん張った。

「うん」と都子は、なぜかバッグから几帳面にたたんだコンビニの空袋を取り出して開けた。わけがわからず見ていると、都子はこちらに体を向け、ゆっくりとした動作で俺の腹に拳を入れた。その動きは遅かった。ボクシングをやっていた俺には止まって見えるくらいだ。が直後、俺は自分の腹がはじけ飛んだのかと思った。波打ったように胃が痙攣し、食べたものを残らず戻すはめになった。都子はすばやくコンビニの袋を俺の口元に持ってきて、吐瀉物《としゃぶつ》を受け止めた。我慢できず膝をついた俺はよだれを垂らしながら聞いた。

「お前……なにか心得あったっけ？」

「小さい頃、空手をやってたって前に言ったよ」

聞いた記憶はない。だがこの痛みなら嘘ではないだろう。

「……そう、なんですか」

「うん、もう食べ過ぎないでね」

そう言って都子は袋の口を閉じた。以後、俺は腹八分を実践するようになった。

懐かしい記憶を目の前の男女に重ねながら、俺は青に変わった横断歩道を渡った。

公園に入り、園内にあるちびっ子広場と名づけられた区画の脇を通っていく。ここは大型遊具とジャブジャブ池という水浴び場があり、昼の時間帯は子ども連れしか入れない規則があった。広場を迂回して歩く。その途中、ベンチに座って子供たちを真剣な顔で眺めているサムライの姿に気づいた。

「サムライ」声をかけると彼は手をあげた。

「なにしてんだ？」俺は隣に座った。

「仕事の予定だったんだけどね。手違いがあって中止になってさ」

仕事らしい仕事をしているのはグループではサムライだけだった。一般人からすれば微々たるものだろうが、俺たちの中で一番金に余裕がある。そう考えると、それもザッコクが気に入らない一因なのかもしれないと思った。だが、サムライは出し惜しみすることなく、みんなに食材や酒をよく提供してくれた。

「ミネちゃんはアルミ集め？」

「よくわかったな」出かけにサムライはいなかった。

「だって臭いもん。戻ったら服洗った方がいいよ。俺、香水持ってるから後で貸すよ」

「香水なんて持ってんのか？」

「仕事先にはネットカフェ暮らしはいても、さすがにテント暮らしのホームレスってのはいないからね。気を使うんだよ」

確かに今日仕事の予定だったというサムライからは、柑橘系の香水の香りがしていた。

「結構仕事入ってるよな？　それでもアパート借りれないのか？」

自分のことは棚にあげ、前に聞き損ねたことを聞いた。言いたければ言うだろう。サムライは灰色の瞳をこちらに向けた。そして首に巻いていた赤いマフラーを摑み、少しだけ下げた。首にはケロイド状になった皮膚が見えていた。顎近くまで延びている。火傷の痕のようだ。

「今の季節はまだいいけどさ。夏なんかはどうしようもない。働けるのは冬だけ。医者になってたら、また人生違ってたんだろうけどね。こんな痕なんて関係ないってみんな言うけど、実際は雇ったりなんてしないのさ」

火傷の痕に加えて、病気のようにも見える灰色の瞳。両方が組み合わさると確かに異様に思われるかもしれない。辛い経験もしてきたのだろう。俺は言葉の接ぎ穂をなくし、「テントにはまだ戻らない？」と聞いた。

「あ――、うん」

サムライはさっきからずっと同じ方向を見ていた。その視線の先を辿ると、すべり台の近くに親子づれがいた。二十代後半くらいに見える母親と、三、四歳の男の子。また昔の癖が出る。服装などからあまりいい生活ができていないだろうと予測がついた。それにあの男の子は――、俺はそこまで考えたところでサムライに聞いた。

「知り合いか？」

「ううん、ぜんぜん」

そう答えながらもサムライは視線を外さなかった。つられるようにまたその親子に視線を戻したとき、突然母親が息子をぶった。

「あ」と俺は思わず声を出した。直後、母親は自身の行動に動揺したように辺りを見回すと、息子を抱えて公園から出て行った。

「あの子、虐待を受けてるね」

「あれだけじゃわからんだろ」俺は否定した。

「首や手にアザがいっぱいあった」サムライも気づいていたようだ。

「だから見てたのか？」

「ミネちゃん。虐待の原因ってなにか知ってる？」

「え……そうだな。親自身がまだ精神的に未熟だったり、虐待をする親もまた過去に虐待を受けてたり、とかよく聞くな」

俺は聞きかじったことのあることを言った。正直、真剣に考えたことなどなかった。

「それもあるだろうね。でも、それだけじゃない」

「なんだよ？」

「テレビで虐待のニュースが流れるといつも、最低な親だなって雰囲気で終わるけどさ。実際は貧困とも深く結びついてる」

「貧乏と虐待が？」虐待は貧富に関係なく起こるイメージで、あまりぴんとこなかった。

「統計的には、虐待が起こる世帯の多くが生活保護下にあったり、それに近い生活をしているんだ。あの親子の服装に気づいた？」

俺がしぶしぶ頷くと、サムライは続けた。

「そういう意味じゃ、虐待は制度上の問題ともとれるね。ま、まっとうな人に言わせれば、そんな親だから貧困にあえぐはめになるんだって言うんだろうけど」

俺は腕を組んで唸った。ホームレスになってから、こんな話ばかりしているような気がする。

「ミネちゃんはどう思う？　日本における貧困はさ。本人たちだけの問題なのかな？」

「どうだろうな。なにが正しいかなんて、俺にはわからん」

「正しいかなんてさ」老人のような灰色の瞳が俺を見つめた。

「間違っててもいいんじゃない？　自分なりの答えをもっていればさ」

俺は溜め息を漏らした。

「さあな。ホームレスってのはそんなことばっかり考えてるのか？」少々食傷ぎみだった。

「どうだろうね。俺たちのテントに変わり者が多いのは事実だろうけど」

そう言ってサムライは笑った。俺は考えるのをやめて腰をあげた。

「先にテントに戻るよ」

「じゃあ俺も」サムライも立ち上がった。

俺たちはちびっ子広場から離れた。陸橋を渡る途中、アルさんが高いびきで寝転んでいた。相変わらず手元にはカップ酒が転がっている。それから散策路を歩いて人工滝のある大広場に出る。観光客やサラリーマンに紛れ、地べたに座ったヤン爺がベンチに頭を載せて何かつぶやいているのを横目に広場を抜ける。階段を上がったところで、俺は公園に設置された看板に気づいた。今まで気にしたことがなかったが、雨水貯留施設と書かれている。

「これ知ってる？」サムライに尋ねてみた。

「ああ、それね。東京都の大雨対策の施設だよ。都会ですごい大雨が降ると、コンクリートばかりだから、一気に川に水が流れ込んで氾濫しちゃうんだよ。それで地下に雨水を一時的に貯める場所を作ってるらしいよ。大雨が降ったら一旦そこに雨水が貯まって、ゆっくりと川に排水して洪水を防ぐ。それが雨水貯留施設で、この公園の下にそれがありますよって看板」

「へぇ、物知りだな」

「どうも」サムライはザックと違いなんでもないように受け流した。

4

テント近くまで戻ってきたところで、俺は歩みを遅くした。テント前の散策路に三人の若い大学生風の男がいたからだ。彼らは散策路の端で正座し、テントの方へ両手を掲げて目を閉じていた。少し不気味な感じがしたが、サムライは気にした様子もなく彼らの間をすり抜け、柵を越えてテントに入っていった。俺も後に続く。

テントにはモトキがいた。彼のテントの隣に作ったニワトリ小屋で餌を与えている。俺たちに気づくと、「おかえり」と立ち上がった。

「ミネちゃん、あと三十分ぐらいしたら炊き出しに並ぼうか」

俺は時計を見た。

「まだ二時過ぎだよ？　炊き出しって夕方の六時って言ってなかった？」

昨日の晩、明日はボランティアが大広場で炊き出しをやってくれるから、一緒に並んで欲しいと頼まれていた。それにしても早過ぎると思った。

「ラジオで今日は午後から雨になるって。雨が降りそうな日は、前倒しで始めることが多いんだ」

「そうなんだ」

「帰ったばかりで悪いな」モトキは目元に皺を寄せた。そしてサムライに声をかける。

「出かける予定ないんだったら、マグロ担当しててくれるか？」

「りょうかーい」とサムライは片手をあげて自分のテントの中へと入っていった。

マグロ？　と思ったが、「じゃあとで」とモトキもテントへ入った。俺も自分の発する悪臭を思い出し、テントに戻って着替えることにした。

三十分後、モトキとともにテントを出た。散策路に出たところで俺は周りを見回した。

「さっきの人たちいないな」

「さっきの人？」

「ここで祈りを捧げてるみたいな人たちがいたんだよ」

「あー、あの人たちか」

「知ってる人？」

「いや、ここで出くわすことが多いからさ。自然と挨拶ぐらいはするようになる。それより、ザッコクは？」

「牛丼食べるって」

「また牛丼か。今日は炊き出しあるって言っておいたのにほんとに。牛丼食うと決まってどっかで寝てくるから当分帰ってこないな」

モトキは苦笑し「じゃぁ三回並んで、ザッコクの分も確保してやるか」と独り言のように言った。炊き出しには一人一食のルールがある。だが、一食受け取ってまた最後尾に並びなおすのであれば問題ない。

「ヤマザキさんとヌシとサムライの分もあるし、俺も一緒に並ぶよ」

「悪いな、ミネちゃん。じゃぁ二人で二回並べばいいよ。ヤマザキさんとヌシの分はいらないから」

「なんでいらないの？」そう聞くと、モトキは大広場に目をやった。さっき彼の言った通り、広場の端ではボランティアの人々が、車から持ち出した大きなポリバケツと発泡スチロールの箱を並べ始めている。ホームレスたちは早くも列を作り始めていた。

「ほらあそこ」モトキは指さした。目を凝らすと、炊き出しの準備をするボランティアの中にヤマザキの姿があった。

「ヤマザキさん、いつもボランティアの手伝いをしてるんだ。最後に炊き出しを二人前もらって帰ってきてくれる。だからヤマザキさんとヌシの分はいらない」

ヤマザキの意外な活動に「彼が……」と俺は漏らした。

「なにに生き甲斐を見つけるかは人それぞれだ。俺たちにだってなにかしらの生き甲斐は必要だろ？」モトキはそう言って笑った。

すでに二十人ほど連なっている列の最後尾に俺たちも並んだ。

「さっきサムライに言ってたマグロ担当ってなに？」

モトキは寒そうに組んだ両腕を縮こませて言った。

「炊き出しにはさ。新宿界隈のホームレスたちがいっぱい集まってくるだろ？　何時間もかけて歩いてくるやつとか、自転車で炊き出し場所を回っているやつとか。そりゃいろんなところから来るんだよ。そうすると出る」

「出るってなにが？」

「泥棒」

「泥棒？　マジで？」

「マジ、だよ」モトキはマジという言葉が面白かったのか復唱して笑った。

「ホームレス同士でもの取り合ってどうすんだって思うだろ？　だが本当に盗む奴がいるんだ。そういう奴らをマグロとかシノギ屋っていうんだ」

俺は唸ったが、そういうものかもしれないと思った。もし俺がサラリーマンのままで、どうしても盗みをする必要が出たら、極端に裕福な邸宅から盗るのは難しいと考える。セキュリティや人の出入りなど、違うレベルの生活をしている人間の実情が想像しにくいのだ。それなら似た境遇や自分よりちょっとだけ金持ちから盗った方が、金を隠す場所やセキュリティが想像しやすい。切ない話だった。

寒空の下、待つのは長かった。風が体温を奪っていく。これで雨が来たらかなり辛いことになる。そんな中、寒さしのぎにモトキは、ホームレスの注意事項をいくつか教えてくれた。

たとえば、悪徳ボランティア。いわゆる貧困ビジネスといわれる類の悪質なものだ。その集団はボランティアを隠れ蓑としてホームレスに近づき、この生活から抜け出せると言って生活保護を獲得させるという。役所は財政上などの理由から生活保護を認めない傾向があるが、対策ノウハウをため込んでいるため、かなりの確率で成功させるそうだ。やっと生活保護が受けられると思ったら、トイレ風呂なしのたこ部屋に押し込まれる。粗末な飯を与えられ、飲食代や家賃として生活保護費のほとんどを搾取し続けるのだという。

妙な仕事を持ちかけてくる手配師にも気をつけろと教えられた。戸籍を一時的に貸してくれ、携帯電話を契約してくれといった類のものだ。ほぼ間違いなく犯罪に使われるそうだ。

意外なところでは靴の話もあった。衣服はボランティアが提供してくれることも多く、そう困らないという。だが靴だけは難しいのだそうだ。服と違ってサイズが多く、ぴったりしたものがなかなかない。それに捨ててある靴はだいたい片っぽなんだ、とモトキは笑った。

話を聞いている間にも列はのびていく。振り返ると、ヘビのように曲がりくねりながら二百人以上が列を作っていた。俺自身は慣れてしまったが、広場全体が独特の臭いを醸している。

顔を巡らせていると、さっきテント前にいた三人組の若者たちが、小階段の上の散策路を歩いているのを見つけた。

「モッちゃん。あれ、さっきテントの前にいた人なんだけどさ」

モトキは目を細め「あー」と答えた。

「あの人たちさ、俺たちのテントの方を向いて祈ってたんだよ」

「ああ」モトキは笑って言った。

「直接聞いたわけじゃないけど、太陽を拝んでるんだと思うぞ。太陽を信仰する宗教は多いしな」

「太陽？」向いていたのは、太陽の方角だったっけ？　と俺は首を捻った。

「あまり気にするな。あの人たちは俺たちに危害は加えないから。そういやミネちゃんのアザ、すっかり治ったな」

モトキは危害という言葉から、俺の顔にあるアザを思い出したらしく、俺の左のこめかみ辺りを見つめた。

「ああ……、炊き出し始まらないね」

思い出したくない記憶に、俺は早々に話を切り上げた。

第四章　襲撃

1

「ふん」

テント群の真ん中で俺は細腕に体重をかけ、刃先をその身に切りこませていた。スーパーで買ってきた特売の白菜。百円包丁は値段なりで、力を入れても思うように刃が入っていかない。悪戦苦闘しながら半分に断ち割り、一口大に切り分けた。ビニール袋に詰め込んで、塩を用意する。

下準備を終えたときには、汗が薄く背中に滲《にじ》んでいた。見上げると高い空。今日は本当に天気がいい。昼前だったがすこぶる暖かく、十一月とは思えないほどだった。これなら洗濯物の乾きもよさそうだ。そう思い立ち、自分のテントからジャージを一組取り出して、白菜とともに小脇に抱えて水飲み場へ向かった。

まずはビニール袋に水を入れ、中の白菜を洗い、口を絞って水だけ出す。次に塩を入れて白菜をつぶすように揉み込んだ。鷹の爪や塩昆布も入れたいところだが、それは贅沢というものだ。あとは空気を抜いて口を縛り、一時間もおけば立派な白菜の浅漬けができあがる。続いてジャージを水に浸し、固形石鹸を塗りつけて泡立てていった。

「ミネダさんやったかな」

甲高い声に顔を向けると、散歩ひもに猫五匹を引きつれた小男がこちらに歩いてくる。見覚えがある。セキ夫婦のグループのひとりで、確かキュウと呼ばれていた人だ。モトキに連れられて挨拶したきり、たまに見かけるぐらいであれ以来話したことはなかった。

「はい峰田です。どうも」

挨拶を返すとキュウは目の前のベンチにちょこんと腰を下ろす。

「ここの生活にはもう慣れたん?」一匹の猫を抱き上げ、愛おしそうに撫でながら尋ねてきた。

「おかげさまで」

「ほうか。ヌシとはもう会うた?」

「ええ、一度」

「ほんま? 元気やった?」

食い入るように聞かれて、俺は少し身を引きながら頷いた。

「ほうか、ほうか……」キュウはしみじみと言った。

「ヌシはなぁ、六年前にふらっと消えてもうて。まぁ、放浪っ気のある人やったから、そう心配はしてなかったねんけどな。それが三年前に帰ってきよったって聞いてはいたんやけど。ほんまに帰ってきとったんやなあ」

「ええ」

「モッちゃんの話では、なんやらけったいな場所に住み着いたて」

「そうですね」俺は曖昧に答えた。モトキからヌシの居場所は他のグループの人間には教えないでくれと言われていた。

「ほかぁ。でもなぁ。久しぶりに会いたい言うても、そのうち言うだけでモッちゃん会わせてくれへんねん。ヌシは人嫌いになってしもうたから簡単にはいかん言うてなぁ」

キュウは別の猫を抱き上げ「でもあんたは会うたんやろ？　今度会うたら、俺が会いたい言うてたて伝えてくれへんかなぁ」と寂しげに言われた。

「ああ、ええと。俺はモッちゃんたちのテントで世話になってるんで、ほんのちょっと挨拶しただけですよ。それよりキュウさんの猫、かわいいですね。兄弟猫ですか？」

どう答えたらいいかわからず話を変えた。成猫が三匹と子猫が二匹。彼の足元では子猫同士がじゃれあっている。五匹とも茶トラで同じ毛並みをしていた。

「そうやろ。みんな兄弟やねん」キュウは途端に破顔した。

「でも、五匹もいると世話が大変じゃないですか」単純に金がかかるだろうと思った。

「そうでもあらへんよ」キュウは一匹の成猫の顎先を撫でる。

「餌を持ってきてくれはる愛護団体の人たちがいんねん。そやから餌代はほとんどかからへん。

モッちゃんのニワトリもそうやないの？」

「どうなんですかね」俺は首を傾げた。愛護団体はニワトリにも餌をくれるものなのか。それにモトキは、どちらかというと隠すようにして飼っているようにみえる。管理所としても、猫は認めてもニワトリは認められないなどあるのかもしれない。

「モッちゃんが突然ニワトリ飼いだしたときはどないなるんやて思たけど、鳴かへん雌鶏でよかったわ。ラジオ体操だけでもたいがいやのに、ニワトリまで鳴かれたらたまらへんもんな」

キュウが冗談交じりに笑った。言われてみればニワトリが鳴いているのを聞いたことがない。雌鶏だからかと今さらに納得する。

ジャージを洗い終え、俺は立ち上がった。キュウは動く気配がなかったので「干してきます」と断ってテントに戻った。白菜の浅漬けを日陰に置き、テントの間に張ったひもにジャージを干していく。今日の陽気なら午後には乾きそうだ。水飲み場に目をやると、キュウはベンチに座ったままだった。テントに入る前に挨拶をしておこうと、散策路に出たところで俺は足を止めた。

キュウがいるベンチの先、公園の入り口辺りから、こちらを見ている若者に気づいたからだ。ホームレスが好奇の目に晒されるのはめずらしいことではない。相手が若者ならなおさらだった。彼らは剝き出しの好奇心をぶつけてくる。だが、それとは少し違う気がした。以前にも感じた視線。広場脇の小階段で新聞を読んでいたときだ。まさか同じ若者？　俺はじっと目を凝らしたが、同一人物なのかはわからなかった。

「ミネダさん、ほなまた」視線の手前でキュウが立ち上がり、猫を連れて歩き出すのが見えた。

「あ、どうも」頭を下げる。顔を上げたときには、若者の姿は消えていた。

なんなんだ？　俺は釈然としないものを抱えながらテントへと戻った。

2

夜になってモトキが戻り、俺は彼のテントを訪ねた。

「昼間にキュウさん来たよ」

「ふーん、なんか用だって？」

空き缶集めから帰ったモトキは、臭いのついた服を脱いで丹念に手を拭いていた。

「ヌシに会いたいってさ」

「そう」モトキはテント内を照らすランタンの位置を調整しながらそっけなく答えた。

「キュウさんって、ヌシに会わせられない理由でもあんの？」

悪い人には思えなかった。細い身体を折り曲げたモトキは、テントの端に重ねたＴシャツを一枚取り出しながら答えた。

「キュウさんは、ヌシとあんまり相性がな。ヌシが会いたくないって言うんだよ」

キュウはそんな問題を起こしそうなタイプには見えなかったが。ヌシとは古いつき合いゆえだからなのだろうか。

「それより今夜も冷えるらしいぞ。しっかり防寒して寝ろよ」

「うん。あと白菜の浅漬け作ったから。明日の朝にでも食べようよ」

「いいね。朝の楽しみがふえたな。おやすみ」

そう言ってモトキはランタンの灯りを落とした。


それは突然だった。

最初は夢だと思った。俺はいつものようにコーヒーの空き缶にお湯を入れ、湯たんぽがわりにして寝ていた。小さな話し声。それで俺は目が覚めた。時計を見ると午前二時。今日は平日だ。

公園は終電時間を過ぎるとほとんど人けはなくなる。にもかかわらず、ぼそぼそとしゃべる声が聞こえてきた。かなり近い。そう思った直後、まばゆいライトに顔を照らされた。

「全部引きずり出せ」

男の声が聞こえた。目を眇《すが》めていた俺は襟首を摑まれ、テントの外へと引き出された。

「声出すなよ。おっさん」小さな声ですごまれ、テント前で膝をつかされる。

テントの暖簾が次々と引き剝がされていく。ニワトリの寝床も引き剝がされて、白い羽が舞うのが見えた。いくつものライトが交差し、俺の瞳を焼いた。少なくとも十人はいるようだった。顔を見るとどれも若い。十代後半から二十代前半ぐらいの男たち。ダウンジャケットの首もとや革ジャンの袖からはタトゥがのぞいている。公園の近くに交番があることを心得ているのか、男たちはほとんど声を発さなかった。俺の隣にヤマザキ、ザッコクと膝をつかされて並べられていった。酔って気まぐれにちょっかいを出しにきた学生の類ではない。

「なんなんだよ」サムライの声がテントの中から聞こえたかと思うと、鈍い音が聞こえてそれきりになった。口元を押さえたサムライが引きずりだされて、ひざまずく。

「ニワトリは関係ないだろう！　やめろ」

モトキの声も聞こえたが、サムライと同じく鈍い音の後に引きずられて俺たちの隣に並ばされた。

「今度口開いた奴は容赦しねーから。わかった？　ホームレスくん」

警棒を持った男がしゃがんで、一人ひとりを見回しながら言った。その後ろでは、リーダー格と思われる男が、街灯の下で目を細めてタバコをふかしているのが見えた。

こいつらの目的はなんだ？　若者の集団を見つめながら思った。遊び半分でホームレスに暴力をふるう若者の存在は知っている。だが、この男たちはそれとは違う気がした。強者が弱者を弄ぶときの特有の喜悦がなかったからだ。何か目的があるように思えた。男たちを見回していると、俺はその中にひとり、見覚えのある男がいることに気づいた。人工滝の広場とキュウと会ったときに見かけた男だった。

「ヒデさん」と警棒を手にした男が、リーダー格の男に振り返った。ヒデと呼ばれたリーダー格の男は、黄色のラインが入った黒いパーカーのジッパーをいじりながら、物を見るような目で俺たちを見下ろしていた。首をしゃくり背後の男に聞いた。

「リョウ、どれだ？」

リョウと呼ばれた男が前に出て膝をつき、俺たちの顔を確認していった。集団の中でも特に若い男だった。二十歳前くらいか。リョウという男の頬には、薄くアザが残っていた。その男が顔を近づけてきたとき、はっきりと顔が見えた。その瞬間、俺は気づいた。

この男のアザは俺がつけたものだ、と。同時に、彼らがここに来た理由がわかった。この公園に来る前、俺は新宿界隈の公園を転々としていた。その時、中野の公園でホームレス狩りにあった。五人組の若い男だった。夜も深まったあの公園には、運悪く俺以外には誰もいなかった。少し酔ったように見える五人組が、俺を取り囲み、「ほら」とタバコを一本渡してきた。タバコを吸わない俺は、手を振って拒否した。

いきなり横腹を蹴られた。

「社会のダニが拒否っててんじゃねーよ」「税金払えよ。この野郎」

五人組は俺を地面に押さえつけると、口に無理やりタバコを突っ込んだ。

「動いたらボコッかんな」

そう言うとひとりがタバコの先に火をつけ、五人組は俺から距離をとった。下手に対応すると何をしでかすかわからない。そう判断し、その言葉に従った。薄暗い街灯の下、くわえさせられたタバコの先端が赤く光り、少しずつ短くなっていった。

突然、パンッと大きな音がした。同時に目の前のタバコが弾け飛んだ。顔全体に焼けるような痛みが広がり、火薬の匂いが鼻をついた。五人組の笑い声が弾けた。俺は両手で顔を押さえた。タバコの中に爆竹が詰められていたらしい。俺の反応を見て面白がりたかったのだろう。正直、どうでもよかった。怒りも湧いてこない。ただこれ以上は何もされたくなかった俺は、倒れたままうずくまってみせた。だが、彼らは去ってくれなかった。

「ちょっ見てみ。このおっさん指輪してんぞ」「まじかよ」「結婚してんのかよ、きもっ」

嘲笑の中、「おい、おっさん」とその五人組の頭と思われる男が、俺の脇腹を踏んだ。俺は痛みで顔から手を放した。それがリョウと呼ばれていた男だった。

「嫁いんだろ？　別れても忘れられねーのか？」

笑い声が重なって響いた。都子のことをこんな奴らに話すつもりはなかった。答えずに黙っていると、脇腹を蹴られた。

「嫁はどうしたんだって聞いてんだよ。おら」

笑いながら蹴ってくる。俺は身体を丸めて耐えた。たとえ嘘でも答える気はなかった。

「あら？　俺もしかして舐められてんのかな？　おい？　おい！」

笑っていたリョウという男の声に、ヒステリックな響きが混じり始めた。答えないことにプライドを傷つけられたようだった。

「おっさん、死ぬぞ。答えとけって。この人、加減しらねーから」

取り巻きの笑い混じりの声。俺は答えなかった。背中を思い切り蹴られ、俺はうめき声をあげた。その声にリョウという男はすっきりしたように笑うと、吐き捨てるように言った。

「嫁は売春中か。ホームレスと売女でお似合いだ。もうめんどくせーよ。行こうぜ」

その言葉を聞いた時——俺の頭の中でショートするものがあった。

五人組が笑いながら背を向ける中、俺は立ち上がった。身体をしならせ、リョウという男の背中の中心に肘鉄を食らわせた。リョウは背中を反らせて呻いた。間髪いれず、腰を入れた拳をこめかみに撃ち込む。真横に吹っ飛んで砂利の上に転がった。俺は飛びかかって馬乗りになり、渾身の力で顔を殴りつけた。焦った残りの四人が引き離そうと俺の背中に取りついた。俺は何度も殴られたが、それ以上に妻を侮辱したリョウという男だけを狙って殴り続けた。引き離されたときには、リョウという男は虫の息になっていた。荒い息で俺が全員を睨みつけると、彼らは怯えた目で、男を抱えて公園から出て行った。

そのリョウという男が今、目の前の俺を見てつぶやいた。

「兄ちゃん、こいつ」

その瞬間、ヒデと呼ばれていたリーダー格の男の踵が、俺の鼻にめり込んだ。俺は地面に転がった。腹、肩、コメカミ、腹。コメカミ、顎、太もも。ヒデという男は、一言も発さず執拗に俺を蹴り込んだ。

「ミネちゃん、耐えろ」「黙ってろ」

モトキの声が聞こえたが、すぐに消えた。モトキから、ホームレス狩りについても聞いていた。これは鉄則だぞ、ミネちゃん。絶対に反撃するな。その場で勝ったとしても、あいつらは人数を用意して復讐にくる。俺たちはホームレスだ。殺されでもしない限り、警察はそれなりの対応しかしない。俺たちは耐えるか逃げるしかないんだ。

俺はモトキと出会ったときにはすでに、その鉄則をやぶってしまっていた。

鉄板の入ったブーツの先端が、身体のいたるところにめり込む。戦意などなかった。錆びついたボクシングが、こんな人数を相手にできるわけもない。できたとしても、最終的にはモトキたちにさらなる迷惑をかける。俺は必死に痛みに耐え続けた。折れる奥歯、内臓に達する衝撃を感じながら。だんだんと痛みが鈍くなっていった。次第に意識が途切れ、途切れ、となっていく。早く意識を失ってしまいたかった。

だがそうはならなかった。

いつのまにか執拗な暴力が止んだからだ。ちぎれるほど痛む耳が変化した雰囲気を捉えていた。切迫した声。

「なんだてめえら」「なんなんだよ」「ちょ」

その合間に、肉の叩かれるような音が混ざる。

「帰れ。ガキども」

決して大きくはない。だがドスの効いた低い男の声が聞こえた。腫れてふさがりかけたまぶたに力を込めると、妙に体格のいい大男たちが四人、若者たちの間に入っているのが見えた。若者のひとりがナイフを出す。その直後に顎に拳を叩き込まれて地面に倒れ込む。

「帰れ」

また低い声が響く。ヒデというリーダー格の若者はすでに地面に横たわっていた。顔が腫れ上がっている。屈強な体つきの男は、そのリーダー格のパーカーのフードを捻るように摑み、片手で自身の耳元まで持ち上げて言った。

「もうここには来るな。これは帰りの駄賃だ」

そう言って持ち上げていたリーダー格の首に、腕を回して口をふさぐ。それからもう片方の手で、リーダー格の人差し指を握った。ためらいなく手の甲に向かって曲げていく。ふさがれた口元からくぐもった悲鳴が溢れた。その声は無視され、人差し指がぺたりと手の甲につく。リーダー格の男の身体は痙攣していた。

「連れて帰れ」残った若者に投げ渡すと、彼らは怯えた目で公園から去っていった。

屈強な男が俺に近づき膝をおる。

「ひでぇ殴られようだな」

日に焼けた顔はそれなりの皺が刻まれていた。同い年ぐらいか。

「大丈夫か?」肩を叩かれたが、俺は反応できなかった。

「サトウさん」

そう呼ばれ、屈強な男は振り返った。奥にはサトウより若そうに見える仲間の男が、誰かを連れてきていた。それはいつも陸橋の真ん中で酒を飲んだくれているアルさんと呼ばれる男だった。

「サトウさん、この男、ウェルニッケではないでしょうか?」

「そんなことお前が判断する必要はねーよ」

「でも、ハタヤマさんがあきらかに違うようならって」

サトウが黙って若い男に顔を向ける。途端に若い男は表情を変え、「はっ」と声をあげてアルさんをどこかに連れて行った。その奥ではセキの奥さんとヤン爺が、テントから連れて行かれているのが見えた。サトウに別の男が駆け寄ってくる。

「急ぎましょう。交番に向かった一般人がいるみたいです」

サトウは立ち上がり「行くぞ」と声をあげた。

俺は身動きひとつできないまま、去っていく彼らを見つめていた。意識が遠のいていく。途切れかける中で、彼らのやりとりが何度も再生されていた。

この男、ウェルニッケではないでしょうか？　でも、ハタヤマさんが

『ウェルニッケ』そして『ハタヤマ』

俺はその言葉を知っている——。そう思った直後、ふっつりと意識が途切れた。

第五章　奉仕者

1

「モッちゃん。俺、ちょっと周りのテントの人に謝ってくるよ」

「律儀だなあ、ミネちゃんは。もしなんか言われたなら俺を呼んでくれよ」

笑ったモトキの右目の辺りには、青黒いものがくっきりと痛々しく浮いていた。ニワトリをかばった際に殴られたアザ。

「ありがとう」俺は鈍い痛みをひきずりながらテントから出た。

あれから二日が経っていた。あの夜、警察はこなかったという。意識を失ってからは何も覚えてないが、俺の傷はサムライが診てくれたそうだ。傷口を丹念に洗い流され、どこから手に入れたのか抗生物質を飲ませてくれたとモトキが話してくれた。それから丸一日寝込み、さらに一日養生して今日やっとテントから出ることができた。

モトキたちには、発端となったリョウという男との一件を話して詫びた。モトキはそういうこともある、次から気をつければいいと笑ってくれた。サムライは腫れた頰をこれ見よがしに見せ、借りひとつと笑った。手当ての礼も言うと、それはモッちゃんだととぼけられた。ザックコクは俺が意識を戻したことを、ただただ喜んでくれた。ヤマザキは非難めいた視線を送ってきたが、何か言うわけでもなかった。

救ってくれた四人組について聞いてみたが、誰も詳しくは知らなかった。わかったのは彼らは少し変わったボランティア団体で、夜中だけ現れるということだった。凍死防止のために夜中に様子を見に来るボランティアがいるのは知っている。だがホームレスを連れ出すボランティアというのは初めてだった。といっても、悪質なボランティアというわけではないらしい。一年ほど前から定期的にやって来て、ホームレスの中でも特に困っている人を施設に連れて行くのだという。施設では栄養のある食事を与え、元気にして返すという活動をやっているとのことだった。

「夜中だけ現れるボランティア、か」

俺は朝の散策路を歩きながら、ぼやけた視界に映った男たちを思い出していた。全員が全員、屈強な体つきをしていた。短髪に刈り込んだ髪の毛に、姿勢のいい歩き方。本当にボランティアなのだろうか。

そして彼らの口から聞こえたあの言葉。思い出すと今でも心臓が早鐘を打つ。

『ウェルニッケ』『ハタヤマ』

これらの言葉は、都子の最期と共に心の奥底で膿んだ傷のように今も疼いていた。あの二つの言葉を思い出すたび、俺の思考は否応なく過去に引きずり込まれる。

始まりは、ほんの些細なことだった。あれは七年前。都子と結婚して四年が経った頃。真冬の冷え込みがひどい二月の夜だった。俺は仕事が忙しい日々が続いていたが、その日はたまたま早めに会社を出ることができた。疲れが溜まっていた。帰ったらすぐに飯を食って風呂に入って寝る。そう心に決めて駅から足早に歩き、自宅マンションのドアを開けた。台所からは都子の料理を作る音が聞こえていた。

なんだろう、と思った。違和感があった。靴を脱ぎながら俺はその正体に気づいた。寒いのだ。部屋が真冬の外と変わらないぐらい寒い。こんなにも冷えた晩なのに、都子はなぜか暖房器具を一切つけていないようだった。不審に思いながらも、ただいまと声をあげた。おかえりといつもの声が返ってくる。俺は居間に入り「部屋寒みーよ」とエアコンのリモコンのスイッチを入れた。すると「今日暑いでしょ？」意外そうな声が返ってきた。

「はあ？」俺はオープンキッチンの都子の背中に目をやり、その姿に目を疑った。気温五度にも満たないだろうこの寒々しい部屋で、都子はTシャツ一枚で料理を作っていた。

「……お前、寒くないのか？」

「だから暑いって」軽い答えが返る。

言葉を継ごうとして俺は面倒になった。今夜は早く寝たかった。都子はさっきまで運動でもしていたのだろうと、勝手に想像して風呂場に向かった。

だが、それは異変の始まりだった。寒さの感覚が麻痺したような都子の言動は、冬の間たびたび起こった。寒風の中、Tシャツ姿で窓を全開にしていたり、水のような風呂が入れられていたり。さすがに変だぞと言ったが、だって暑いんだもん、と都子は答えるだけだった。更年期障害という言葉も思い浮かんだが、彼女はまだ二十七だった。

俺たちはよくケンカをするようになった。都子はいら立っている日が増え、俺を挑発するかのような物言いをする。今までになかったことだった。同時に彼女がもっていた細やかな気配りが消えていった。シャンプーが切れようが、トイレットペーパーがなくなろうが補充はされなくなり、洗濯の回数が目に見えて減っていった。一時的なものだろうと思っていた。だが冬が終わり春になっても同じだった。疑問を感じながらも、俺はだましだまし夫婦生活を続けた。

季節はすでに夏。仕事から帰った俺は、キッチンの隅に放置された空き缶を見つけて都子に言った。

「昨日、明日は火曜日だから出しといてくれって言ったろ？」

背中を向けたままリビングでテレビを見ていた都子は「なんの話？」と振り返りもせずに言った。ほんの半年前までの都子からは、想像もできない態度だった。

「空き缶だよ。こんなに溜まってる」

溜め息を吐いた俺は、ビールやジュースの空き缶が詰まったゴミ袋を持ち上げた。かつての都子は本当にまめだった。家のことは、なんにつけても俺の方が指摘されるばかりだったのに、今はまるっきり逆転していた。振り返った都子は、なにを言ってるんだろう？　とでも言うように不思議そうに首を傾げて見せた。そのとぼけた表情に、俺は心底いら立った。毎週火曜日が空き缶の回収日というのは、二人とも周知の事実だった。空き缶のゴミ出しは都子の担当だったが、先週も、先々週も放置し続けていた。こちらも意地になって出さずにいたので、ゴミ袋はぱんぱんに膨《ふく》れあがっている。その姿に俺は、まるで自分がないがしろにされているように感じて声を荒げた。

「火曜日は空き缶の回収日だって知ってるだろ」

「へえ、そうなの？」都子は、平然とそう言い放った。

挑発してるのか？　俺は思わず都子を睨んだ。が、その時、俺はやっと気づいたのだ。

都子は挑発しているのではない、と。彼女に浮かんでいたのは、挑発でも皮肉でもない。たった今、生まれて初めて火曜日は空き缶の回収日なのだと、聞かされたような顔だった。

一体、都子はどうしたんだ？　俺はその時初めて、疑問が不安に変わるのを感じた。

まさか都子は――

ふいに目の前を車が走り抜け、俺は足を止めた。

我に返ると、目的地のスーパーの目の前まで来ていた。こめかみを揉み、横断歩道を渡って店内へと入る。小汚い服装に向けられる店員と客の視線は無視した。買い物カゴにタバコやインスタントラーメン、酒を入れて、なけなしの金で支払って出た。

公園に戻り、俺はセキ夫婦のテントに向かった。セキの奥さんは、あのボランティアたちに連れ出されてからまだ戻っていない。

「こんにちは」テントの入り口に声をかけると、しわがれた指先がブルーシートの暖簾の間から見え、タバコの匂いとともに少しだけ開いた。頭を下げると、「ああ、あんたか」とセキが顔を出した。

「先日はご迷惑をかけてすみませんでした。お詫びといってはなんなんですけど。これどうぞ」

俺はスーパーで買ってきたものから、タバコを二箱取り出してセキに手渡した。迷惑といっても、セキがモトキたちのように何かされたわけではなかった。

「悪いね、ありがたくもらっておくよ。気にしないでいいよ」

「ありがとうございます。――ところで」

俺は顔をわずかに傾け、テントを窺うようにして聞いた。

「奥さんはまだあちらの方へ？」

「え、あ、あぁ。しばらくは帰らないよ」セキは言葉を濁した。

「そうですか。あちらで奥さんはなにをされているんですか？」

俺は単純な好奇心という顔で尋ねた。セキの表情が硬質を帯びたのがわかったが、何も気づかないそぶりで話を続けた。

「助けてもらった方々にもお礼を言いたいと思っているんですが、どのような方々なのかぜんぜんわからなくって」

「……ボランティアだよ。妻はあそこで疲れた体を癒やしてもらっている」セキは低く答えた。

「あの失礼ですが、もしかして奥さんはご病気かなにかで？」

ブルーシートの暖簾を摑んでいた彼の指先に力がこもるのがわかった。

「それがあんたになにか関係あるのか？　迷惑かけた上に他人の詮索か？　ここじゃ、そういうのが一番嫌われるんだ。覚えておくといい」

そう言うとセキは乱暴にブルーシートの暖簾を閉じた。

2

昼下がりの散策路。

セキのテントを皮切りに、俺は以前モトキと挨拶回りしたテントを訪ねて回っていた。迷惑をかけたと酒やタバコを配り、ボランティアについて聞いた。だが、詳しく知る者はいなかった。俺を救ってくれたボランティア。感謝しなければならないのはわかっている。それでも彼らが発した、あの二つの言葉が頭から離れなかった。

俺はさらに範囲を広げた。ほとんど交流のないホームレスたちにも話を聞き始めた。不幸中の幸いで、顔の傷はそうひどいものではなかった。薬が効いたのか、まぶたの腫れもほとんど引いている。身体の痛みはまだひどいが目立つアザはなく、手土産を渡せばそう警戒されることはなかった。

聞き込む中で、大広場にいたホームレスから話を聞けた。数回見かけたことがあるだけで、つき合いはなかった。大きなバッグを枕がわりに寝ており、寝袋を持ち歩いて転々としているタイプのようだった。

「夜に連れ出すボランティア？　ははん、俺の噂を聞いたんだろ？　自分も行きたいって思ってんのか？」彼は意味ありげに笑った。

「ええ、まぁ」何を言っているのかわからなかったが、俺は話を合わせた。

「あそこは天国だよ。酒とタバコさえ我慢できりゃ、うまいもんが食えてあったかい布団で眠れる。実際に行った俺が言うんだから間違いねえ」

彼はボランティアが連れて行く施設にいったことがあるようだった。

「あんたも行きたいのか？」そう彼は聞いてきた。

「俺も行けるんですか？」

ホームレスの中でも特に困っている人だけと聞いていたが、方法があるのだろうか。初めての手ごたえに声を大きくすると「まぁな」と彼はどこか誇らしげに答えた。

「どうすれば？」重ねて聞くと彼は目を細めた。

「そうだなぁ。おりゃ冴えてるからな。どうやったら行けるか知ってるけどよお。あんたは――」

値踏みするように俺を見る。

「ちょっと若すぎるが、あんた新参だよな？　ならいけるかもな」

答えを待っていると、彼は手を出してきた。俺はその手のひらにタバコをのせた。笑ったときに見えた歯の色で、一番喜ぶものだと予想できた。彼は満足そうに頷き「誰にも言うなよ」と顔を近づけた。

「一回こっきりだから、大事に使えよ。今度あいつらがきたらな……」

思わせぶりに話を一度切る。そして囁くように言った。

「頭のおかしい振りするんだよ」

胸をぎゅっと摑まれたような感覚を覚え、眉間に皺が寄った。彼は俺の表情の変化に気づいた様子もなく、広場の脇にあるベンチを指さした。

「いつもあそこに座ってる爺さん、知ってるか？」

ヤン爺がいつもいるベンチだった。今はいない。あのボランティアたちが連れて行ったからだ。

「あの爺さんのマネすりゃいいんだよ。ずっと同じ話を繰り返したりしてよ。そうすりゃ、連れて行ってくれる」

やはりそうなのか？　俺は自問した。

「言っとくけどな。最後までいられるわけじゃないからな。あいつらも馬鹿じゃねーから、すぐに気づく。せいぜい四日ってとこだな。でも、おんだされるだけだ。その間に食えるだけ食っときゃいいのよ」

「施設ではなにをするんですか？」

「なにってうまいもん食って寝るだけだよ。最高だろ？」

「他には？　それ以外はなにも？」

「あ？　それ以外？　テレビも好きにみれるぞ」

「いえ、身体を調べられたりとか」手探りに聞いた。

「いやー、特には」彼は思い出すように視線を上げた。

「そういや、健康診断つって調べられたな。毎日血も採られたなあ。そうそう、そういう検査みたいなので、まともだってばれちまうんだよ」

彼は口の端を上げて笑い、タバコの封を切った。


夜になり、公園から出た俺は東京都庁に足をのばしていた。新宿中央公園とは別に、都庁を根城にするホームレスたちがいる。ここは夜になるとホームレスたちが集まり、いっせいに寝床を作り始める。聞く相手には困らなかった。

十人ほど聞いて回ったところで、話をしてくれるホームレスに出会った。都庁の直下にある陸橋の歩道脇で段ボールを広げていた五十代ぐらいの男性。長い髪に、頭にはハンチング帽を乗せていた。ボランティアについて一通り話すと気さくに答えてくれた。

「そのボランティアの人たち、たまに炊き出しでおにぎりを配ったりもしてますよ」

「炊き出し？」

「そうです。炊き出しっていうとキリスト教系のボランティアの人たちが多いけど、彼らは違うみたいですね。それに彼らには基準があるし」

「基準ってなんですか？」

意味がわからず聞き返すと、ハンチングの男性は壁に寄りかかって言った。

「彼らはホームレスにならば誰にでも炊き出しを配るわけじゃないんです。僕たちの中でも特に困ってる人たち。高齢のお爺さんとか、若くてもちょっとおかしな人っているでしょ？　そういう人たち専門なんですよ」

俺は黙って頷いた。芽生えていた疑念が根を張っていく感覚があった。

「最初は欲しいっていい言えば誰にでも配っていたそうですけど。でもお金の問題もあるんでしょうね。配れる数が限られてるから、そういう人たちに絞ることにしたんだと思いますよ。悪いことではないと思います。さすがに目の前をおにぎり片手に素通りされてしまうと、がっかりはしますけどね」

ハンチングの男性は人がよさそうな顔で、どこか達観したように笑った。

「施設の方はなにか知ってますか？」

「話に聞いたことはありますよ。施設では食事だけじゃなくて、健康診断までやってくれるそうです。そっちも最初の二、三ヶ月くらいは居合わせれば誰でもって感じだったらしいですけどね。僕らももう少し前に来てたら、連れて行ってくれたんでしょうね」

ハンチングの男性の小さな笑いに相づちを打ち、重ねて聞いた。

「その話をしてくれた人って、この辺りの人ですか？」

「ええ」

「会うことはできませんかね」

「話してくれるかどうかはわからないけど」とハンチングの男性は背筋を伸ばし、指先を左側の歩道に向けた。

「この先に、僕と同じように寝床を作ってる人がいます。段ボールの代わりに黒い傘をいくつも置いているからすぐわかると思いますよ」

「ありがとうございます」俺はビニール袋を開けて見せた。「どれかもらってください」そう言うとハンチングの男性は顔をほころばせ、「ありがとう」とインスタントラーメンを手に取った。

彼の言った通り、五分ほど歩いた路上端に、黒い傘が半円状に折り重なるようにいくつも並べてある場所があった。近づくと薄く焼酎の臭いがした。ビニール袋からカップ酒を取り出し、傘越しに声をかけた。

「ちょっといいですか？」

黒い傘が身じろぎした。待っていると傘の端が少しずれ、その間から褪せたジャンパーのフードをかぶった男のとろんとした目が見えた。五十前ぐらいか。ひげも髪も荒く伸び放題で、顔が煤けたように浅黒い。返事を待ったが反応がなかった。

「ちょっといいですか？」俺はもう一度声をかけた。今度はカップ酒が見えるように振って見せた。男はゆっくりと傘をどかした。

「なんだよ？」いら立った声。だが、その視線は俺の手にしているカップ酒に注がれていた。

「聞きたいことがあってさ」

俺は言葉をくずし、ボランティアについてざっと話した。

「知ってる？」とカップ酒を手渡す。黒傘の男は受け取ると同時にプルタブを引き開け、匂いを堪能しながら答えた。

「あいつらのことか。知ってるよ」

黒傘の男は唇を突き出して目を細め、きゅっと呷った。すぐそばでサラリーマンたちが迷惑そうに歩道を迂回する。俺は邪魔にならないように傘をどけて男の隣に座った。

「あんたが実際に行ったことがあるって聞いたんだけど」

「あるよ」そう答え、黒傘の男はカップ酒を一度に半分ほど空けた。額に深い皺を寄せ、「かーっ」と腹の底から呼気を吐き出す。俺は酒の相手をしながら、話を聞き出していった。

彼が施設に行ったのは、ボランティアが現れ始めてすぐの一年ほど前のことだったという。その頃は希望すれば誰でも連れて行ってくれたそうだ。きちんとした食事と暖かい布団で眠ることができたが、いくつかルールがあったという。

「ここで受けた待遇について、絶対外で言うなって誓約書を書かされた。こんな待遇してるのをマスコミに知られると、一般人の反感がどうたらって言ってたけど、要するに希望者が殺到したら困るってことじゃねーか」

黒傘の男は鼻で笑ってカップ酒を呷った。また腹から吐息を出し、愛おしそうに酒を見つめた。

「ただ、酒は一滴も飲めねーんだ。あれだけは参った。でも飯はうまいぞ。寿司がでたこともあったしなあ」

「寿司？」俺の驚いた声に、黒傘の男はかさかさの唇の口角を上げて笑った。

「そんなうらやましそうな顔すんなよ。もう昔の話だよ。それ以外は、施設を出なきゃ自由だった。テレビみたり、好きなときに風呂入ったりなあ」

「健康診断は？」

「ああ、毎日なにかしらの健康診断みたいなのがあったな」

「健康診断って血を採るとか？」

「それもあったし、熱とか血圧とか。へんな機械に通されたりもした」

「へんな機械って？」

「なんつうか。真ん中に大きな穴の開いた筒みたいな機械の中に入れられてよ」

「筒……」

「俺たちホームレスの健康を把握して、国に訴えるためのデータがなんとか言ってたな。知ったことじゃねーけどな」

黒傘の男はコップを傾ける。と、何かを思い出したように動きを止めた。

「そういや、入ってから一週間くらいかな。点滴されるようになったんだよ。その間動けなくてよ。あれは勘弁してもらいたかった。栄養が偏ってるとか言いやがってよ」

点滴——。俺は頭の中で復唱した。それから質問をいくつか続け、最後に聞いた。

「その施設の話、ほかに詳しく知ってる奴いないかな？」

「いるけど、お勧めしねーよ」

「なんで？」

「この話すると、だいたいあいつ怒るから」

黒傘の男の元を離れ、俺は彼から聞いた場所に向かっていた。都庁の足元に広がる高架下の空間に集まるホームレスを横目に歩きながら考えていた。

俺の予想が、想像が、本当に現実のものだとしたら。だとしたら、潰えたと思っていた夢が——夢が叶うかもしれない。体内に灯った黒い炎が、強く瞬くのがわかった。

街灯と幻想の炎が混ざり合う揺らめきの中に、都子の姿が見えた気がした。

都子は日に日に変わっていった。俺の知る彼女とはまったく別の何ものかに。都子はいろんなものをなくすようになった。家の鍵、車の鍵が見つからないに始まり、財布、書類、携帯電話と身の回りのありとあらゆるものが、どこにいったのかわからなくなっていった。そして部屋はひどく散らかり始めた。かつては俺が好き放題に散らかしてしまうのを、小言を言いながら片づけてくれたのが嘘のようだった。都子の大事なものは俺が管理するようになった。

ある日、帰宅すると焦げたような強い臭いが部屋中に漂っていたことがあった。火事？　俺は靴のまま部屋に上がり、臭いのするキッチンへ駆けた。そこには都子の背中があった。辺りを見回すが火の気はない。火事ではなかったと安堵して都子に近づいた。

彼女は懸命に洗っていた。それは笛吹きケトルだった。プラスチックの注ぎ口がどろどろに溶けていて、それが臭いの原因だとわかった。都子はずっとケトルを火にかけっぱなしにしてしまっていたのだろう。

「失敗しちゃった」

大したことじゃない、そう都子は自分に言い聞かせるように笑った。俺は何も気づかないふりをして便乗し「バカだな」と笑ってみせた。

その頃になると、俺は都子に怒ることはなくなっていた。そういう問題じゃない。俺は気づいていたのだと思う。それでもすぐに元に戻る。俺はまだ自分に嘘をつき続けていた。

疲れてるんだよ。俺は都子の頭を撫で、しばらく火を使わない方がいいかもなと言った。都子は震えるように小さく、何度も頷いた。笛吹きケトルは電気ケトルに変わり、都子が料理を作るのは、俺が在宅の時に限るようになった。

状況は加速度的におかしくなっていった。勤めていた会社も体調不良が続くと辞めてしまった。専業主婦となったが、それから数ヶ月もしないうちに料理ができなくなった。キッチンに立った途端、気分が悪いと訴えるようになったからだ。

今なら痛いほどわかる。都子は体調不良でも気分が悪かったのでもない。仕事はおろか、料理もできる状態ではなくなっていた。その理由が都子自身にもわからず、なんとか理由をつけようとした結果が、気分が悪いというものだった。

それは夕食に宅配ピザを注文したときだった。電話で注文を済ませた俺は、宅配を待つ間に風呂に入った。風呂からあがると、ダイニングテーブルの上にはすでにピザが置いてあった。思ったより早かった。失敗したと思った。都子はテーブルの椅子に腰かけ、うなだれていた。妙な気配を感じた。しかし気づかないふりをした。

「ピザ、早かったな」タオルで髪をこすりながら対面の椅子に座った。都子は何も答えない。俺はあえて明るく振る舞った。

「うまそうな、匂――」「わかんない」俺の言葉をかき消す、押し殺した声。

「都――」「もうわかんないよ」

都子は突然に大声をあげると、テーブルの上にあったバスケットを押しのけた。テーブルから落ちたバスケットが床でたわんでバウンドし、中から零《こぼ》れ出したものが硬質な音を床に響かせた。

それは唸るほどの小銭の山だった。

都子は計算がほとんどできなくなっていた。できないからいつも札を出す。結果、小銭は溜まり続けた。おつりは用意したバスケットに入れるように言っていたが、このバスケット以外にも部屋中のあちこちに小銭が散らばっていた。

「もういやだあ。死にたいよお」

都子は天井に顔を上げ、わんわんと泣き出した。大きな瞳の端から涙が次から次へと零れ出す。彼女が自分で気づかないわけはなかった。何もできなくなっていく自分を、一番恐怖していたのは都子自身だった。それを今さらながらに俺は思い知った。

「大丈夫だ。心配するな。俺がいる」子供のように泣いている都子を抱き寄せた。

もう嘘をつくことはできなかった。都子の中で何かが、とんでもない何かが起きていた。


俺は渋滞する車の群れを追い越し、新宿中央公園まで戻ってきた。

俺たちのテントがあるエリアとは逆の、陸橋を渡った先にあるちびっ子広場のあるエリア。その一番端にあるベンチの隣に、腰の高さほどしかない小さなテントがあった。近づくと黒傘の男と同じく酒の臭いがする。道路のエンジン音に混じり、テントから何か音がしていた。集中すると、それが舌打ちだとわかった。ぶつぶつと何か言っては舌打ちする。それを延々と繰り返していた。気後れを感じたが、いくしかなかった。俺は気を張り、テントに声をかけた。

「ちょっといいかな」

返事はなかった。だが、舌打ちが止んだ。待っているとテントの暖簾が開いた。隙間から見える血走った目と青白い皮膚。「あー」と、その男はだみ声を発した。話が通じるのか？ 俺は不安になった。

「ちょっとだけいいかい？」とりあえずカップ酒を見せてみた。暖簾から痩せこけた青白い手が伸びてくる。手渡すとカップ酒を男は凝視した。その顔に笑みのようなものが浮かび、「お前いい奴だなあ」と言った。

「土産だよ。ちょっと話を聞きたいんだけどいいかな？」

「いいよお。ちょっと待っててなあ」間延びした返事があった。

小豆色のウィンドブレーカーを着た男が、這いずりながらテントから出てきた。すぐそばのフェンスに寄りかかる。俺もその隣に座り、ボランティアと彼らが連れて行く施設について今まで聞いたことを簡単に説明した。男は舐めるようにカップ酒に口をつけながら聞いていた。

「で、あんたもそこにいったことがあるって聞いたんだけど」

そう言った瞬間、青白い男の顔に怒気が差し、俺の顔に唾を飛ばして声をあげた。

「そうだよ。あいつら差別しやがってよ。しやがってよお」

俺は顔についた唾を肩で拭きながら聞いた。

「差別ってなにを？」

「俺は足が悪いんだよ！」

男は自分の右足をぱんぱんと手で叩いた。座っているので、どう悪いのかはわからなかった。

「おりゃ足が悪いんだよ。差別しやがって」

「どういうこと？」

「差別だよ。おりゃ足が悪いんだよ」

「いや……だから、足が悪いからどうなったの？」

「差別だよ。おりゃ忘れないから」

何を尋ねても堂々巡りだった。俺は質問の仕方を変えながら、辛抱強く男から聞き出していった。二時間かけて確認できたのは以下の事柄だった。

男は半年ほど前にボランティアの存在を知った。すでに連れて行かれる対象が絞られていたが、ホームレスの中でも困っている者は連れて行ってくれるという噂も聞いていた。男は交通事故で右足に障害があるのだという。そのことをボランティアに話して連れて行ってくれないかと持ちかけた。その願いは聞き入れられ、男は施設へ行くことができた。聞いていた滞在期間は二週間。だが、たった三日で追い出されたという。

「俺の足が悪いのは、見りゃわかるだろう！」

男は施設でもそう主張したが、聞き入れられなかったらしい。

「ちくしょう。人を馬鹿にしたような試験も、注射も我慢してやったのによお」

「試験ってどんな？」

男はパサパサの髪の中に手を入れ、爪を立ててがりがりと掻いた。

「今日は何月何日ですかあ？　今日は何曜日か？　って。ここは何県だ、ここは何階だとか」

男は恨みをぶつけるように俺を睨みつけた。

「俺を馬鹿だと思ってやがる。簡単に答えてやった。そしたら今度は、丸とか四角とかの図形みたいのを書き写してみろとか、今言った数字を逆から言ってみろとかよお。ガキでもできることを延々やらせやがるんだ。馬鹿にしやがってよ。馬鹿に――」

男はぼろぼろと涙を流し、カップ酒を呷った。

話を聞き終えた俺は、男に礼を言いもう一本カップ酒を渡して立ち上がった。男は泣きながら酒を手に、鼻をすすってテントの中へ戻っていく。

俺は公園から歩道に出てふらふらと歩き、聞いてきた話を反芻した。

一年ほど前に現れ始めた、夜にホームレスを連れ出すボランティア。最初はすべてのホームレスが対象だったが、二、三ヶ月すると問題を抱えたホームレスに限定するようになった。今の男の話からわかったことがある。ボランティアがいう問題を抱えたホームレスの中には、足が悪いということは含まれていない、ということだ。

そこから導いた推測に思い至り、俺は歩道にへたりこんだ。通行人が距離を空け、迷惑げに目の前を通っていく。俺はアスファルトの上に転がったまま、薄汚れたジャージの太ももを握っては離し、離しては握った。呼吸が速くなる。辿り着いた結論は、喉の奥に強い渇きを感じさせた。

「……間違いない」

俺は都庁の背後に見える白く濁った星空を見つめてつぶやいた。そうだ。あのボランティアたちは、ただ問題が多く困っているホームレスを集めているんじゃない。明確な目的の上で集めている。

あのボランティアたちが発していた言葉。ウェルニッケ。

そして施設に行ったホームレスたちが受けた健康診断と称するもの。

あまりにも酷似していた。都子が病名を診断されたときと。

彼らが連れて行くホームレスは——。

俺は吐き出すようにつぶやいた。

「都子と同じ病のホームレスたちだ」

転がっていたアスファルトに手をつき、立ち上がって歩き出す。あの時のことを、まざまざと思い出していた。

俺はやっとのことで背けていた事実に向きあい、都子を病院へと連れて行くことを決意した。だが、病名の見当がつかず、どの科を受診していいのかわからなかった。そこで大学病院に出向いた。受付で相談すると神経内科を案内された。

神経内科の医師は都子を一通り診療した。そして妻は酒はよく飲むのか、と俺に聞いてきた。つき合い程度と答えると、精神科を受診するようにと言った。精神病なのかと聞いたが、医師は調べてみないとわからないと言った。

不安を抱えながら精神科を受診した。診療した精神科の医師は言った。神経内科へと。神経内科からこちらに来たと言ったが、もう一度行くようにと言われた。怒りが喉元まででかかったが堪えた。都子がどういう状況なのか、一刻も早く知りたかった。

神経内科を再び受診すると、最初に診た医師がまた飲酒について聞いてきた。隠れて飲んではいないかと。怒りを飲み込み、妻に飲酒の習慣はないと答えた。そもそも都子は酒が弱く、飲んでも吐いてしまうと説明した。医師は頷き、ウェルニッケ脳症じゃないな、とつぶやいた。

そうだ。あのボランティアの屈強な男たちが言っていたウェルニッケとは、ウェルニッケ脳症のことに違いなかった。彼らのやりとりを思い出す。

——サトウさん、この男、ウェルニッケではないでしょうか？　そんなことお前が判断する必要はねーよ。でも、ハタヤマさんがあきらかに違うようならって。

彼らは、ウェルニッケ脳症の人間を必要としていないのだ。

あの時、俺は医師にウェルニッケ脳症とはなんだ、と聞いた。医師は、酒の多飲やビタミンB1の欠乏で起こる病気だと説明した。それから医師は都子に質問を始めた。

今日は何月何日ですか？　今、あなたがいる場所がどこかわかりますか？　数字の順唱、逆唱——それは交通事故で右足が不自由になったという男が、施設でされた質問と同じだった。

驚いたことに、すべての質問に都子は答えられなかった。医師は脳神経外科でPET検査をする必要があると言った。PET検査とはポジトロン断層撮影法といわれるもので、脳のブドウ糖の代謝を診断することができるものだと説明された。三日後、都子は機械のベッドの上に乗せられていた。ベッドはスライドする機構で、彼女の頭の上には筒状の真ん中に大きな穴の開いた機械が鎮座していた。

——なんつうか。真ん中に大きな穴の開いた筒みたいな機械の中に入れられてよ。

黒傘の男が言っていたものと同じ機械だった。

ＰＥＴ検査の結果、都子の病名が判明した。これなら精神病の方がまだましだと思った。

病名は、若年性アルツハイマー型認知症。

稀ではあるが、二十代でも発症することがあるのだという。

発症から一年が経過していた。

歩道に差し込む闇夜に並んだヘッドライトの群れが、俺を照らした。その光を見つめながら思った。彼らが連れて行くホームレスには共通点がある。いつも同じ話を繰り返しているヤン爺。極度の人見知りに見えたセキの奥さん。アルコール依存症のようなアルさん。全員に認知症に似た症状があった。そして表面上は同じ症状でも、アルコールが原因と思われるウェルニッケ脳症は最終的に除外する。

俺は宙を睨んだ。

あのボランティアは、問題を抱えたホームレスを施設に連れて行くんじゃない。認知症のホームレスのみを連れて行くのだ。

あのボランティアは、集めたホームレスたちで何をしている？

思い至るものがあった。自然と歯を食いしばる。都子が辿った道だ。あのボランティアが言ったもうひとつの言葉が蘇った。

――でも、ハタヤマさんがあきらかに違うようならって。

ハタヤマ。忘れたくても忘れることができない名前。俺からすべてを奪った男の名と同じ。あの男なのか？　あの男はまだあきらめていなかったのか？　それなら今度こそ、今度こそ見つけ出す。胸の中で黒い炎が、一段と烈しく噴きあがるのがわかった。

第六章　支度

1

ボランティアが現れて四日目の深夜。

公園のベンチに腰を下ろした俺は待ち続けていた。両手に包んでいた湯を入れたコーヒー缶はすでに冷え切っている。視線の先には以前サムライに聞いた雨水貯留施設の看板。さらにその先に新宿中央公園の二つのエリアを繋ぐ陸橋があった。もう三時間近くここにいる。底冷えする風に歯が鳴り始めていた。身体の震えが止まらない。限界が近かった。テントに戻って着込んでくるべきかと迷い始めたときだった。

待ち人が現れた。ふらふらと俺の目の前を歩き抜け、陸橋の真ん中で立ち止まった。手にしていたカップ酒を呷り、その場で倒れ込むようにしていびきをかき始めた。アルさんだった。彼は若者たちに襲撃された夜、ボランティアによって連れて行かれた。あの時、彼を連れていたボランティアは言った。

——サトウさん、この男、ウェルニッケではないでしょうか？

――そんなことお前が判断する必要はねーよ。

そしてアルさんはヤン爺とセキの奥さんと共に施設へ連れて行かれた。俺はセキグループのテントがある場所に目を向ける。ヤン爺とセキの奥さんが戻ってきた様子はない。施設には本来、二週間いられるはずだ。なのにアルさんだけが四日で帰ってきた。俺は寒さを忘れ、酒を手に眠りこけるアルさんを一心に見つめた。

やはりそうだ。そういうことだ。彼はアルコールの多飲によるウェルニッケ脳症だったのだ。それが判明し途中で帰された。もう間違いない。あのボランティアは、アルツハイマー型認知症のホームレスだけを集めている。

ふふ、と口から漏れた。俺は抑えられなくなった呻きとも歓喜ともつかない声をあげた。腹の底から力がみなぎってくる。希望は力をくれる。たとえそれがどんなに黒かろうとも。ベンチを立ちテントへ戻った。目的を遂げるためにやらねばならないことがあった。その実現には、協力者が必要だった。


「モッちゃんいる?」

翌朝、俺はモトキのテントの前に立っていた。彼以外は皆出払っている。

「いるよ」ブルーシートをめくると、モトキは横になってラジオを聴いていた。

「ちょっといい?」そう言うと、モトキは体を起こし入り口に置いてあったカゴを隅へとどかした。中には卵が三つ入っていた。彼の飼っているニワトリが産んだのだろう。俺は体をかがめて中へ入り、腰を下ろした。寝そべらなければなんとか二人座れた。

「頼みたいことがあるんだ」

俺の改まった様子に「どうした？」とモトキは少し驚いた顔を見せた。

「この前、助けてくれたボランティアなんだけど」

どう話すべきかと少し考え、「いや、まずは俺の死んだ妻の話を聞いてもらっていいか？」と切り出した。モトキはいぶかしげな顔で、片耳に突っ込んでいたイヤホンを外した。

思い出すたび、身を引き裂きたくなる記憶。ブルーシートの青白い室内で、俺は都子とのことを語り始めた。

「俺はさ。どこにでもいるサラリーマンだった。人並みの苦労と充足した毎日。このまま穏やかに歳をとっていければって思ってた。だけど妻が病気になった。彼女はまだ二十七だったけど、若年性認知症、アルツハイマーと診断された」

医師から告知されたの時の衝撃は、今も身体の奥に残っている。

「認知症に特効薬はないんだ。妻はゆっくりと、確実に症状を悪化させていった。体温感覚の異常に始まり、物忘れがひどくなって、会社に行けなくなって、料理もできなくなった。それから簡単なおつりの計算さえも。曜日と時間の感覚も消えていく。個人差はあるが、十年を待たず運動障害が出て寝たきりになるだろうと、医師に宣告された。そう遠くない未来に死があった」

根治的な治療薬や治療方法はない。はっきりと告げられた。

「そんな俺たちに担当医師は言った。エタニティという製薬会社が、アルツハイマーの有望な新薬を開発したって」

まだ話の繋がりが見えないからだろう。モトキはいぶかしげな表情のまま俺を見ていた。

「とても期待できる薬だから試してみないかって。それはまだ認証前の薬で、使用するためには治験という臨床試験に参加しなければならなかった。治験とは最新の薬を試せるかわりに実験台になるということだ。人間に試す段階まで来てるんだ。安全性は担保されているんだろう。だが万が一がある。俺は断った。それでも担当医師は言うんだ。この薬は安全性が高く、奥さんに効果が出る可能性がとても高いと」

その結末。ごつんごつんと脈を打つ怒りが顔に出そうになる。俺は大きく息を吸った。

「医師は確信があるのか、診療のたびにその話を持ち出した。次第に俺も治験について調べるようになった。入会していた同じ病気の患者を家族にもつ、アルツハイマーの会にも持ちかけて繰り返し話し合った。会の中には俺と似た家庭環境で、若い奥さんを患者にもつ同年代の男性もいた。その男性は迷った末、俺より先に新薬に希望を託し、治験を受けることを決めた。他にもいくつかの家族が参加を決めた。俺は踏ん切りがつかなかった。このまま妻を失いたくはない。だが治験がうまくいくとは限らない。迷い続ける俺に医師が言った」

担当医師の妙に血色のいい肌を思い出す。つやつやとして自信に溢れた顔。あの言葉に、あの誘惑に、俺は勝てなかった。

「元気になった奥さんと、以前のように話したくはないですかって。あいつともう一度話す――笑いあえる。あの笑顔を、もう一度見られる。ありえるわけない。でもそれが叶うかもしれない」

考えないようにしていたことだった。あの言葉に、希望に大きく火が灯ってしまうのがわかった。後戻りできない篝火《かがりび》。胸に絞り込むような痛みも感じたことを覚えている。

「俺は決心した。そして妻は製薬会社エタニティの新薬、アルツハイマー型認知症治療薬臨床試験の被験者となった」

都子の最期に、俺は目を細めた。あの最悪の日。

「そして――妻は死んだ」

モトキは何も言わなかった。しばらくの沈黙のあと口を開いた。

「ミネちゃんの奥さんの話はわかった……」

彼は小さく首を傾げた。

「だが、それがあのボランティアとどう関係があるんだ？」

2

狭いテントの中で足元に敷かれたすのこを軋ませ、俺は居住まいを正した。

「あれから俺は、あのボランティアの話を聞いて回っていた」

「……詫びのためじゃなかったのか？」

モトキのわずかに波立った声に、俺は頷いた。

「そこでわかったことがある。モッちゃん言ってたろ？　あのボランティアは特に困っているホームレスを集めて施設に連れて行くって。違うんだ。彼らは困っているホームレスなら誰でも連れて行くんじゃない。その選び方には明確な目的がある」

「目的？」

「ああ。彼らが連れて行くのは、アルツハイマー型認知症の疑いのあるホームレスだけだ。俺の妻と同じ症状のホームレスだけを連れて行くんだ」

納得しかねているモトキに、俺はホームレスたちから聞き出したことを説明した。施設で行われる問診や検査機器。それらがアルツハイマー診断のための問診と検査方法に酷似していること。アルさんのようなウェルニッケ脳症のホームレスは最終的に除外されること。判断するに至った経緯を丁寧に説明していった。現実感の薄い話だった。俺も都子のことがなければ考えもしなかっただろう。

話を聞き終えたモトキは、意外にも信じがたいという顔をしなかった。

「それで？」と続きを促した。俺は驚きを感じながら続けた。

「彼らが施設でやっているのは多分、治験だ、新薬の実験。合法なものじゃない。ホームレスを使った人体実験に近いだろう」

「まさか」さすがにモトキも笑いを浮かべた。

「妻の治験を受け入れるとき、色々と調べた。治験とは、新薬の法的な承認を得るための臨床試験のことだが、その承認には手順がある」

俺は判断にするに至った経緯を語り始めた。

「新薬が開発されると、まずは動物実験が行われる。ここで薬の効果と副作用を確かめるんだ。その期間は通常三年から五年。膨大な動物実験の末に問題がないと判断されれば、そこで初めて人間を対象とした臨床試験——治験が始まる。

治験は一般的に三つの段階に分かれている。フェーズⅠでは、少数の健康な人を対象に投与して薬の安全性を確かめる。フェーズⅡでは、対象疾患のある少数の患者を対象に投与量などを決定する。フェーズⅢでは、多数の患者に投与して有効性と安全性を確かめる。フェーズⅡが俺の妻が受けたものだった。これらの治験には通常三年から七年の月日がかかる」

俺の説明にモトキは笑いを消し、白髪の中に細い手を入れた。

「聞いて回ってわかったのは、ボランティアが現れた一年前の当初は無差別にホームレスを施設に連れ出し、健康診断と称して検査をやっていたということだ。多分、それがフェーズⅠだ。健康な人間に薬を投与して問題が出るか確かめていた。尿検査、血液検査、そして点滴による治験薬の投与。そして数ヶ月後には、彼らはアルツハイマーと思われるホームレスだけを選んで施設に連れて行くようになる。それが意味するのは、対象疾患の患者への投与。フェーズⅡあるいはフェーズⅢへの移行だ。この推測が事実なら、彼らは通常三年から七年かかる手続きを、数ヶ月単位の凄まじいペースで進めていることになる」

俺はホームレスたちの話と、かつて調べた情報を整理しながら説明を続けた。

「医師を通して治験患者を募る本来の方法ではなく、ホームレスを使って異常なスピードで進行させている治験。なぜ彼らはホームレスを使うと思う?」

モトキは答えず、灰色の眉に親指を押しつけ、俺を見つめた。

「俺たちホームレスは、社会から身を隠すように生きている。それぞれに事情があり、そのほとんどは家族や親族との連絡を絶っている。それは同時に、俺たちがこの社会から唐突に消えても問題にならない可能性が高いことを意味している。一般人と比べてはるかに隠蔽しやすいんだ。だから彼らは俺たちを選んだ。俺たちの中からアルツハイマーの症状がある者を探し出し、違法な手続きで進める新薬の実験台とするために」

違法な新薬の治験。いきなりこんな話をされて、信じろと言うのに無理があった。俺自身、確固たる確信までには至っていない。だからこそ確かめたかった。信じるまではいかなくとも協力をしてほしい。それが俺の望みだった。

まずはどうモトキを説得するか。どう言葉を尽くせば、たとえすべては信じられずとも協力してくれるか。俺はモトキの出かたを待った。

彼の反応は、俺の予想とはまったく違うものだった。

「やっぱりまだわからないな。仮にあのボランティアが、俺たちホームレスを使ってアルツハイマーの新薬の実験をしているとする。だが、それがミネちゃんの奥さんとどう関係してくるんだ？」

驚いたことに、モトキは俺の話を一旦すべて飲み込んだ上での質問をしてきた。首を捻り、俺に重ねて聞いてくる。

「同じ治験を受けたものとして許せない、ということか？」

話が早い。俺は頭を切り替え、モトキの質問に答えた。

「違うよ」

内奥に黒い炎が瞬くのを感じた。もしかしたら笑みを浮かべてしまっていたかもしれない。

「あの夜、ボランティアのひとりが名前を漏らしたんだ。モッちゃんが聞いていたかはわからない。だが、確かに言った。ハタヤマという名前を」

モトキの目が細くなるのがわかった。彼も聞いていたのかもしれない。

「口ぶりでは、あのボランティア組織のトップ、あるいはそれに近い人間のようだった」

モトキは睨むように見てくる。俺も睨み返すように言った。

「忘れられない男と同じなんだよ。幡山泰二《はたやまたいじ》。俺の妻を治験で殺した男の名だ。俺の妻が受けた治験は、まともなものじゃなかった」

3

「治験の事故は、ニュースで聞いた気はするが……」

モトキは三年前の報道をおぼろげに思い出したようだった。

「そのハタヤマという男が、ホームレスを集めて治験を行っていると？」

「その可能性があると思ってる」

「だが、いくらなんでも……」モトキは眉間に皺を寄せた。

「そのハタヤマというのが、奥さんの担当医師だった男の名前なのか？」

「いや、そうじゃない」

話の筋がわからなくなったのか、モトキは腕を組み、テントの端に視線を外した。彼の困惑を見つめながら、俺はどう話すべきかと思った。

あの最悪の日。病院では都子を含めた二十人の治験患者が集められていた。そして第一回の治験薬の投与が行われた。予後をみるということで患者たちは大部屋に案内された。都子はベッドに寝かせられ、すやすやと寝息をたてていた。俺はとりあえずの安堵に加え、今までの心労に呑まれてうとうととしていた。

どれくらい寝てしまったのだろう。夢半ば、速い呼吸に混じるうめき声のようなものが聞こえた気がした。薄く目を開けると、ぼやけた視界に横たわる都子の姿が見えた。焦点が合うにつれ俺は口を開き、声にならぬ声をあげた。

信じられなかった。

小さかった都子の顔が、破裂しかけた風船のように膨れあがり、首は丸太のように腫れ上がっていた。俺はナースコールを力の限り押し込み、唇を震わせながら仕切りカーテンを開けた。部屋中からうめき声が聞こえていた。病室から飛び出した。遠くを歩く看護師の背中に、あらんかぎりの声をあげた。

「看護師さん！　都子が！　みんなが！」

医師たちが駆けつけ対応にあたった。人工呼吸器をつけられた都子たちは、集中治療室に入った。それから三時間。俺をはじめ、患者の親族たちは入室を許されず、待つしかなかった。閉ざされたドアの向こうから、都子の苦悶が幻聴のように聞こえる気がした。

「できるかぎりの処置を行わせていただいたのですが……」

それが担当医師の最初の言葉だった。何も考えられなくなり、俺は白い天井を仰いだ。

都子はそのまま息を引き取った。治験を受けた二十人の患者の内、七人が死んだ。

後日、改めて説明された。治験薬は抗体医薬という人間の免疫システムを利用したものであるが、それが今回予想外の反応を引き起こしてしまった。結果、全身に極度の炎症が発生し、多臓器不全で死亡したのだと。それ以外にも詳しい炎症の機序などについての説明を受けたが、医師の話を要約すればこうだった。

今回の結果は予測不可能だった。誰の責任でもない。

「ミネちゃん」

モトキの声が耳に差し込む。俺は飛んでいた意識を戻した。

「ハタヤマってのが担当医師じゃないなら誰なんだ？　まともな治験じゃなかったって」

モトキは話がわからない、という顔でこちらを見ていた。

「それがわかるまでは、時間がかかった」

俺はそれを枕に、都子が死んでからのことを話した。

呆然とした日々を送っていた。何も考えられなかった。テレビでは治験で死亡事故が起きたと報道していた。治験薬を製造したエタニティは不測の事態で、手続き上の問題はなかったと説明を続けた。一方でマスコミはエタニティの問題点を次々と暴いていった。右肩下がりの経営状態、大きな利益を生んでいた薬の特許切れを間近に控えた切迫した状況。今回の事故原因は、減収の穴を埋めようと性急に治験を進めた結果ではないかと。

俺はそれらの一切に興味をもてなかった。自失から自己嫌悪、そして責任転嫁。それを延々と繰り返していた。

なぜ、俺は治験を受け入れてしまった。治験が危険をはらんでいるのは最初からわかっていた。それを希望にすがりつき、夢でもみるように受け入れた。俺はどうしようもないゴミクズだ。怒りがこぽこぽと音を立てる。都子をあんな姿にして殺した奴ら。ふざけるな。なんであいつがあんな目に。あの担当医師は、なんであんな薬を何度も何度も勧めてきた。いや、違う。彼は都子の回復を願って提案してくれた。怒りの矛先を向けるのはお門違いだ。彼は故意に都子をあんな目に遭わせたわけじゃない。そうだ俺が悪い。なぜ俺は——

　無限のループを何度も歩いた。繰り返し歩くたび、わずかずつではあるが、俺は冷静さを取り戻していった。

　そんな中、エタニティから謝罪があった。病院に治験薬を卸していた医薬営業部門《MR》の責任者は、誠心誠意のお詫びをと土下座をした。治験を決定した経営陣は来ないのかと俺は聞いた。しかし、申し訳ありませんと言うばかりで、結局誰も来ることはなかった。

　大学病院長と担当医師からも謝罪があった。予見できなかった事故とはいえ、と口をわななかせた担当医師。執拗《しつよう》に治験を勧めた彼には言いたいことがたくさんあった。問い詰めても意味はないとわかっていても、言わせてもらうつもりだった。だが実際のところ、俺は何も口にしなかった。

「彼に同情したわけじゃない」

「それならなぜ、問い詰めなかった？」モトキが聞き返した。

「担当医師に不自然さを感じた」

「不自然さ？」

　話しぶり、視線の動き、瞳孔の開き。こいつは何か隠している。そう直感した。それからも何度か担当医師から説明を受けたが、疑念は解消しなかった。こいつは嘘をついている。そう考えるとたまらなくなった。病院で待ちぶせたこともある。彼は謝罪を繰り返したが、疑いを消すことはできなかった。眠れない日々が続いた。もう何をしようと都子は戻らない。そう自分を納得させようとしても、気を抜くと疑念が頭をもたげてくる。

あの医師はなんの嘘をついている？　隠さねばならないことがあるのか？

それを呼び水に、真実とも妄想とも区別のつかない思いが湧いてくる。

都子の死は、避けられるものだったんじゃないのか？

それが閾値《いきち》を超えた時、俺は決意した。

「行動に移した。医師を拉致し、問い詰めた」

その言葉に、モトキの顔に苦いものを噛みつぶしたような表情が浮いた。

ちらつかせたナイフ。あの時の俺は狂っているようにしか見えなかっただろう。事実、一線を越えつつあった。その危うい精神状態を見てとったのか、恐怖に顔をゆがませた担当医師は、半日もしないうちに口を割った。

早急に治験患者を集めるように、エタニティから強要されたのだ、と。

恐喝のネタはお粗末だった。女性問題。担当医師は、同大学病院で副院長をしている教授の娘と結婚していた。とても嫉妬深い妻で浮気がばれればすべてが壊れる。どうしても表沙汰にはできなかったと泣いて俺に訴えた。そんな理由で、担当医師は都子の治験を執拗に勧めていたのだ。

そのあまりにも手前勝手な話に俺は怒りを吐き出し、洗いざらいしゃべらせた。

担当医師も馬鹿ではなかった。恐喝への対抗策を探し、エタニティについて独自に調べていた。

その資料をすべて出させた。

「それでわかったんだ。マスコミの報道どおり、エタニティは尻に火がついていた。それから逃れようと薬の危険性に目をつぶり、一方的な理屈で拙速に治験を進めていた。その結果があの惨状を作り上げた」

医薬品の世界にはブロックバスターという言葉がある。優れた薬効を持ち、著しく需要が高い薬のことだ。エタニティもブロックバスターを保持し、莫大な利益を得ていた。だがそれは終わりを迎えつつあった。売上の半分近くを占めていたブロックバスターの特許切れが、間近に迫っていたからだ。新たなるブロックバスターの創薬が急務だった。高齢化社会を念頭に開発されたアルツハイマー型認知症の新薬。それにエタニティは全力を注ぎ、臨床試験までこぎつけた。

担当医師はこの新薬について、様々なMRを呼び出してはクライアントの立場を最大限に利用して聞き回っていた。そこで得たのは、マスコミにも出ていない、噂レベルでしかないものの、かなりきな臭いものだった。

エタニティの新薬は、動物実験において高い効果と同時に副作用も出ていたというのだ。ごく一部ではあるが炎症反応をみせた対象動物がいたと。だがその副作用はなかったことにされた。噂で漏れるほど研究所内でも反対の声が上がったにもかかわらず、すべては黙殺されたのだと。

担当医師はご丁寧に説明してくれた。動物実験で問題がないからといって、人間にも問題がないとは限らない。だからこそ治験が行われる。だが、理屈の上では逆のことも考えられる。動物実験で問題があったからといって、人間にも問題が出るとは限らない。エタニティはそれに社運をかけ、博打《ばくち》に出た。そして負けたのだと。

法と倫理を無視した博打。エタニティは大負けしたにもかかわらず、払った代償は刑事的責任でもなく倒産でもなかった。わずかばかりの社会的信用の失墜と投資金の損失。一方で生け贄となった都子たちは、人なのかも判別ができないほど顔を腫れ上がらせ、臓器という臓器を真っ赤に燃やされて命をもぎ取られた。

――必ず償わせてやる。

あの時の思いが蘇り、俺は歓喜さえ含んだ呪詛をこぼしそうになった。深呼吸して自分を抑え、モトキに視線を戻す。モトキは尋ねた。ハタマヤとは誰なのかと。俺はその答えを告げた。

「研究者たちの反対を黙殺し、経営陣も黙認させたのがエタニティ創薬研究所の元統括所長の幡山泰二だった。この男が動物実験の副作用を不問とし、担当医師を恐喝して患者を集めさせ、治験を進めた張本人だった」

俺の脳裏には、写真で見た幡山泰二の顔が浮かんでいた。

モトキは黙然としていた。そして眉間に皺を刻んだまま尋ねてきた。

「それがなぜ真実だと思う？　幡山は創薬研究所の所長に過ぎないのだろう？　最終決定権はない。最終判断を下したのは、経営陣じゃないのか？」

「俺は興信所を使い、裏を取れるだけとった。そこには信じるにたる情報があった」

先を促すようにモトキは俺を見た。

「情報は二つあった。幡山はただの所長じゃない。業界では創薬の天才といわれていた。癌治療薬を専門とし、ブロックバスターとまではいかなくとも、収益性の高い新薬をいくつか作り上げている。名実ともにエタニティを支える大黒柱だった。ただ事件が起きる三年ほど前からスランプに陥っていた。新薬はおろか研究発表もなくなり、業界では天才の限界と噂されていたそうだがな」

「スランプではあったが、実績のある所長の判断として押し切れたということか？　部下は強引に納得させたとしても、経営陣がそれで首を縦にふるか？」

「経営陣を納得させたのは別の力だ。マスコミでも取り上げてはいたが、刑事事件とならなかったこともあってほとんど表に出なかった。皤山泰二はただの社員じゃない。エタニティの筆頭株主である皤山家の血縁者だったんだ。社員でありながら、経営陣の上に立つオーナーのひとりでもあった。だから強引にことを進められた」

新薬の芽さえ出ない状況。統括所長であり、筆頭株主の一族でもある皤山泰二の焦りは相当のものだっただろう。下手をすればすべてを失いかねない。エタニティが保有するブロックバスターの特許切れまで残された時間はそうなかった。新薬を開発できなければ、株価の暴落は目に見えている。それを防ぐためには、唯一ブロックバスターになる可能性をもつ、アルツハイマー治療薬を是が非でも成功させるしかなかった。

「動物実験で確認された副作用。その黙認リスク。露見性と成功率。それらを天秤にかけ、それでも治験を推し進めるという判断は、創薬の現場を肌で知り、さらに経営陣を無理やりにでも縦に振らせる力もあるものでなければできなかったはずだ」

俺の言いたいことを理解したらしいモトキのしわがれたまぶたが、微かに痙攣した。

「あの判断は、皤山泰二にしかできなかったんだよ」

「……それからどうした？」モトキは目を閉じて聞いた。

「そのまま風化させるつもりなどなかった。動物実験での副作用を無視した事実を、世間はまだ知らない。俺はこれを公にすることを決意した。皤山泰二とエタニティがやったことを刑事事件として起訴するため、告訴の準備に入った」

当時の苦い記憶に俺は唇を引き結んだ。

「それがどうして？」モトキはなぜそれが今、ホームレスをやっているのか、と思ったのだろう。

「その矢先、会社を解雇された」

「理由は？」

「担当医師の拉致がばれた」

顔を腫らせて帰った担当医師は妻に問い詰められ、治験の事故絡みで俺に連れ込まれ殴られたと説明したらしい。エタニティからの恐喝は伏せたままだった。それで怒り狂った妻が、俺の会社に怒鳴り込んで来た。その時、俺は不在だった。追ってきた担当医師がなだめて帰ったそうだが、妻は「必ず訴えるから」と捨てゼリフを残したという。

体面を重視する会社で、都子が患ってから会社も休みがちで使えなくなっていたのもあっただろう。会社は自主退職を俺に迫った。だが、俺は辞めるわけにはいかなかった。告訴するための調査や準備には、まだまだ金がかかる。

「退職を拒否した俺に、会社は予想もしなかった手を打ってきた」

本当に予想外だった。視界の外から突然殴られた気がした。

「横領をでっち上げられたんだ」

証拠がある。法務担当者を同席させた上司から、身に覚えのない書類のコピーを突きつけられた。リスクを冒してまで会社がこんなことをするはずがなかった。だとすれば外部からの圧力。上司などへの一個人か、会社組織そのものへなのか。どのような方法かも不明だが、その方がしっくりきた。かけたのはエタニティか、幡山家か。それ以外に偽証のリスクを背負ってまで俺を退職に追い込みたい者など思いつかなかった。

法務担当者は言った。自主退職すれば訴えまではしない。だが、戦うというのであれば、最後までお相手する。腹を決めた組織を相手に戦う。俺のすべてをかけて戦わなければ勝負にならないだろうと思った。だが、俺にはそんなことをしている時間はなかった。自主退職を受け入れるしかなかった。ささやかな退職金を注ぎ込み、一時期の勢いこそなくなってしまったものの、エタニティへのくすぶりをまだ見せていたマスコミを利用して戦うつもりだった。

だが、それは甘い考えだった。

退職までの間、社内では俺に関する黒い噂が飛び交うようになっていた。横領に監禁と暴力。多額の借金。暴力団との交際。事実と嘘が入り交じった噂は、会社以外にも広がり、知り合いのほとんどが耳にすることになった。退職に応じたという事実は、横領を認めたと周りから判断された。それは同時に、根も葉もない噂にも真実味を与えることになった。今まで都子のことで同僚には負担をかけ、友人には疎遠にしていたつけもあっただろう。周りの対応は極端に冷淡になった。

幡山泰二を告訴する。俺はその目的を前に、仕事を、知り合いを、友人を失った。そして何より、信用という大きなものを失ってしまっていた。何度マスコミに話を持ち込んでも相手にされなくなった。話を聞いてくれても俺の噂を知ると、詐欺か被害妄想の類と判断された。共に話を進めていた弁護士も去っていった。

急速に社会との関係性が断ち切られていった。まるで手足をもがれていくような感覚。人は何かを成し遂げようとするとき、社会の仕組み、金、人間関係を自分の手足のごとく使って実現する生き物なのだと実感させられた。

アルツハイマーの会も俺から離れていった。告訴する準備をしていると話したからだろう。下手に関係をもつと、エタニティからの賠償金に支障がでかねない。そんな中でひとり、まだ若い奥さんが患者という似た環境の、特に親しかった男性だけがつき合いを続けてくれた。だがそれも互いに疲弊していく中で疎遠となり、結局俺はひとりになった。

「その時の俺はすでに、幡山泰二を、エタニティを、追い詰める術を失っていた」

俺は戦う前から奪われてしまっていた。一切を失くして移り住んだ六畳の饐えた臭いのする賃貸アパート。俺はこんな自分でも温めることのできる希望を育てるようになった。頭にあったのは、もはや法による応報ではなかった。原始的かつ効果的な、自身を引きかえとした直接的な復讐。

「……殺そうと？」モトキは哀れむように声を出した。

「そうだ。俺の最後の希望は、幡山泰二を自らの手で殺すことだった」

その達成の日を糧に、牢獄にも似た小さな部屋で俺は日々を過ごした。

「だが、その希望もほどなくして潰えた」

「どうして？」

モトキの問いに、俺はすぐに行動を起こさなかったあの時の自分の馬鹿さ加減に、思わず笑いを浮かべて言った。

「幡山が失踪したのさ」

治験で都子が死んでから半年後だった。幡山泰二は忽然と姿を消した。エタニティから、製薬業界から、社会そのものからいなくなった。予想もしてなかった。まさに消えた。それは海外かもしれないし、まったく別の名義で新しい生活を送っているのかもしれない。わかっているのは、手足をもがれた俺が探し出すことは、もう不可能だということだった。エタニティは失踪発表の際、理由は不明としながらも、幡山が事故の責任を感じて失踪したのではないかと含みを持たせた。それを潮にマスコミがこの件について取り上げることはなくなった。動物実験の副作用を無視して治験に踏み切ったことも、ついに公にされることはなかった。

モトキは、それから俺が今ここにあるまでの経緯に思い至ったのか、小さく溜め息を吐いた。

「最後の希望さえ失った俺は落ち続けた。生きている意味などなかった。頭の中では死がちらつき始めていた。すべてがどうでもよかった。そんな時、俺はこの公園でセーフティネットに引っかかったんだ」

俺はモトキを指さした。

「あんただよ」

4

「あんたは俺を助けた」

俺はモトキを指さしたまま言った。強引な理屈だ。自分でもわかっている。だが、彼にはどうしても協力してもらう必要があった。

「最後まで面倒を見てほしい」

「どういう意味だ？」

「あのボランティアの施設に潜りこみたい。協力してほしい」

モトキは答えず、じっと俺の顔を見つめてから、言った。

「――目的は？」

「あのボランティアが、本当にエタニティなのか確かめる。それが間違っていなければ、違法な治験の証拠を手に入れる」

「それは過程であって、目的ではないだろう？」

言葉につまった。看破されていた。

「目的は、幡山泰二という男を殺すことか？」

俺は答えなかった。答えてもしょうがないことだった。

モトキは小さく息を吐いた。そして聞いてきた。

「俺にどうしろと？」

「今度あのボランティアが来たとき、俺は認知症のふりをする。その時、以前からおかしかったと伝えてほしい」

モトキはあぐらをかいた太ももに肘をつき、手のひらに顎を乗せて唸るように言った。

「ミネちゃんには、警察にすべてを話すっていう選択肢はないのか？」

俺はひねたように笑った。

「モッちゃんは、ホームレスの妄想じみたたわごとを聞く、心優しいおまわりさんに会ったことがあるのか？」

モトキは大きく息を吐き出し、腕を組んで沈思した。長い数分が過ぎた。彼は視線を上げた。

「いいだろう。協力しよう」

礼を口にしようとしたところで、モトキは手をあげて遮った。

「その代わり約束してくれ」

「なんだ？　殺すなとでも？」

そんな口約束など意味がないのは、モトキもわかっているはずだった。

「そういうことじゃない」モトキは首を横に振った。

「施設がどういうものであるにしろ、まずは内情を確認するだけにしてくれ」

答えないでいると、モトキは言った。

「身に染みて知ってるんだろ？　拙速は最悪の手だって。どうせやるなら、きっちりとやれ」

俺はしばらく黙った後「……わかった」と答えた。モトキの言う通りだった。

「よし」とモトキは笑顔を見せ「最後にもうひとつ」と人差し指を伸ばして言った。

「もし幡山泰二が関係していないとわかったら、すっぱり忘れて、ここに帰ってこい」

モトキは「ここにだ」と言った。

俺はどう答えていいのかわからず、「ああ」とだけ言った。

ここに、という言葉が、なぜか心に触れた。

「約束したからな？」

念を押すモトキの目は、なんともいえない目をしていた。俺は思い出していた。そうだ。これは彼と初めて会ったときに見た目だ。家も仕事もなく公園の片隅で暮らしながら、何もあきらめていない不思議な瞳。俺はこの瞳に引かれて今ここにいるのだ。そしてチャンスをもらった。俺がゆっくりと頷くと、モトキも頷き返した。

「取引成立だ。みんなには余計なことは言わないよう俺から言っておくから心配するな」

「ありがとう。……モッちゃん」

俺は自身に芽生えた不可思議な感情を持て余しながら礼を言った。

5

夜も更けた新宿中央公園。

俺はありったけの服を着込んでベンチに座っていた。木立を隔てた先に、セキのグループのテントが遠目に見える。あのボランティアが現れてから二週間が経った。これまで集めてきた情報が正しければ、連れて行かれたセキの奥さんとヤン爺が今夜ぐらいには戻ってくるはずだった。

それは思ったよりも早かった。深夜二時前、セキの奥さんとヤン爺が、二人のボランティアに連れられて散策路を歩いてくる姿が見えた。俺はベンチから身をかがめながら、木立の中へと入った。身を隠し、セキたちのテントへと近づいていく。

息を押し殺し、木々の間から様子を窺った。ヤン爺が自分のテントに入っていく姿が見えた。その隣でセキがテントから出てくる。セキの奥さんは、セキを見るなり「アヤ姉ちゃん！」と飛びついた。セキは違う名で呼ばれても否定しなかった。哀しげな表情を浮かべ、奥さんの頭を撫でるだけだった。俺にはセキの気持ちが痛いほどわかった。セキの奥さんの病状はかなり進んでいる。すでに夫であるセキが誰なのか把握できないのだ。都子が俺に向かって母親の名前で呼んだ日のことを思い出した。そして改めて確信する。セキの妻は認知症に間違いないと。

「帰ってきたな、セキさんの奥さん」

突然の声にびくりと振り返ると、木立に紛れてモトキが近づいてくるのが見えた。

「見たか？　ヤン爺も帰ってきた。次にボランティアが来るのは二週間後だ」

俺が頷くと、「戻ろう」とモトキは背中を向けた。ベンチに戻り、俺たちは並んで腰を下ろす。すでにボランティアたちは姿を消していた。

「ザックたちにはある程度話した。協力してくれるそうだ。セキさんとこにも話は通しておいたから、協力はしないまでも告げ口はしないだろう」

「ありがとう」

「ミネちゃん――」モトキはそこで迷うように言葉を区切り、また口を開いた。

「奥さんこと、忘れられないか？」

俺は答えなかった。モトキは続けた。

「人の命は永遠じゃない。長くても短くてもそれぞれに意味はある。ミネちゃんは輪廻転生を信じてるか？」

あまりにも突飛な質問に、俺はモトキを見返した。彼の顔は真剣だった。

俺は首を横に振り「無宗教だよ」と答えた。モトキは小さく笑うと、「日本人はだいたいそう言うよな。俺もだ」と言った。

「だが、色々と想像してみるといい。たとえば、ミネちゃんが無限の命を得ることができたらどう生きる？　長いから意味があるとも限らない。短いから意味がないわけでもない。俺たちホームレスには長い長い夜がある。少し考えてみるといい」

モトキは、危険を冒してまで施設に入ろうとする俺に、過去ではなく未来をみて考え直せと言いたいのかもしれない。俺は頷きながらも、内心でつぶやいていた。

そういうことじゃないんだよ、モッちゃん。俺の命はとっくの昔にあいつのものなんだ。

俺の反応にモトキは嘆息すると、「むずかしいよな」と寂しそうに笑い、立ち上がった。

「俺、ちょっと用あるから。またな」

彼はそう言って去っていった。俺は薄暗い街灯に映るモトキの背中を見つめながら思った。

都子の人生に意味がなかったなんて思ってるわけじゃない。ただ、都子がいなくなった俺の人生に意味がなくなっただけだ。いやモトキが言いたかったことはそんなことではなく、単純に心配してくれているのだろう。

あのボランティアがエタニティと無関係だとしても、違法行為に手を染めている可能性は高い。もしそれが外部に漏れる危険に勘づけば、それなりの対応をするはずだった。若者たちに容赦のなかった屈強な四人組を思い出した。

だが、それは俺にとって障壁とはならなかった。死への恐怖はない。俺はすでに生きる屍なのだから。ただ、ここには戻って来られないかもしれないのは確かだ。施設に行く前に、俺はひとつだけやっておきたいことを思いついた。

6

ビニール袋に入れたカップ酒を手に、俺はモトキに連れてきてもらったときと同じように、周りの視線を気にしながら神田川に降りた。川底の端の干上がったコンクリの上を歩いていく。ヌシの住処を訪れるのはあれ以来だ。炊き出しはもっぱらモトキが届けていた。あの襲撃から、俺にはそんな余裕もなかった。

「こんにちは」

暗い横穴に入った先、モップの暖簾を分けながら声をかけた。

「誰だ？」前回と同じく険のある声が返ると、ランタンの灯りが俺の顔を照らす。

「ミネか」とヌシが体を起こすのが見えた。

「適当に座ってくれ」

俺はヌシの寝袋のそばに腰を下ろし、手土産のカップ酒を出した。ランタンの電池が切れかけているのか前回よりも暗く感じたが、ヌシは気にする様子もなく背後のカラーボックスに手を伸ばした。

「思ったより遅かったな。これを食べたら一週間ももたずに来ると思ってたんだがな」

さっそくキノコの入った瓶を手に取ったヌシが冗談めかした口調で言った。確かにここに来た目的は、ヌシとキノコだった。施設にいく前にもう一度会って食べさせてもらおうと思っていた。それほどヌシのキノコはうまかった。

「いろいろあって」

「いろいろ？　多忙なホームレスか」ヌシはくっと笑った。

「ベニも食べるか？」前にも出してくれた赤いキノコの入った瓶にヌシは手を伸ばした。ベニテングタケだ。俺は少し迷ったが首を横に振った。

「それはいいです。いくらおいしくても倒れちゃかなわないし」

「慣れだよ」

ヌシはすまし顔で手にした瓶の蓋を開けると、ベニテングタケを口に入れてうまそうに口を動かした。ベニテングタケに後ろ髪を引かれながら、俺はヌシの住処を見回した。前回はキノコが並んだこの異質な空間に圧倒されたが、二回目の今日は心の余裕があった。見れば見るほどここは変わっている。テント暮らしのホームレスの定番であるカセットコンロと鍋以外はおかしなものばかりだった。

「これ、試験管ですか？」

指さしたカラーボックスには、小学校の理科実験で見かけた記憶のある、試験管らしきものが木の枠に五本入っていた。その横にはシャーレのようなものまである。

「なにかの実験でもしてるんですか？」

ヌシは笑った。

「実験じゃない。キノコ栽培に必要なんだ」嬉しそうな顔で試験管の一本を手に取る。

「この試験管でキノコの菌を培養するんだ。それとは別に、そこのオガクズと米ぬかを混ぜたものを瓶に詰めて培地を作る。瓶は密閉して圧力鍋で煮る」

確かにカラーボックスには、オガクズと米ぬか、そして空のガラス瓶と圧力鍋が置いてあった。

「瓶を圧力鍋で煮る？　なんでそんなことするんです？」

「滅菌だよ。キノコ以外の菌が繁殖したらキノコが育たないだろ」

「へぇ」と声をあげると、当たり前だろうと言わんばかりの顔でヌシは続けた。

「試験管のキノコの菌がある程度増えたら、滅菌したガラス瓶の培地に移す。後は大きくなるのを待つだけだ」

「ふーん。思ったより手間がかかるんですね」

「全部拾いもんでできる。小皿でも試験管代わりになるしな」

感心していると、「マツタケがなぜ高価かわかるか？」と気分がのってきたのか、ヌシは問題を出してきた。

「あんまり採れないからでしょう？　あれ、でもこんなふうに栽培すればいいよな」

自問する俺に、ヌシは嬉しそうに笑う。

「いい疑問だ。実はマツタケは栽培できない」

「そうなんですか？」

「ああ、たとえば椎茸やブナシメジなんかは木材腐朽菌といって、腐った木があれば育ってくれる。だがマツタケはそうはいかん。菌根菌といって生きた木が必要なんだ。それ以外にも樹木の種類に林齢、土壌微生物の量に周辺の立木密度、気温に湿度に雨量、色々と条件がある。それを栽培施設で再現するのは今のところむずかしい」

「ほー」俺は香りさえも忘れてしまったマツタケの蘊蓄を肴にカップ酒を口にした。

「ベニテングも同じだ。マツタケと同じ菌根菌だから栽培はできん。マツタケよりも見つからないときもあるくらいだ」

「んー」そこまで説明されると食べないのは惜しい気がしてきた。ヌシはベニテングタケを爪楊枝でひとかけ持ち上げ、にやと口の端を上げた。

「食うか？」

俺は意識を失った前回の反省と、語られた希少価値と舌の記憶を天秤にかけた。

「やっぱりうまいな」

結局、俺は舌鼓を打った。それからヌシとカップ酒を酌み交わし、しばらくキノコ談義に花を咲かせた。ひと区切りしたところで立ち上がった俺は、興味本位に部屋を眺めて回った。壁際に置かれたカラーボックスの中は、本当に様々なキノコがあった。面白い空間だ。そうしみじみと思いながら腰を下ろしかけたところで、俺は声をあげた。

「な、なにしてるんですか？」

「え？」ヌシは不思議そうに顔を上げた。

「そ、それ」薄暗くて気づかなかったが、よく見るとヌシの左手首辺りから透明な管が伸びていた。その管はヌシの背後にあるカラーボックスの上、液体の入った袋と繋がっていた。

「これか？　点滴。点滴を知らないのか？」

「え、いや、そういうことじゃなくて、なんで？」

なぜ点滴をしているか以前に、そんなものをどうやって手に入れたとか、素人がすることか、などと頭に浮かんだが、うまく説明できなかった。

「体調がわるかったからな。栄養補給だよ」

「だからそんなことじゃなくて。えっと、自分でやってるんですか？」

「いや、モトキに体調が悪いって言うとやってくれる」

「モッちゃんが？」

俺はチューブに繋がった点滴液に近づいた。点滴液は病院で見かけたことがある不透明の柔らかそうなプラスチックボトルに入っており、口の部分を逆さにして透明な管を出していた。側面には「生理食塩液」と印刷されたシール。針金ハンガーを器用に折り曲げて作った台座に固定され、吊されていた。さらにボトル上部には、針のついた小瓶が差し込んであった。これが栄養剤ということだろう。もう終わりかけらしく、小瓶の中は無色透明の液体がわずかに残っているだけだった。小瓶にもシールが貼ってあり、こちらには手書きで品名と製造日らしきものが書いてあった。

二行の英文字で、一行目が『Mermaid-Cocktail』とあった。

二行目は『Mermaid-2』。これが製品名だろうか。

「これ、マーメイド・ツーって読むんですか？」

「さあな」ヌシは興味がなさそうに答えた。

「そろそろ終わったか？」

聞き覚えのある声に振り返ると、モトキが入ってくるところだった。目が合うとモトキは少しびっくりしたように「来てたのか」と言った。

「うん。キノコをご馳走になりたくてさ」

「そうか」とモトキがこちらに近づいてきたので、俺は場所を空けた。モトキはヌシの点滴の残量を確認すると、管の途中にある点滴速度の調整用と思われるネジを締め、ヌシの腕から針を抜いた。慣れた手つきでハンガーからボトルを取り外し、針とそれ以外のものに分けていく。

「点滴なんてどこで手に入るの？」

「ん？」モトキは持参した空のペットボトルに針を入れながら答えた。

「サムライに頼めば、昔の仲間から分けてもらってきてくれる」

そういえば、サムライは俺の治療の際も、抗生物質を飲ませてくれた。だが、友達に医者がいるとしても、そんな簡単に分けてくれるものだろうか。本当にサムライが調達しているのだろうか。俺の手当も、実際はモトキがやってくれたとサムライは言っていたが。

「モッちゃんは前に医療関係で仕事してたの？」

以前ザッコクから、モトキは建設関係の日雇い労働者だったと聞いていたが、聞かずにはいられなかった。

「いいや、見よう見まねだ。サムライが教えてくれた」

「かなりよくなったよ。モッちゃん」

ヌシのしわがれた声に「また悪くなったら言いなよ」とモトキが答えた。

そのやりとりに不健康さを感じ、俺は口を挟んだ。

「点滴までしなくても、栄養のあるもの食べたほうがいいんじゃないですか」

「この年になると肉もつらくてな」ヌシが皺だらけの顔を横に振る。

俺はテントにいるモトキのニワトリを思い出した。

「卵なんてどうです。モッちゃんのニワトリが卵産んだら、生みたてを俺がヌシの――」

「食べるために飼ってるんじゃない」

遮ったのはモトキだった。なぜか声に棘があった。彼がそんな態度を見せたのは初めてで、俺は言葉につまってしまった。凍った空気にヌシが言った。

「ありがとう、ミネ。卵はあんまり得意じゃないんでな。気持ちだけもらっとくよ」

「……あ、はい」俺は飲み込めないものを感じながら頷いた。

「モッちゃんもどうだ？　ミネが持ってきてくれた」

場をとりなすようにヌシがモトキにカップ酒を渡した。モトキは黙って腰を下ろし、プルタブを引き開けて酒を口にした。俺も腰を下ろす。

微妙な雰囲気だったが、飲んでいくうちにほどけていった。さらに飲み重ねるうち、俺は眠くなってきた。酒なのか、ベニテングタケなのかはわからない。ただただ眠かった。

「黄昏が未来を開き、ガラスが未来を支える、だ」

またヌシがいつかと同じことを言っているなと思った。結局、なんの意味があるんだっけ？　そうぼんやりと考えながら俺は眠りに引き込まれていった。

第七章　楽土

1

「きたぞ」

モトキの囁きが、テントの外から聞こえた。

その夜はついに来た。ブルーシートの暖簾をモトキが小さく開けた。

「今、セキさんのところだ。そろそろこっちに様子を見に来るはずだ」

頷いた俺は、寝たふりをしようと肘を床についていて動きを止めた。モトキに動く気配がなかったからだ。視線を戻すと改まった顔で彼は言った。

「ミネちゃん。約束を忘れるなよ」

返事を待たず、モトキは暖簾から手を離して消えた。

俺はしばらく黙然として横になった。枕がわりに重ねたタオルに頭をのせる。顔をうつむけると、テントの入り口に自分の靴が見えた。見た目はどこにでもある黒いワークブーツ。だが右の踵をよく見ると別パーツとなっている。まだアパートにいるときに作った細工だった。踵には刃渡り七センチのT字状のナイフが仕込んである。これで幡山泰二を――その決意を遮るようにさっきのモトキの言葉が頭に響いた。くそ。今は施設に辿り着くことに集中しろ。そう言い聞かせて布団をかぶった。

五分ほどすると、外から複数の足音が聞こえてきた。

「どう？　変わりない？」

テント越しの声の主は、あのボランティアのリーダーのようだった。サトウと呼ばれていた。

「この前は助かったよ。いつも見回り悪いね」

モトキの声が聞こえた。しばらくの雑談の後、モトキがトーンを落とした声で言った。

「あと、変わったっていうほどでもないんだけどね。最近、このテントにひとり増えたんだ。ほら、この前一番殴られてた人。覚えてる？」

「ああ。覚えてる」

「あの殴りこみ。あの人のせいなんだよなあ」

迷惑げなモトキの声。それきり声が聞こえなくなった。モトキが小声でサトウに話しているのだ。前もって決めた手順どおりだった。

――あの人さ。ちょっとおかしいんだよ。炊き出し食っても、しばらくしたら食べてない盗ったたろって言いがかりつけてきたり、ずっと同じ話を繰り返したりでさ。往生してんだ。あんたたち特に困ってるホームレスの面倒みてくれてるんでしょ？　しばらくでいいから連れてってくれないかな。そうサトウに耳打ちしているはずだった。

「いいよ」とサトウの声が聞こえた。目の前のブルーシートの暖簾に人の気配がして、俺は目を閉じた。

「ミネダさん」サトウが三回、名前を呼ぶのを待ってから目を開けた。顔だけ上げて暖簾に目をやると、サトウの笑顔があった。Tシャツの上にジャケット、ダウンコートを羽織っている。首もとをみるとかなり鍛えているのがわかる。肌は浅黒く、ボディビルでもやっているかのような見てくれだった。

「ミネダさん、こんばんは」

その笑顔に俺は不審気な顔で応じた。サトウの背後からモトキが顔を出す。

「ミネちゃん。この人、ボランティアのサトウさん。ミネちゃんこの前、殴られて怪我したろ。その時、助けてくれた人。サトウさんが、しばらくうまいもん食わせて栄養つけさせてくれるってさ」

「……誰にも殴られてないけど」

俺はまったく心当たりがないように答えた。サトウは笑顔をくずさない。

「まあまあ、それはいいよ。おいしいもんごちそうするから。一緒に行こう」

「……寿司食いたい」

「いいよ。あっちについたら好きなだけ食べればいい」

俺は考えるふりをした。そして「ミネダさん」ともう一度促されるのを待ってから立ち上がった。テントから出ると、前回と同じく四人の男がいた。短く刈り込んだ髪に、太い首。皆が同じような体格をしている。その内のひとりに連れられ、俺は公園の外に出た。

道路脇にマイクロバスが駐まっていた。車内の十五席ほどのシートには、セキの奥さん、ヤン爺。その他にも見かけたことのある計六人のホームレスが乗っていた。一列に一人といった案配で座っている。ヤン爺がひとり言を繰り返す中、他は一様に黙り込んでいた。

「ミネダさんは、あそこいいかな」

後からついてきたサトウが言い、俺は一番後方の座席に案内された。素直に従い、シートから周りを見渡す。窓にはカーテンが引かれていた。惚けた表情を作りながら、開けようとしてみたが、固定されて開かなかった。だが、行き先がわからないようにするためでもないようだ。前方のフロントガラスは見えているし、リアウィンドウにもカーテンはかかっていない。俺は座る位置をずらし、前の二つの座席の頭乗せの間に視線を合わせた。これで前が見える。どこに行くのか見極めておかねばならない。

「出発しまーす」サトウがバスガイドのように声をあげると、隣の運転手の肩を叩く。エンジンの始動音と共に左右に首を振られた。バスはゆっくりと動き出した。

始まった——。俺はヘッドライトに照らされた深夜の道路を見つめ、誰にもわからないように深呼吸をした。

2

「足元気をつけてー」

マイクロバスの乗降口の前に立ったサトウが、ステップに手をやりながら言った。

俺は混乱していた。走ったのはわずか三十分足らず。新宿中央公園を出たバスは、中央自動車道を走り、調布駅前の道路へ入った。数分後にはこのビルの地下駐車場に入っていた。

バスを降りて見回した。ぽつぽつと駐車されている車。遠目にはサラリーマンらしき男が歩いている姿も確認できる。見当違いだったとでもいうのか。違法な治験施設のはずだった。もっと人気のない場所に連れて行かれるのだと思っていた。だが実際に到着したのは駅からも近い、どこにでもあるようなオフィスビル。こんな場所で堂々とやれるものなのか。すべては希望にすがった俺の妄想だったのか？　落胆と不安が腹底に染みてくる感覚があった。

茫然としながらサトウの先導で地下駐車場を歩いていく。途中エレベーターがあったが、素通りしていった。エレベーターの案内板が目に入る。一階から六階までテナント名が書かれていた。そのいくつかは聞いたことのある企業で、ごく普通のオフィスビルに間違いないようだった。ただ、最上階の七階のテナント名だけ空欄となっていた。

駐車場の奥へと進むと、突きあたりにさっきよりもひと回り小さいエレベーターの扉が見えた。すぐそばに一人用のプレハブボックスが置かれている。中には警備員が座っていた。こちらに気づくとボックスから出てきて、サトウに頭を下げた。そしてベルトから鍵束を取り出し、エレベーターの操作パネルに鍵を入れた。

扉が開く。このエレベーターは鍵でしか動かないようにしているのだろうか。セキュリティとしては大げさだ。俺はわずかに希望を取り戻しながら、エレベーター横の壁面に目をやった。昇降ボタンの隣に注意書きが貼ってあった。

『ここは七階専用エレベーターです。他の階のお客様は、北口エレベーターをご利用ください』

「入ってー」サトウは俺たちの半分をエレベーターに乗せた。警備員が一緒に乗り込み一組目が上っていく。二組目となった俺は、戻ってきた警備員と入れ違いにサトウと一緒にエレベーターに乗った。『専用運転』と表示されたパネルの下には、地下二階から地上七階のボタンが並んでいる。サトウが七階のボタンを押すと動き始めた。

「はい、出てー」扉が開くと、そこは白色蛍光灯が光る小綺麗なフロアだった。

目の前がちょっとした広間になっている。正面にはナースステーションにも似た、中央に机が六台ほど置かれた詰所があった。病室とオフィスが入り混じったような空間だった。詰所から看護師のようなユニフォームを着た男女八人が出てきた。年齢は三十代中盤から五十代といったところか。彼らは一礼すると、俺たち一人ひとりについた。俺の前には四十代後半ぐらいの女性が来た。

「担当させていただきますヤマグチと申します。まずはシャワーをどうぞ」

この小太りの女性が世話係ということらしい。彼女は詰所の隣のシャワー室へと案内した。他のホームレスたちも次々と入ってくる。中には八つのシャワーブースが並んでいた。着替えのパジャマとバスタオルを手渡される。横を見るとヤン爺には世話係が二人付き添い、浴槽つきと思われる個室へと入っていった。

俺はブースの脱衣所に置かれたカゴに服を投げ入れ、浴室に入ってシャワーの湯栓を全開にした。久しぶりの熱い湯だった。体いっぱいに浴びながら、時間をかけて三回洗髪し、ボディーソープを泡立てて重なった垢を丹念に落とした。

すべてを洗い流して浴室から出た。手に取ったバスタオルを顔にかぶせて、ぷはっと水中から顔を出すように息を吐く。正直、生き返った感覚があった。いつもの濡れタオルで体をふきあげて済ますのとは別次元の快感。公園で暮らし始めてから一ヶ月以上経つが、湯を浴びたのはモトキの誘いで行った銭湯の一回きりだった。

パジャマに着替え、衣類と所持品を持ってシャワー室から出る。広間で待っていたヤマグチは、さらに隣にある部屋へと案内した。そこは身長体重計とブースで区切られた机と椅子だけの部屋だった。順番に体重と身長を測り、ブースで名前と年齢、体調や簡単な既往歴を聞かれた。峰田聡二郎《そうじろう》、三十五歳。体調に問題はなく既往歴もないことを、俺はたどたどしく答えた。それ以外のことは何も聞かれなかった。その後、廊下を進んだ先にある個室へと案内された。

「少々お待ちください」とヤマグチは個室を出て行った。

衣類と所持品をベッド横のカゴに入れ、靴をベッド下に置いて個室を見回した。十畳ほどの広さで、病院の個室によく似ていた。ベッドの脇にテレビが設置され、ナイトテーブルの上には今日付けの新聞がおいてある。小さな冷蔵庫を開けると、ミネラルウォーターがぎっしりと詰め込まれていた。

窓もシャッターなどで目隠しされていることはなかった。存分に外の景色を眺めることができる。正面にはオフィスビルが見え、その合間には調布駅前のファッションビルも見えた。逆にいえば、この個室で不審なことがあっても外から見られているかもしれないということだ。思い違いだったのだろうか。ここはまっとうなボランティア施設なのか？　俺はわからなくなった。

「失礼します」入り口のスライドドアを開けてヤマグチが入ってきた。彼女は注意事項と書いたコピー用紙を俺に渡し、ここでのルールについて話を始めた。

「シャワーは消灯時間以外、随時利用が可能となっております。映画、ビデオゲームのご用意もありますので、入用の際は声をおかけください。ベッド脇のコールスイッチを押していただければ伺います」

ベッドに視線を落とすと、ナースコールのようなプラスチック製のボタンが置いてあった。

「施設に滞在されている間は、外出は原則禁止とさせていただいております。もし外出の必要がありましたら、ご相談ください」

ヤマグチは手持ちの用紙を一枚めくる。

「健康状態の把握のため、毎朝、採尿と採血を行わせていただきます。採尿はシャワー室前のトイレで、採血はこのベッドで採らせていただきます。お酒、タバコは禁止です。一日目の明日は詳細な健康診断をさせていただきますので、朝食はございません。診断終了後とさせていただきます」

一通り説明を終えたヤマグチは、「よろしいですか？」と聞いてきた。俺はわかったようなわからないような顔を作り、曖昧に頷いた。ここに連れてこられる人間の特性を心得ているからだろう。彼女はそのまま話を続けた。

「わからないことや困ったこと、いつでもコールスイッチでお呼びください。ではこれから食事を持ってまいります」

頭を下げてヤマグチは部屋を出て行った。しばらくすると食事を持ってきた。俺をベッドの上に座らせ、ベッド備えつけのテーブルを引き出して盆を置く。

「今日は遅いので軽い夜食となります。明日からは二十二時に消灯となりますので、よろしくお願いします」

冷蔵庫からミネラルウォーターを一本取り出して盆の横に置くと、彼女は一礼して部屋から出て行った。俺は目の前に置かれた土鍋の蓋を開けた。湯気と共にたまらない匂いが立ち上がってくる。鍋焼きうどんだった。白みがかった卵と、汁を吸ったエビ天が食欲をそそった。急きながら割り箸を手に取り、すする。

「……うまい」自然と声を漏らしていた。

三十分後、ヤマグチは食器を引き取りにきた。「消灯です」と窓のブラインドを下ろし、照明を消して出て行った。

俺は布団の中にもぐりこんだ。シーツのなめらかな肌触り。そのえもいわれぬ感触の中、暗闇に目を開いた。懐かしい感覚は過去も思い出させる。都子と過ごした日々。そしてその結末。目の前の快楽に溺れるな。ここがエタニティの施設なら証拠を摑み、違法なアルツハイマー治験薬を手に入れる。そして幡山泰二を見つけ、この手が届く範囲に近づくことができれば。ここからが本番だ。

一時間後、俺はコールボタンを押した。ぱたぱたと廊下を歩く音がしてドアが開いた。

「峰田さん、どうかされましたか？」

照明をつけたヤマグチが尋ねてきた。俺は眩しげな顔で体を起こした。

「どうしても眠れなくて。眠れる薬、もらえませんか？」

「すみませんが、お薬の用意はないんです。そうですね。部屋をもう少し暖かくしましょうか」

俺は曖昧に頷き、横になった。

五分後、再びコールボタンを押した。

「峰田さん、どうかしました？」またヤマグチが現れた。

「どうしても眠れなくて。眠れる薬、もらえませんか？」

眩しげな顔で体を起こし、俺は五分前と一字一句同じことを言った。ほんの一瞬、ヤマグチの表情が固まったが、「さっき部屋を暖かくしてみたんですけどねえ。もう少し温度あげますね」と言って出て行った。さらに五分後、三回目のコールボタンを押した。そしてまったく同じことを、さも初めてのような顔で言った。

それを六回繰り返したところで、ヤマグチがついに「んう」と唸った。来るたびに、彼女の眉間の皺は濃くなっていた。アルツハイマーの症状の人間ばかりを集めているのであれば慣れているのだろうが、さすがにいら立っているのが感じ取れた。

「……少々お待ちください」ヤマグチは今までより強めにドアを閉めて出て行った。

十分ほど経って彼女は戻ってきた。その後ろには、五十代ぐらいの魚のような顔つきをしたスーツ姿の男を伴っていた。

「どうされました？」スーツの男はあからさまに寝ているところを起こされた顔つきだった。言葉のトーンも投げやりな感じがある。

「どうしても眠れなくて。眠れる薬、もらえませんか？」

俺はすでに六回繰り返したセリフを、さも初めてかのような顔で伝えた。

「んー」とスーツの男は俺の顔や胸を軽く触診し、「六回も？」とヤマグチに顔を向けた。彼女はわずかに顎を引いて肯定した。

「まったく眠れないんじゃ、困りますねえ」

スーツの男は綺麗に刈り込んだ側頭部を掻き、しばらく考えていた。それからヤマグチに顔を向け「ゾピクロンを出してあげて」と言った。薬の名前だろう。この男は医師のようだ。さらにヤマグチに小声で、「処方したものは忘れず記載しておいて、ちゃんと飲んだかも確認して」と耳打ちして部屋を出て行った。

「峰田さん、眠れるお薬持ってきますから、ちょっと待っててくださいね」

ヤマグチは部屋を出て、すぐに戻ってきた。ミネラルウォーターを渡され、手のひらに薬を置かれた。

「私の前で飲んでください」ヤマグチは俺の口を見つめた。俺は手のひらの錠剤に視線を落とした。白く固められた小さな錠剤。目を凝らすと錠剤には文字コードが刻まれていた。

『TN446』

そしてさきほどの医師らしき男が言った『ゾピクロン』という名。俺はこの二つを心に刻み込み、錠剤を口へと放り込んだ。

ひとりになったベッド。飲み慣れない睡眠薬は十分もしないうちに俺を闇の中へと引きずり込んでいった。

3

きゅるきゅると車輪が回るような音に、俺は目を覚ました。強い日差し。窓際を見るとヤマグチがブラインドを上げていた。

「峰田さん。おはようございます」

ヤマグチは予告通り朝食がでないことを説明し、トイレに検尿用の紙コップがあるので用を足してきてほしいと言った。俺はのろのろと立ち上がり個室を出た。トイレには峰田聡二郎と記載された紙コップが置いてあり、それに用を足した。ベッドに戻ると採血用具を用意していたヤマグチに血を抜かれた。

「次は部屋を移って別の検査があります」

俺はスリッパではなく自分の靴を履き、ヤマグチの後をついて個室を出た。彼女はエレベーターとは逆の方向に向かった。個室が並んだ廊下を抜けた先のドアを開けると、そこには奥に向かって縦長に伸びる十五畳ほどの部屋があった。一番奥で薄青の看護衣を着た男性がパソコンを眺めている。「お願いします」とヤマグチが声をかけると、看護衣の男性は立ち上がり奥横にある扉の中へ入っていった。

「峰田さん、そこへお座りください」言われるまま目の前の椅子に座ると、ヤマグチは細長い机を挟んで向かいの椅子に座った。右手の事務棚から医療器具を取り出し、何かの準備を始める。その間に奥の扉から、先ほどの看護衣の男が出てきた。手にはミニ缶ビールぐらいの、円柱形をした重そうな金属を手にしている。看護衣の男は鈍色に輝くそれをヤマグチに手渡すと、また奥横の扉の中に戻っていった。

「全身の健康状態を調べますので、少しお薬を体に入れますね」

ヤマグチは俺の腕を机の上に出させて、パジャマの袖をまくった。上腕にゴムバンドをすると、点滴で使われる羽根のついた針を静脈に刺し込んだ。針には細いチューブがついており、わずかに血が逆流するのが見えた。先ほどの採血でも感じたが、慣れた手つきは看護師を思わせた。

それからヤマグチは、看護衣の男から受け取った円柱形の金属を手元に移動させた。上部と下部にはそれぞれプラスチックの突起物がついている。よく見ると内部には針のない注射器が仕込まれていた。その金属の先端をチューブに繋げ、ピストンを押し込む。チューブに逆流していた俺の血が体内に戻り、続いて金属の中に入っていた透明の液体が体内に入っていくのが見えた。

この鈍色の金属の筒に入った注射器には見覚えがあった。都子がアルツハイマーの診断検査を受けたときも、同じ薬剤を体内に入れられた。PET検査という診断方法だった。薬剤には少量の放射性物質が含まれているため、むやみに放射性物質をまきちらさないように分厚い鉛で覆ってあるのだと。といっても被曝量は自然放射線レベル程度にしかならないから心配ないと説明された。PET検査は体内に入れた放射性物質の動きを映像化することによって診断するのだという。

「はい、終わりました」ヤマグチは針を抜く。

「一時間ほどしたら検査を始めます。時間になりましたら声をおかけしますので、それまでここでも個室でも結構ですので、ゆっくりしていてください」

使った用具の一式を鉄のバケツのようなものにしまい、彼女は部屋を出て行った。

残された俺は五分ほど時間をおいてから立ち上がった。部屋を出て左右に延びる廊下を確認する。誰もいない。俺は希望を取り戻していた。アルツハイマー診断で使用されるPET検査。あの看護衣の男が機器のオペレーターで、彼が入った扉の先にPET検査機器が置いてあるのだろう。ただの健康診断でこんな大がかりな検査をやるわけはない。やはりここは治験のための施設なのだ。ならば、このフロアのどこかにいるはずだった。治験薬を研究している研究員たちが。

ホームレスから臨床データを得ようと思うなら、この施設に常駐するしかない。

俺は若者の襲撃のあった夜、ボランティアのひとりが言った言葉を思い返した。

——でも、ハタヤマさんがあきらかに違うようならって。

いるのだ。幡山泰二がここに。

廊下の左手に目をやる。突き当たりにエレベーターが見える。それから順に詰所、シャワー室、トイレが続き、各ホームレスが泊まっている個室が並んでいる。右手に目を向けると、ドアが並んでいる。彼らはこの七階フロアのすべてを使っているようだ。それならこの廊下の先には、研究室が、治験薬が、そして幡山がいるはずだった。

この先に——

俺は引かれるように右手に向かって歩き出した。並んでいるドアで一番手前のドアノブを回す。施錠されてはいなかった。開けると十五畳ほどの一室。洗濯機と乾燥機。棚の中にはシーツ類。リネン室だとわかり、ドアを閉じた。

次のドアを開けた。ウォーターサーバーに簡素な椅子とテーブルが並べられている。誰もいないが、世話係たちの休憩所のようだった。俺は次々とドアを開けていった。どこも施錠されていなかった。給湯室、雑用室、厨房、ボイラー室——目的の部屋が見当たらない。

研究室はどこにある？　だんだんと焦りを感じながら残っているドアに望みをかけて開ける。使用されている形跡のない空室だった。次も、その次も。最後の突き当たりのドアまで空室が続いていた。

ここに研究室はない？　どこか別の場所か？　だが少なくとも、治験薬は必ずあるはずだった。都子に使われた治験薬は、抗体医薬とよばれるものだった。一般に使用される錠剤や粉薬のような分子医薬品と違い、抗体医薬は冷蔵保存が必要だと聞いた。それならどこかに保管用冷蔵庫があるはずだった。この辺りでなければ、エレベーター前の詰所の中だろうか？　不安に駆られながら俺は詰所に向かった。

廊下には変わらず誰もいなかった。だが詰所には誰かが常駐しているはずだ。目の前まで来た俺は首だけ出して詰所の中の様子を見た。四人の世話係がパソコンに向かっているのが見えた。さらに首を伸ばして見回した。しかし医薬用冷蔵庫はおろか、通常の冷蔵庫さえも見当たらなかった。

ここでなければ、どこに――

「峰田さん？」

突然、背後から声をかけられ身が固まった。振り返ると、トイレから出てきたらしいヤマグチが不審気な顔で俺を見ていた。

「どうされました？」

俺はしばらく沈黙し、「……ご飯食べてない」とごまかしの言葉を吐き出した。

ヤマグチは溜め息を吐いた。

「峰田さん。食事は健康診断が終わってからと昨日お伝えしましたよ」

「ご飯――」

「ええ、ええ。もうちょっとで検査終わりますから、食事はもう少し待ってください」

ヤマグチは昨日からの俺に対するストレスを吐き出すように、棘のある口調で言うと足早に詰所の中へ入っていった。俺は内心に安堵の溜め息を吐き、自分の個室へと戻った。

四十分後、俺はベッドの上で横になっていた。予想通り注射された部屋の隣にはＰＥＴ検査機器があった。大部屋の中央に鎮座する巨大な機器。俺は機器に設置されたベッドの上で毛布をかけられ、ベルトで固定されていた。頭の先には、強大な白いカバーで覆われた機械の塊があった。その真ん中には人が通れるほどの大きな穴があいていた。

「はい、始めます。動かないでください」

さきほどの薄青の看護衣を着た男が言うと、モーターの駆動音がしてベッドが上に向かってスライドを始めた。身体が機械の大穴の中にすべりこんでいく。間違いない。これはＰＥＴ――陽電子放射断層撮影装置だ。少なくとも億単位、最新型は十億円を軽く超える医療機器。購入品かリースなのかはわからないが、どちらにしてもかなりの金をかけているのは確かだ。

研究室も幡山泰二も、今のところ見つけられていない。治験薬の保管場所もわからない。だが、アルツハイマーの診断のためと思われるＰＥＴ検査は確実に行っている。俺の予測は遠からずのところにあるはずだ。研究室はこことは別の場所にあるのだろうか。そういえば薬を指示したあの医師らしき男の控え室もなかった。それらはどこにあるのか。俺は小刻みにスライドを繰り返すベッドの上で考え続けていた。

ＰＥＴ検査後、個室に戻ると食事が出た。お粥に干物や卵焼きといった旅館の朝食に似たメニューだった。完食した俺は、食後に胸焼けを訴えた。今回は二回目のコールで魚顔の医師らしき男が現れ、薬をくれた。錠剤に刻まれたコードは『MRL278』だった。

午後になると、魚顔の医師らしき男の方から俺の個室に訪ねてきた。

「峰田さん、こんにちは。これから、いくつか質問させていただきますので、よろしくお願いします。気持ちを楽にしてお答えください。わからない場合はわからないとおっしゃっていただければ大丈夫ですので」

上半身を起こすと、男はベッド脇のパイプ椅子に座り、笑顔で言った。

「では峰田さん。今日が何月何日かおわかりになりますか？」

始まったのは問診だった。記憶にまざまざと残っている都子がされた問い。

「え？　えーと、えー」俺は戸惑ったふりをした。悩み続けていると、次の質問に移った。今日は何曜日か？　ここが何県か？　言われた数字の復唱と逆唱。図形の書き写し。アルツハイマーの診断に使われる問診が続いた。

俺はそのすべてに曖昧に答えた。ＰＥＴ検査の結果では正常と診断されてしまうだろう。だがこの問診でアルツハイマーの可能性があるとなれば、診断の確定に迷いが生じるはずだ。うまくいけば、ここにいられる期間が延びるはずだった。

問診を終えると、夕食まで何もないのでゆっくりしてください、とヤマグチから伝えられた。個室を出た俺は暇をもてあましたような顔で、この七階フロアをくまなく歩き回った。だが、目新しいものを見つけることはできないまま日が暮れた。夕食には話に聞いていた寿司が出た。

夕食後、俺は頭痛を訴えた。また魚顔の医師らしき男がやってきた。面倒だとあからさまに顔に書いてある。刈り込んだ側頭部を掻き、『ジアゼパム』という薬名を残して戻っていった。ヤマグチに見つめられながら、錠剤に書かれた『MK259』のコードを記憶し、飲み下した。

就寝までの時間、再び歩き回ったが、何も収穫はないまま終わった。そして就寝前、昨日と同じく眠れないと訴えた。今回は魚顔の男は顔を見せず、直接ヤマグチが薬を持ってきた。二度目で診断の必要はないと判断されたのだろう。薬は昨日と同じ『TN446』と刻まれた白い錠剤だった。この機会を逃すわけにはいかない。俺は手のひらに薬をのせたまま、じっとこちらを見ているヤマグチに聞いた。

「先生は来ないの？」

「え？」彼女はいつまでも薬を飲まない俺と、手のひらの薬を交互に見つめた。

「なんで来ないの？　この薬飲んで大丈夫なの？」不安気な声をあげた。

「電話でちゃんと聞きましたから大丈夫ですよ」

ヤマグチは作り笑顔で首にかけている小さな携帯電話を触って見せた。

電話で聞く？　俺はあの医師の居場所を探った。

「電話って先生はここにはいないの？　遠くからくるの？」

「え？　いえいえ、なにかあったらすぐに駆けつけられますから心配ないですよ」

「じゃあ先生はどこにいるの？」

「……近くの病院ですよ。いつでも来てもらえますから心配ないです」

嘘だ。かつての職業柄の直感が働いた。わずかだが彼女は言葉につまった。そして俺と視線を合わせようとしない。近くの病院ではないということだ。加えて彼女は、先生と言った俺の言葉を否定しなかった。あの魚顔の男は医師だ。別の場所に詰所があるのだろう。そこに待機している。ならばそこに研究室もあるのか。そして幡山泰二も。俺は自分の吐息が熱くなるのを感じた。

「峰田さん。早く薬を飲んでください。もう就寝の時間です」

ヤマグチに促され薬を飲んだ。ベッドに横たわるとブラインドが下げられ、照明が落とされた。彼女が個室から出て行く。暗闇の中、俺は集中した。手に入れた情報を整理しなくてはならなかった。しかし、すぐに睡眠薬が効いてきた。意識が薄くなってくる。遠のき始めた視界の中、俺は夢を見始めていた。

若年性アルツハイマー型認知症と診断された都子には、飲み薬が処方されるようになった。それは事前に説明された通り、進行をわずかながら遅らせるだけの効果しかなかった。都子は日々、ゆっくりと、そして確実に壊れていった。

そのうち、ひとりでは外に出かけられなくなった。帰り道がわからなくなるからだ。俺以外の人の顔がわからなくなり始めた。彼女の両親や姉が見舞いに来ても、まるで初対面のような態度をとる。俺は同じ境遇の人々が集う『アルツハイマーの会』に参加するようになった。そこでは参加者の体験談を聞くことができ、日々の悩みを、少なからず減らしてくれた。

診断から二年後には、介護士を雇った。そうしなければ俺たちの生活はままならなくなっていた。俺が仕事でいない間、介護士が面倒をみてくれた。だがその介護士との間にも問題が起こった。ある時、俺は介護士の中年女性と、居間で今後のスケジュールについて話し合っていた。その間、都子には寝室で待ってもらった。するとその日を境に、都子はいつも素直に従っていた介護女性の言葉を無視するようになった。しきりに介護女性に冷たい視線を送る。一方で俺には、何かを訴えるような表情で見てくる。虐待という言葉が頭をかすめたが、何かが違う。俺を見つめる都子の視線はどこか恨みがましく、俺を責めているように感じたからだ。わけがわからず、俺は担当医師に相談した。すると医師から、予想もしていなかった理由を告げられた。

嫉妬。都子は、俺と介護女性との関係を疑っていたのだ。特に若年性アルツハイマーの場合、ままあるケースだと説明された。状況を把握する能力は落ちているのに、感情はしっかりとあるために、このようなことが起こるのだという。一旦そう思い込んでしまった都子の疑念を解消するのは、容易なことではなかった。俺は何度も誤解だと説明したが、「いやだ」「わかんない」「どうして?」と繰り返すばかりで、都子が話を聞き入れることはなかった。結局、介護会社に事情を話し、別の介護師に来てもらうことになった。

あの頃はこんなことの繰り返しだった。重くねばりつくような疲労。それが少しずつ俺を蝕んでいった。それでも、時に都子は俺を見つめ、ぽつりと言うのだ。

「ごめんね。私こんなでごめんね。苦労ばっかりかけて。もう無理をしないでいいよ。もう十分だから」

とうの昔に失われたはずの優しげな都子の表情。はたから彼女を見れば、アルツハイマーだとは夢にも思わないだろう。ずっと一緒にいる俺でさえ、治ったと錯覚してしまいそうになるのだから。だが俺は知っている。もう都子は、かつての都子ではないのだと。ふとした拍子に回路が繋がったように、こんなことも言うのだ。

「ありがとう」それでも俺は心から言った。そして悲しくなって都子を抱きしめた。だが、もう一度顔を見たときには回路はすでに途切れ、宙をさまよう彼女の視線が天井を見つめているだけだった。

そんな日々の中、担当医師がアルツハイマー新薬の治験の募集があることを伝えた。エタニティという大手製薬会社が開発したものだという。馴染みのある錠剤のような低分子医薬品とは異なる、主に点滴や注射などで投与する抗体医薬という新しい薬ということだった。

体内に異物が入ってきたとき、人はそれを排除する免疫という仕組みを持っている。実際に排除を行うのが抗体と呼ばれるものだ。抗体医薬とは抗体を人工的に作成したものであり、新薬はアルツハイマーの原因となっている物質だけを狙い撃ちする画期的な医薬品だと説明された。

熱心に勧められ、迷っていた頃だった。都子には日記を書く習慣があった。発症後も書き続けていた。医師も症状の進行を遅らせるために、できるかぎり続けさせるようにと言っていた。あの日も机に向かい、都子はたどたどしく日記を書いていた。彼女は俺に見られるのを嫌がった。ただその日、熱中する彼女の背後を通りがかった際、偶然目に入った。

『そうちゃん。そうちゃん。そうちゃん。しにたくないよ。こわいよ。たすけて』

俺の名を書き連ねる都子の心の声。偽らざる叫び。彼女はもう漢字も書けなくなっていた。目の前にいるのが誰か、それがなにか、あれがなにか。感情だけは鮮明に残ったまま、周りで起きていることを把握する力がどんどん失われていく。それは一体どんな気持ちなのだろう。生きたまま五感をもぎ取られていくのだ。それでも都子は暗闇の中で必死に足掻いていた。

生きたい、と。

俺は決意した。治験の可能性にかけようと。

そして都子を、灰にした。

俺は助けられなかった。エタニティの存続のために強引に進められた治験を、偽りの希望にすがりつき都子に与えた。これだけははっきりしている。

俺は地獄に落ちるべきだ。

だがその前にすることがある。俺には希望がある。必ず、道連れにする。幡山泰二。待っていろ。俺とともに灰になれ。

夢うつつの中、俺は身のうちに慟哭をあげていた。その遠吠えも薬によって意識とともに断ち切られ、俺は闇へと落ちていった。


ひゅっと空気を裂くような音がした。肺に痛みが走る。一気に覚醒し、目を見開いた。白い。シーツだ。うつぶせに寝ている自分に気づいた。寝返りをうって口と鼻をふさいでしまっていたらしい。悪い夢を見ていたのだろうか。寝汗でパジャマが冷たかった。仰向けになり、ブラインドに目を向けた。まだ外は暗い。首に浮いた汗を手で拭い、壁にかかった時計を見る。午前三時。

ここを追い出されるまで、あとどれくらい猶予があるだろう。あと一日、うまくいって二日か。時間がない。治験薬を、研究室を、幡山泰二の居場所を見つけ出さねばならない。明日が正念場だ。そう考えた矢先、ドアが開く音がした。

驚いて首を捻ると、魚顔の医師が部屋に入ってくる姿が見えた。

「起きてましたか。ちょうどよかった」

照明をつけた医師は、ベッド脇のパイプ椅子を手繰り寄せて座った。

「峰田さん。こんな時間で申し訳ないのですが、健康診断の結果が出まして。あなたは健康体であり、なんの問題もありません」

思った以上に早かった。問診内容は考慮されなかったらしい。いや、明日まで待たずこんな時間にということは、不審に思われたか。疑えば色々あるだろう。ＰＥＴ検査と問診結果の極端な食い違いに、度重なる体調不良の訴え。それとも詰所を盗み見していたことか。俺はベッド下にあるナイフを仕込んだ靴に意識をやった。いや、と思い直す。あの屈強なサトウたちではなく、この医師が訪れたということは、俺がアルツハイマーではないと判断しただけで、俺の目的には気づいていないということではないか。

「ということでして」医師は居住まいを正した。

「私たちはホームレスの方々の中でも深刻な問題を抱えている方のケアを専門としています。申し訳ないのですが、これからあなたをもとの場所に送らせていただきます」

俺は目的がばれていないことに安堵しながらも、幡山泰二の居場所を突き止められないままに送りかえされる現実に唇を噛んだ。

「それと、これはあなたのためでもあるのですが、ホームレスの方がこのような待遇を受けているのを一般の方は喜びません。この施設が噂になれば、活動を止めざるを得なくなます。その原因があなたとわかれば、あなたもあの公園には住みにくくなるでしょう」

におわせるにとどめる脅し。医師は俺のことを、もうアルツハイマーとは思っていないということだった。それから医師は誓約書にサインをするように言ってきた。彼らの判断を覆すのは、もうどうやっても無理そうだった。

4

まだほとんど車も人通りもない明け方。新宿中央公園の道脇にマイクロバスは停まった。

「降りてくれ」

俺の後ろの座席に座っていたサトウが言った。乗っているのは俺とサトウと運転手だけだった。俺は黙って立ち上がった。乗降口から降りたところで、「ちょっと」とサトウが声をかけた。手に持っている弁当を差し出して言った。

「ま、お互いのためにも自慢話はしないことだ」

弁当の上には、千円札が一枚だけ乗せられていた。口止め料だろう。その金額にホームレスなど、これで十分だろうという思いが透けて見えた気がした。やりきれない腹立たしさを感じたが、ここで問題を起こすわけにはいかなかった。突っぱねたい衝動を堪えながら受け取った。

「もうウソはつくなよ」

微かな笑いを含んだ声と共にドアが閉まり、マイクロバスは走り出した。走り去るバスを見送りながら、俺は空を見上げた。そそり立つ東京都庁の背後に見える空は、わずかに青みを帯びてきている。目の前の人工滝のある大広場に目を移す。まだラジオ体操の人々はいない。もうそろそろ集まって来る頃だろう。俺は歩き始めた。ただ、その足が向いた方向はテントではなかった。公園から離れながら俺は自然と笑いを浮かべた。まだ、終わっちゃいない。

俺は歩き続けた。

陽はとうの昔に昇っていた。渡された弁当も途中でたいらげた。三時間近くかけて、世田谷区にある喜多見駅の近くまで歩いてきていた。目の前には開館したばかりの喜多見図書館があった。図書館脇にある人通りの少ない道に入る。穴だらけのダウンジャケットを脱ぎ、図書館の外壁の植木の間に隠した。中の黒ずんだスウェットの丸首が見えないように、ジャージのジッパーを首もとまであげて最低限の体裁を整える。伸ばしっぱなしの髪に手ぐしをかけながら、図書館の中へと入った。

　館内の案内図を確認し、医療関連の棚に向かう。本棚を前に薬剤関連の資料を探してタイトルを確認していく。施設で薬をもらったのは、治験を行っている製薬会社を特定するためだった。エタニティのような大手製薬会社は、頭痛薬や睡眠薬といった基本的な薬はほぼ作っている。治験では、治験薬以外の薬を投与する場合、必ず身元の知れた薬を使う。つまり、自社の薬を使うはずだった。それは都子が治験を受ける際、担当医師に釘をさされた経験から知ったことだ。

「治験中は、治験薬以外の服用はやめてください。どうしてもという場合は相談してください。たとえ軽い頭痛であっても絶対に市販薬など服用しないでください。私の方で処方します」

　治験中に他の薬を使う場合は、把握している薬を使わないと副作用や治験薬の正確な効果がわからなくなってしまうのだと説明された。

　本棚から、『薬剤データブック』と書かれたタイトルの本を取り出した。閲覧席の端に座り、施設で魚顔の医師が言っていた薬名を思い出す。睡眠薬の『ゾピクロン』と、頭痛薬の『ジアゼパム』。これが製薬会社固有の商品名なら、どこの会社のものかすぐにわかるはずだった。取り扱っている製薬会社が治験を行っているということだ。

　興奮に近いものを覚えながらページをめくった。しかし、すぐに落胆することになった。『ゾピクロン』も『ジアゼパム』も、薬の一般名であり、製薬会社固有の商品名ではなかった。これでは製薬会社を特定できない。舌打ちしそうになるのを堪え、気を取り直す。まだコードがある。

錠剤に刻まれていた英語と数字の組み合わせ。手がかりになるはずだった。

頭に刻んでいるコードを思い出す。

睡眠薬の『ゾピクロン』のコードは、『TN446』

そのコードが示す意味を追い、ページをめくる。どこだ？　湿りを帯びてきた指先が止まった。

『TN446』該当する薬品があった。商品名は『カサペテン』。

製薬会社名は？　俺は文字を追う指先を右へと移動させた。製薬会社の欄で目をとめる。

『刀根《とね》製薬』と記載があった。——エタニティではない？　確信にも近かった思いが、足元からぐらつくのを感じた。足掻《あが》くように目を走らせる。刀根製薬の備考欄には、ジェネリック医薬品専門の会社とあった。ジェネリック医薬品とは後発医薬品のことであり、低価格で販売される特許の切れた医薬品を指す。ジェネリック専門ということは、新薬の開発はやっていないか、やりたくともそれが難しい新興の小さな製薬会社ということになる。

くそ。焦りを感じながら俺は二つ目の薬のコードを調べた。

胸焼けを訴えてもらった薬、コードは『MRL278』。

会社名は『マリアル製薬』だった。これも同じくジェネリック医薬品専門の製薬会社。エタニティじゃない。なぜだ？　真っ白になりかけた頭で三つ目の薬を探した。

頭痛薬『ジアゼパム』。コード『MK259』。

会社名は『向井《むかい》薬品工業』。ジェネリック医薬品専門——。

椅子にもたれ、俺はデータブックを机に投げ出した。あの施設は、エタニティとは関係がないのか？　幡山泰二とは関係がない？　そんなことが。俺になんのために。あれはエタニティではないどこかの製薬会社がやっている違法な治験なのか？　こんなことを平気でやってのける製薬会社がほかにも存在しているというのか？

そう思うと笑えてきた。この国はどうなっている。思わず笑い声が出た。大口を開けた俺に、遠目に座っている年配の男性がじろりと見た。睨み返して黙らせる。

やけくそにさらに大きな笑い声が出そうになったとき、俺は不可解な点に気づいた。エタニティ以外の製薬会社が行っている違法治験。この治験はどこの製薬会社がやっているのか？　駅近くのビルのフロアを借り切り、設備を完備し世話係や医師を雇う。しかも違法なものならば、口止め料やそれに値するそれなりの費用がかかる。さらにＰＥＴ検査で使われていたのは、億単位の超高額機器。

この治験は、たとえば今確認できた三つの製薬会社をはじめとしたジェネリック医薬品専門の製薬会社が資金を持ち寄ってやっているのだろうか？　大手に仲間入りする足がかりとして？　いや違う。創薬はそう簡単な事業ではない。小さなジェネリック専門の製薬会社がたとえ十社集まったところで、たかが知れている。ならば、この治験には大手の製薬会社が絡んでいるのか？　リスク回避のために、治験薬以外の薬はあえて自社のものを使わなかった？

しばらく考え、俺は否定した。違う。治験が目的ならそんなことしない。表沙汰になるリスク以上に、正確な治験データを取りたいはずだ。そうしなければ治験自体の意味がなくなる。必ず自社製品の使用を選ぶはずだった。それなら、どういうことなのか。

「あ――」

俺はひらめきに似た感覚をおぼえながら、再びデータブックを広げた。答えを求め、巻末に向けてページをめくっていく。巻末にあるのは製薬会社の会社情報だった。先ほど調べた胸焼けの薬を作っていたジェネリック医薬品専門の製薬会社、『マリアル製薬』の項目を開く。沿革と書かれた記載を読む。二十四年前の沿革に、以下の記載があった。

『エタニティとの資本提携を伴う業務提携契約締結』

そして十九年前の沿革には、エタニティによる子会社化、とあった。

エタニティ。その名があった。エタニティはマリアル製薬を子会社化していた。生唾を飲み込み、勢い込んで今度は『刀根製薬』の会社情報のページを開き、沿革を確認する。

だが『刀根製薬』には、エタニティと関連する記載はなかった。『向井薬品工業』も調べたが、同じくエタニティの関連はなかった。どういうことだ？　再びつまずき、俺は目を細めた。

指先で机をこつこつと叩く。沈思する中、ぴくりと目を見開いてページをめくった。最後のページ、本の発行日を確認する。データブックが発行されたのは、今から五年前だった。

即座に立ち上がり、カウンターに向かった。インターネット閲覧申し込み用紙を取り、偽名と偽の住所を書き込んでいく。この図書館にきたのは、インターネットを使う必要性が出てくるかもしれないと考えたからだ。以前この辺りに住んでおり、この喜多見図書館を利用したことがあった。その際インターネットを利用したが、本人確認がなかったことを覚えていた。

パソコンの前に座り、『刀根製薬』を検索した。公式ホームページの『会社のあゆみ』をクリックすると沿革が表示された。そこには三年前の出来事として書き記されていた。

——エタニティの完全子会社となる

いた。エタニティ。続けて向井薬品工業を調べた。同じく沿革に二年前の出来事として、エタニティの完全子会社化があった。俺は拳を握り込んだ。三つの薬はすべてエタニティと繋がっていた。あの施設にはエタニティが絡んでいる。そして幡山泰二が。歓喜と同時に黒い炎が体内に灯るのがわかった。ついに尻尾を摑んだ。幡山の存在を意識し、背中が冷たくなるのを感じた。俺は以前にも見たことのあるエタニティの近況を伝える記事を検索し、読み返した。

——製薬会社、エタニティの迷走——

日本の製薬会社売上ランキング第三位を誇るエタニティが窮地に立っている。その原因は医薬品業界に起きている荒波。近年、製薬会社ではブロックバスターと呼ばれるドル箱の医薬品の特許切れが相次いでいる。大手エタニティも例外ではない。それどころか波を乗りこなせず、のまれようとしている。主力商品である抗潰瘍薬メダポイールが、近々特許切れを迎えるにも関わらず、新薬の目処が未だにたたないためだ。

同社の窮地は、日本の創薬の歴史を変えるとまで言われた幡山泰二のスランプから始まった。同社への入社当初から頭角を現した幡山は、三十九歳の若さにしてエタニティつくば創薬研究所の統括所長に就任した。幡山を先導とし、癌治療の革新的な抗体医薬の研究着手の発表が行われ、株価はうなぎ登りだった。しかし六年前を境に発表は完全に鳴りを潜めた。業界では幡山のスランプが囁かれ始めた。

三年前、不調の幡山を補填するように、彼が直接関わっていないチームによる新薬の治験が始まった。未だ画期的な新薬が登場していないアルツハイマー型認知症の抗体医薬で、業界では大きな話題となった。しかし衝撃的な事故が起こった。治験で七名もの死亡者が出たのだ。新薬開発は頓挫し、刑事訴訟こそ免れたものの株価は下落の一途を辿った。

それから半年後、追い打ちをかけるように、統括所長だった幡山（当時四八）が失踪。経営陣は理由は不明としながらも、治験を強引に進めた責任を感じたのではないかと説明した。以来、同社の創薬事業への懸念が広がり、株価の下落が続いている。現在は認知症の創薬から撤退し、癌治療薬に注力するとアナウンスしているが、今のところ目新しい発表はない。

記事を読み返し、俺は黒い炎を濃くした。エタニティ。認知症の創薬から撤退したなど嘘なのだ。失踪したはずの幡山泰二はあそこで、生け贄を都子たちからホームレスへと変えて治験を続けている。体内で滾る黒い炎が全身に巡る感覚があった。幡山はどこにいる？　研究室はどこにある？

落ち着け。落ち着け。そう言い聞かせて立ち上がり、俺は図書館を出た。

黙々と歩き、考える。幡山泰二をはじめとした研究員のいる研究施設は、あのビルの近くにあるはずだ。あの魚顔の医師もそこから来ていたのだろう。あの医師の居所についてヤマグチに尋ねた時、近くの病院から来ていると彼女は嘘をついた。とすると別のビルにオフィスでも借りているのか。すぐに駆けつけられる場所。といってもあの辺りはオフィスビルがいくつも建っている。周辺ビルの各階のテナントをひとつずつ確認して見つけ出すのは無理がある。どうやって居場所を見つけ出す？　なにか手がかりは？　糸口を求め、施設で見聞きしたことを執拗に反芻《はんすう》する。

何度目かの反芻の途中、俺はひとつの引っかかりを見つけた。あれは二回目の睡眠薬をもらったときだ。魚顔の医師は、顔を見せず睡眠薬の投与の指示だけをした。

「先生は来ないの？」俺が聞くと「電話でちゃんと聞きましたから大丈夫ですよ」とヤマグチは首にかけている小さな携帯電話を触って見せた。あの時のことを思い返す。彼女が「大丈夫」と言って手にした小さな携帯電話。

あれは。そうだ、違う。あれは携帯電話じゃない。ＰＨＳだ。ＰＨＳは電波距離が極端に短いが、その分基地局がとても小さくできる利点がある。ビル内に設置して内線として使用すれば、通話料がかからない移動電話として利用価値がある。加えて医療機器への影響懸念で携帯電話の使用ができない病院では、今でも利用されていると聞いたことがあった。あれがＰＨＳ電話機で、それを使って医師を呼び出せるのであれば――。あの医師は同じビル内にいるはずだった。それならそこに研究室もあるはずだ。だが施設があった七階フロアにはそんなものはなかった。すべての部屋を確認したはずだ。ならばあのビルのどこに？　他のフロアか？　地下一階が駐車場で一階から六階にはそれぞれテナント名が記載されていた。テナント名は偽装か？　いや、それなら七階も同じく偽装するはずだ。七階だけテナント名を白紙にしておく理由がない。ではどこに研究室がある？　俺はぐっと頭に力を込めた。

「――そうだ」声を漏らすと同時に、俺は走り出していた。


肺がひゅうひゅうと音を鳴らしていた。両手を膝につき息を整えた。

戻ってきた。夜中に追い出された調布駅近くの七階建てオフィスビル。マイクロバスで入ってきたときと同じように地下に降り、俺は専用エレベーターへと向かった。エレベーターが視界に見えたところで、そのそばに設置されたプレハブボックスの中の警備員が、俺に気づいて出てくるのが見えた。俺は無視して専用エレベーターの前に立つ。

「すみませんー。そのエレベーター、専用エレベーターなんですよ」

警備員が背後に近づいて来るのがわかった。前回見た警備員と同じ男のようだった。振り返ると、俺より十センチは高かった。俺のことは覚えていないようだ。警備員は気だるい声で「あっちのエレベーターを使ってください」と途中にあったエレベーターに視線をやって指さした。

俺は左足を半歩踏み出し、屈み込みながら腰を捻った。石のごとく握り込んだ右拳を、警備員の脇腹に叩き込む。

「はぷっ」警備員は身体をくの字に曲げて口から破裂音のような息を漏らし、コンクリートの床に倒れ込んだ。呻いている警備員のベルトに吊されている鍵やカードのついたカラビナを一式奪う。俺は目の前のエレベーターに走った。操作パネルに鍵束の中から合いそうなものを片っ端から挿し込んでいく。三つ目の鍵でエレベーターのドアが開き、中に入って表示パネル下のボタンを確認した。

「やっぱりそうだ」

並んでいる各階のボタンには、地下二階が存在していた。このビルは七階建てでそこまで大きくはない。駐車場としてはこの一階分あれば十分なはずだ。ならば、このテナント名も書いていない地下二階には何があるのか。俺は地下二階の「B2」と印字されたボタンを押した。七階専用だったはずのエレベーターは予想通り反応し、扉が閉まり動き始めた。

到着を知らせるチャイム。地下二階に続くドアが開く。目の前にあるのは飾り気のない廊下だった。進んでいくと、各ドアには変電室や機械室、倉庫と書かれたプレートが貼ってある。

一番奥まで進むと、廊下を塞いでいるプレートのない両開きの鉄扉にぶつかった。ここだけは鍵がかかっていた。横壁に取りつけられたボックスから、カードキーが必要だとわかった。俺は警備員から奪った鍵の束の中から、一枚だけあったカードをボックスに近づけた。

ドアの解錠音。開けるとまた廊下が続いていた。突き当たりには同じくカードキー用のボックスが設置された非常階段と書かれたドアが見える。そこまでに存在するドアは全部で六つあった。

一番手前のひとつめのドアを開ける。中は机の上に十数台のパソコンが並べてある簡素な広い部屋だった。三人の白衣を着た男性がいて、その中のひとりが不思議そうに俺を見た。幡山泰二はいなかった。俺はドアを閉めた。

二つ目のドアを開くと、机が二つだけ置かれた狭い部屋だった。スーツを着た男性の後ろ姿が見えた。見覚えのある刈り込んだ側頭部。魚顔の医師だった。俺は医師が振り返ろうとする気配に扉を閉めた。

三つ目、四つ目とドアを開けていく。二部屋とも研究用と思われる機材が置いてあったが、誰もいなかった。ドアはあと二つしかない。

五つ目、そこは空室だった。俺はじりじりとした不安の中、最後に残った六つ目のドアを開いた。六つ目の部屋も見慣れない機器があるだけで、誰もいなかった。

幡山泰二は、ここにいない？　たまたま今いないだけなのか？

――身に染みて知ってるんだろ？　拙速は最悪の手だって。どうせやるなら、きっちりとやれ
ふいにモトキの言葉を思い出した。俺は欲望のままに我を忘れていた自分に気づいた。自身の軽率さに歯ぎしりした。

ここからすぐに出るんだ。そう判断した時、小さなモーター音が聞こえた。目を向けると、研究用の機器とは別に、医療用と思われる冷蔵庫がいくつか並んでいることに気づいた。近づいて

見ると、茶色がかったガラス張りの冷蔵庫の中に、小瓶に入った液体が見えた。

「これは」俺は目を凝らした。ガラス戸を開く。それは抗体医薬らしき小瓶だった。「見つけた」思わず声をあげる。治験薬だ。これがあれば、少なくともエタニティの息の根は止めることができる。この治験薬を持ってすぐにここから出る。そう結論し、小瓶を取り出した時だった。

「なんで戻ってきたのかねえ」

聞き覚えのある低い声に、背筋が凍りついた。

サトウに間違いなかった。その背後の声は思った以上に近かった。俺は逡巡した。踵のナイフを抜くべきか、まずは距離をとるべきか。

その一瞬が命取りになった。

脇腹に重い衝撃が走った。立て続け側頭部に火花のような衝撃。

俺は崩れ落ちながら、サトウの存在を忘れていた自分を罵《ののし》った。

第八章　捜索

1

闇の中、意識が線を結び薄く目を開けた。

ぼやけている瞳に映るのは白い壁。体がだるい。頭の中がふわふわと安定しない感覚があった。体の節々に違和感がある。首を動かすと、右の側頭部に鈍痛が響き——顔をしかめたところで、俺は自分の立場を思い出した。

目をしばたき、現状を確認する。椅子に座らされている。目の前にはベージュ色の円卓と椅子。視線を上げるとドア。天井際にはこちらに向けられた監視カメラがあった。何もないだだっ広い室内。タイルカーペットの間からはケーブル類が出ていたが、どこにも接続されていない。壁やドアの色合いからすると、地下二階で見た空室のひとつのように思えた。

腰をかがめ立ち上がる、と引っ張られる感覚とともに椅子に押し戻された。振り返ると両手を後ろに椅子の背板を通して手錠をかけられていた。無理やり立ち上がろうとしたが、椅子がぴくりとも動かない。椅子の脚を見ると、六角ボルトと鉄板を使い床に固定してあるのがわかった。

くそ。舌打ちした俺は、もう一度力まかせに立ち上がったが押し戻された。

どれくらい時間が経ったろうか。

手錠から手を抜こうと必死になっていたが、次第に手首が腫れて余計に抜くのが難しくなっていた。痛みと疲労から頭を落とし、「くそ」と再び悪態をついたところで、ドアが開く音がした。顔を上げると、大柄な男が入って来るのが見えた。サトウ。俺は燃えるような瞳を向けた。

「そう睨むな」

サトウは手前の椅子を引き、ジャケットの裾を気にしながら腰かけた。

「小便はいいか？　あんたが薬で眠っている間に一度カテーテルで抜いているが、必要なら言ってくれ」

薬物の使用と、カテーテルによる強制排尿。サトウはそれを、さらりと言ってのけた。

「こっちにも色々あるんだよ」

足を組み、膝の上に両手を組んで顔をわずかに傾ける。

「必要ないなら始めていいか？　俺はここの責任者代理ってところだ。あんたに質問がある」

俺は黙って睨んだ。サトウはしばらく返答を待っていたようだが、その気がないと悟ったのだろう。頬を膨らませ、パンと唇で破裂音をさせると、自分から話し始めた。

「施設で不審な動きがあったと報告があったが、ここまで来るとはな。あんたのことは調べた。奥さんの事情も知っている」

そしてサトウは事もなげに言った。

「あんた、ここがエタニティだと知って来たんだよな？」

自らエタニティと認めるとは思わなかった。しかも俺の過去まで調べ上げている。

「どうやってここを知った？」

重ねられる質問に皮肉で返した。

「患者で失敗したら、今度はホームレスか？　よくやる」

目を細めたサトウは口の端を上げた。

「その通りだ。俺たちはホームレスを使い、ここで違法な治験をやっている。あんたらホームレスを使う理由はわかるか？」

サトウは小さく笑って続けた。

「使用している治験薬は、国の承認を受けていない。もちろん動物実験もすっとばしている。だから俺たちは足がつかない実験台が必要なんだ」

そのあまりにもはっきりとした返答に、俺は目を閉じた。そして歯を食いしばった。自分の拙速さに心の底から腹が立っていた。サトウは俺を解放するつもりはない。そう宣言されたも同然だった。だからこそごまかしもせずに話した。思いがけず灯っていた希望が、急速に光を失っていく。吹き消された希望と引きかえに、ため込んでいた怒りが吹き上がる。俺は吠えるように声をあげた。

「どんな副作用が出ても、たとえ死んでもホームレスならなかったことにできると？　お前らにはつくづく感心する。地獄へ落ちろ、クズども」

俺の憤怒を、サトウは冷笑と共に受け流した。

「落ち着けよ。やけになるな。あんたをどうこうする気なら、もうやってる。あんたには価値がある――かもしれないから今も生きている」

もったいぶった言い回しに、腹底が沸騰する。

「なら連れてこい。代理のお前じゃなく、ここの責任者を――幡山泰二を出せ」

隙があれば、せめて鼻先でも嚙みちぎる。

「そんなに会いたいか？」怒りを剝き出す俺に、サトウは言った。

「いずれ会わせてやるよ」

思いがけない返答に、俺は我に返った。幡山泰二と名指しをしても、サトウはその存在を否定しなかった。しかも会わせると言う。

いる。いるんだ。幡山泰二がここに。みなぎってくる力とともに、自分の馬鹿さ加減にまた砂のような後悔を嚙む。ふいにしてしまったモトキの忠告を思い出し、モっちゃんと内奥につぶやいた。だが、希望がないわけではない。サトウの言い回しには含みがある。すぐには俺を処分するつもりはないらしい。

「最初にはっきりさせておくことがある」

そう言って立ち上がったサトウはドアを開け、部屋から出て行った。

戻ってくると、手にしているものを机の上に置いた。それはクリッピングされたコピー用紙と、黒いボストンバッグだった。微かに臭いが漂ってくる見覚えのバッグ。サトウは椅子に腰かけ、バッグを指さした。

「わかるか？　このバッグは新宿中央公園のあんたのテントから持ってこさせた。あんた、ホームレス仲間に峰田って名乗ってるんだって？　この施設でも峰田聡二郎と言ったよな」

サトウは薄く笑って俺を見た。

「本名、違うよな」冷たい目が俺を捉えた。

「あんたは峰田なんて名前じゃない」

睨み返すと、サトウは言った。

「奥さんは元気か？」

笑いを含んだ声。俺は爆発しそうになる怒りを押さえ込み、目を閉じて絞るように言い返した。

「妻は、死んだ」

「それはあんたのホームレス仲間からも聞いたよ。エタニティのアルツハイマー治療薬の治験で死んだってな。だけど、事実は少々違うよな？」

サトウは俺に突きつけるように言った。

「死んだ、ではなく。死んだ、と思いたい。だろ？」

憎しみを込めて俺はサトウを見た。この男を八つ裂きにしたい。サトウは俺の殺意を含んだ視線を意に介す様子もなく、鍛えた猪首を傾けてきんと鳴らした。

「落ち着けって」また薄笑いが浮かぶ。

「わからないでもない。奥さんは死んだとでも思わなけりゃ、あんたはもたなかったんだろ？」

「違う」俺の反駁を無視して、サトウはボストンバッグから見覚えのある焦げ茶色をした手帳を取り出した。手帳の上部の両脇には穴が開けられており、紛失防止のひもが通してある。

手帳を掲げたサトウは、俺を舐めるように見て言った。

「――あんた、刑事だったんだな」

俺は鉛を呑んだような顔でサトウを見上げた。

「安田《やすだ》……典史《のりふみ》巡査。刑事だった男が今ではホームレスになってるなんてな」

手帳を開いて読み上げたサトウは、鼻にかかる笑い声をあげた。

「こんなやっかいな過去、ホームレス仲間には話したくはないよなあ」

皮肉が耳に張りつく。

「この警察手帳はあんたのバッグの中にあった。バッグの縫い合わせの間に隠すようにな。まだ未練があるのか知らんが大事そうに」

サトウは失笑混じりに、手帳をゆらゆらと指先で揺らした。

「この警察手帳は本物だった」ページをめくり、中身を俺に向ける。顔写真があった。

「水を吸ってぼろぼろだが、名前も写真もなんとか読み取れる。なあ、安田さん。この写真は成り立ての二十歳ぐらいか？　今よりずいぶん太っているが、あんたのように見えるなあ」

サトウは俺の言質を取りたいようだった。俺は答えなかった。沈黙が続くと、さっきと同じようにパンと唇を使った破裂音が聞こえた。

「警察と病院から情報を抜くのはやっかいだったが、色々と確認したよ」

サトウはバッグと一緒に持って来ていたコピー用紙を手に取り、ページをめくった。

「安田典史巡査の妻は、六年前に若年性アルツハイマー型認知症と診断された。そして三年前、エタニティのアルツハイマー抗体医薬の臨床患者となっている」

コピー用紙から俺に視線を移す。

「なにか間違っているところがあるか？」

俺はただ睨み続けた。

「で、あの不幸な事故が起きたんだよな？」

笑いを含んだ声に、思わず叫んだ。

「不幸な事故だと？　お前らが……幡山が！」

サトウは片手をあげ、野良犬でもいなすように手を上下に揺らした。俺は吐き気がするような怒りを覚えたが、深呼吸して自分を落ち着かせた。

「言い方が悪かったか？　じゃあこれならいいか？　エタニティが引き起こした治験事件は死亡者を出した。だが、そんなことはどうでもいい。大事なのはここからだ」

揺らしていた手の人差し指だけを伸ばし、俺に向ける。

「あんたの妻は死んでいない。生きている。症状はひどく悪化したが一命を取りとめた」

俺は考えていた。サトウは薬で俺を眠らせたと言ったが、せいぜい数日というところだろう。関節の痛みや身体の変化があまりないからだ。その短期間でここまで調べ上げている。俺の驚嘆をよそに、サトウは先を続けた。

「治験後、奥さんは実家に引き取られた。奥さんの両親からは、そりゃ責められたらしいな。お前のせいで娘が死んだって。自分たちも了承したことを棚にあげてな。勝手なもんだ。結局あんたは、奥さんの両親の意向に従って離婚し実家に帰した。考え方によっちゃ、せっかく自由になれたのに、あんたはまともな人生を送ろうとしなかった。ひどい荒れようだったんだってなあ。周りは噂していたそうだ。そのうち自殺するか、とんでもない犯罪でもやらかすんじゃないかってな」

言葉の底に冷笑をたたえ、サトウは続ける。

「仕事も体調不良を理由に休みがちになった。このままじゃ不祥事を起こすと判断されたのか、あるいはエタニティが圧力をかけたのか。どちらにしても警察組織は、あんたを追い出すことに決めた」

エタニティの圧力という言葉に俺が反応すると、サトウは首を横に振った。

「実際にエタニティが動いたのかは俺も知らない。その手の情報は身内同士でも共有しないものでね。警察内での噂は聞けた。罪をでっち上げられて自主退職を迫られたってな。だが、あんたは自主退職しなかった」

俺は視線を落とした。

「失踪したんだ。あんたの失踪後、警察はたった三週間で分限免職にした。万が一事件でも起こされちゃかなわないって、すぐに手を切ったというところだろうな」

俺は床のタイルカーペットを見つめながら聞いていた。無遠慮に他人の過去をほじくり返し、偉そうに講釈をたれている目の前の男の話を。

「それからどういう経緯でホームレスになったか想像はつく。ホームレス仲間に奥さんは死んだと言ったのもな。あの病気は病状が進行すると旦那が誰なのかさえわからなくなる。死んだも同然だ」

すべてをわかったような顔で話し続けるサトウを、俺は冷めた目で見つめていた。

「なんだよ?」

俺の表情が気に入らなかったのか、サトウは心持ち俺に顔を近づけた。そして、わざとらしく溜め息を吐くと、嫌な笑い顔を作った。

「ひとつ聞いていいか？　あんたの奥さん。生きてる意味あんのか？」

室内に金属音が反響した。立ち上がった勢いで手錠の鎖が椅子に当たり、音叉のように鳴り響いていた。吹き出すサトウの笑い声。

「いい切れっぷり」ニヤニヤと頬を舌で膨らませ頷いた。

「確かにあんた、使えるかもな」

ふざけた物言いに、俺は手錠をされた後ろ手のまま、渾身の力で腕を引っ張った。少々の肉と骨を削ぎ落とせば、この男に手が届く。指先から血が滴《したた》るのがわかった。構わずもう一度力を込めた時、サトウの太い腕が伸び、片手で首を締め上げられた。

「おいおい。使い物にならなくなっちゃ困るんだ」

ゆっくりと顔を近づけ、低い声で囁いてくる。

「元気になった奥さんに会いたくないか？」

サトウは訳のわからないことを言うと、俺の首を持ち上げて目の高さを合わせた。

「いいか。よく聞け。あんたの女はまだ生きている。これはとても重要なことだ。あんたにとっても、俺たちにとってもな」

頭に疑問符が湧いた。同時に都子の笑っている顔が浮かんだ。その疼痛にも似た記憶の中、俺は聞き返した。

「……どういう意味だ？」

サトウは答えず、俺の首を押しやった。俺は椅子の上にのけぞるように腰を落とした。俺のバッグを探りだしたサトウは、中からビニールに包まれたものを取り出した。ビニールの中に入っているものを見せる。指輪だった。

「これは結婚指輪だよな？　あんたは妻を忘れられない」

「触るな」立ち上がると同時に手錠の音が響く。

「わかったわかった」サトウは片手をあげ、指輪をバッグに戻す。

「ちょっと話を戻そうか。あんたに伝わるかどうかはわからんが。俺の個人的な考えだ」

そう言うとサトウは椅子に腰かけた。そして突然、「人権についてだ」と想像もしなかった言葉を吐き、妙な話を始めた。

「俺はな。人権というものを、人間という種ではなく、知性で決めるべきだと考えている。現に世界ではそういう理屈で、知性ある他種の動物の保護を訴えているやつらもいるだろう？　この考え方を突きつめるとな、知性のないものは無条件に守る必要はないという結論に達する」

俺は失笑して言った。

「なにが言いたい？　その知性のないものってのがホームレスか？　社会的に貢献していないホームレスは無条件に守られる必要がない存在か？　だから動物実験をすっとばして、俺たちホームレスなら実験体にしてもかまわないという理屈か？」

サトウは薄笑いを返した。馬鹿にはわからないか、とでも言いたげな顔だった。この男の言い分はエタニティという組織の体質、ひいては幡山泰二の底根を端的に表しているように思えた。

「身勝手な屁理屈と思うか？　確かに知性で区別するってのは身勝手な理屈だよな。じゃあ種によって食うか食わないかを区別するってのはどうなんだ？　牛や豚を食うのは文化的で、犬や猫を食うのは文化的じゃないなんて身勝手の極みだろ。どう分けるにしろ、俺たちは他者を食わねば生きていけない。どこかで線引きする必要がある。その線引きは、身勝手な人間が、勝手に、傲慢に、決めるんだ。それしかない。人権なんてのはその延長線上にしかない。種での切り分けも、知性での切り分けもどちらも等しく身勝手だ。だがどこかで線引きをしなければ、他者を食わねばならない人間は生きてはいけない」

「ほざいてろ」俺は吐き捨てた。恐ろしいほどの割り切りだった。サトウの背後に、写真で見たことのある幡山泰二の顔がゆがんで見えた。

「それだけか？」サトウは予想した通りというように嘲笑を見せると、「それならもう少し現実的な薬の話をしようか」と足を組みなおした。

「新薬ができると、人間への治験の前に動物実験が行われるよな。あれ、意味があると思うか？」

以前にも聞いた理屈だった。黙った俺に構わず、サトウは話を続けた。

「動物実験で効果が出なかったら、その薬が日の目を見ることはない。その薬はその時点で死ぬ。だがな、薬理作用ってのは複雑だ。同じ人間でも人によって効果がばらつく。種が違えばどうかってのは、あんたでも予想はつくだろう？　事実、動物実験に意味がないという研究者だっている。実験に使われる動物がかわいそうってもんだ」

「動物実験は意味がないから、ホームレスを使えばいいってことか？」

「考え方は人それぞれだ。まったくわからない話じゃないだろう？」

「それがお前の飼い主の、幡山泰二の考え方か？」

冷ややかに返した。サトウは舌打ちし、首を横に振った。

「もういい。お前に合った、もっと下世話な話をしよう。エタニティが直面している問題は知ってるよな」立ち上がったサトウは椅子を半回転させ、またがるように腰を下ろした。両腕を背もたれに乗せる。

「大手製薬会社がどうやって儲けているか知ってるか？」

腰で椅子を回し、きぃきぃと鳴らす。

「創薬だ。新しい薬を作って特許を取り、特許が切れるまでの間、高い値段で売って儲けられるだけ儲ける。エタニティの稼ぎ頭は、抗潰瘍薬のメダポイールだ。だが近々、各国で特許が切れ始める」

メダポイール。エタニティを調べたときに何度も出てきた医薬品の名だった。

「特許が切れると、他の会社でも同じ薬が作れるようになる。ジェネリック医薬品ってやつだ。日本じゃ幸運にも敬遠する医者も多くて、ジェネリックの浸透には時間がかかる。だが、海外では事情が違う。特にアメリカじゃジェネリックへの入れ替わりは凄まじい。特許切れになったドル箱商品は、一夜にして市場の九割をジェネリックが取って代わる。極端に言えば、昨日は一万で売れていた商品が、特許が切れた翌日には百円でしか売れなくなる。

シビアなもんだよな。アメリカが日本と違って皆保険じゃないってのはあるんだろうがな。日本だと保険でカバーされて価格差がそう大きくならない場合も多い。だがアメリカでは価格差がとんでもないことになる。そりゃ一万円と百円の、ほぼ確実に効果も変わらない薬があれば、誰も一万円なんて払わないだろ？」

サトウは椅子を鳴らす。

「メダポイールももうすぐ同じ運命を辿る。ドル箱が二束三文だ。エタニティには、もうほかにドル箱の薬なんてない。今のエタニティは、仕事を失って転職先も見つからないまま貯金の底がつきかけているお先真っ暗のサラリーマンみたいなもんだ。

このまま、新しいドル箱の薬を作れなきゃ、先は見えてる。それなのに、走っている創薬プロジェクトはどれもお粗末だ。エタニティにはもう時間がないんだよ。どんな手段を使っても薬を作るしかない。だが創薬ってのはギャンブルみたいなもんだ。何百億って金を注ぎ込んで、薬ができなきゃ一銭も回収できずに終わる。そう何度も打てる博打じゃない。

それならいいとこまでいった薬、アルツハイマー治験薬を改良して使いたいってもんだろ？さらに動物実験をすっとばして、秘密裏に臨床試験ができたら費用と時間は劇的に変わる。結果が出たら、動物実験に戻って正規のルートで承認を受ければいい。必ず成功するとわかっているんならいくらだって注ぎ込める」

サトウは他人事のようにぐだぐだと語った。事実、他人事なのだろう。

「結局……」俺は吐き出すように言った。

「会社と株主がすべてなんだろ。お前らは人間のクズだよ」

サトウは笑う。

「俺はエタニティに雇われているわけじゃない。どう言われても痛くも痒くもない。これは雇い主の意向ってやつだ
「幡山に飼われてるんだろう。一緒だ。クズに雇われたクズってだけだ」

サトウの目が細まり、俺を見た。冷たいやりとりの後、意味ありげに笑ってくる。

「クズに雇われたクズか。自分で吐いた唾、飲むことにならなきゃいいな」

意味が飲み込めず、ニヤニヤと笑うサトウを見返した。

その時、ドアをノックする音が聞こえた。振り返ったサトウは、いぶかしげに高級そうな腕時計を見て立ち上がった。ドアに向かい、少しだけ開ける。廊下にいるらしい相手に小声で言った。

「まだ、終わってないですよ」

「私から説明させてください」

「いや、でも」今までとは打って変わったようなサトウの態度。女性の声だった。

ドアが押し開き、顔をしかめたサトウが後ずさった。

ドアの間から一人の女性が現れた。二十代中盤ぐらいか。研究員のひとりなのか白衣を身につけている。長い黒髪の童顔の美人。ただ白衣は少しぶかぶかで、子供のように見えるアンバランスさがあった。この女性、どこかで見たような。俺はそう思った。

女性が深く頭を下げた。

「――あんたは？」

俺の問いに、女性は苦悶するような表情を見せ、深い呼吸をひとつした。そして、振り絞るようにして口を開いた。

「ハタヤマ、ケイコです」

「ハタヤマ――幡山？」

「そうです。私は、幡山泰二の妹、幡山景子《けいこ》です」

2

昼下がりの新宿中央公園。

俺は大広場の小階段に座っていた。広場は炊き出しに集まってきたホームレスで溢れている。その一人ひとりに目を向けていく。すでに二百人を超すホームレスたちが列をなしているが、脳裏に刻んだ顔と一致する人物は今のところいなかった。

「ヤッちん、あったかいぞ」

視線を下げると、階段下からモトキが炊き出しの雑炊を持って上がってくるのが見えた。

「食え」モトキは雑炊を持った手を出した。

「……ありがとう」

「体調が悪いときこそ、しっかり食べとけ」

頭痛がするので階段で休んでいる。そう嘘をついていた俺は、罪悪感を覚えながら雑炊を受け取った。モトキたちは、俺の呼び名をミネちゃんからヤッちんに改めていた。

サトウが俺についてモトキたちに聞き回った際、安田典史と呼んで聞き回っていた。元刑事ということはさすがに言わなかったようだが、サトウはモトキだけに遠回しに俺の監禁をにおわせた。俺について知っていることをしゃべらなければ、俺の身は保証できないと脅されたという。それでモトキは、かつて俺の妻がエタニティの治験被験者であり、真実を暴こうと施設に潜りこんだことを話し、俺を無事に返せば他言はしないと取引をしたとのことだった。

隣に座ったモトキを見やり、俺はここに戻ってきた日を思い出した。

ザッコクは多少俺の事情を知っているのか、少し戸惑った顔でおかえりと言った。サムライは何も聞かされていないらしく、俺の不在も出かけていただけと思っていたようだ。ヤマザキは相変わらず、うさんくさそうに俺を見ただけだった。最後にモトキのテントに向かい、これまでのことを話し、彼からもサトウとのやりとりを聞いた。偽名を使っていたことを詫びると、モトキは首を横に振った。

「前にも言ったろ。ホームレスになるやつは、なにかしら事情がある。借金から逃げたとか、事業に失敗したとか。ホームレスなら、まず見つからないからな。だから本当の名前なんて誰も気にしていないし、知りたいとも思っちゃいない。他人と区別ができればいいんだ。それより、これからはどう呼ぶ？　今まで通りミネちゃんでも、安田ならヤッちんでも。なんでもいいぞ」

そう言って、笑って肩を叩いてくれた。

俺は嘘をついてばかりだ。そう思いながら発泡スチロールカップに入れられた雑炊から立ち上がる湯気を見つめた。

「冷めないうちに食べな」そう言ってモトキは立ち上がった。

「俺はヌシのところに炊き出し届けてくる。ヤッちんは養生してろよ」

頷いてモトキが立ち去るのを見送り、俺は視線を広場に戻した。その間にも炊き出しには新しい列ができあっていく。その一人ひとりの顔を丹念に確認しながら、次に思い出したのは、幡山景子のことだった。

「私は、幡山泰二の妹です」

幡山景子はそう言って深く頭を下げた。どこかで見た記憶があると思った理由がわかった。雰囲気が似ているのだ。写真で見た幡山泰二に。俺はかつて調べた幡山家の記憶を辿った。

興信所の調査書には、幡山泰二には兄と妹がいるとあった。幡山家の一族は旧地方財閥で、現在も同族会社を経営している。東京ではあまり知られていないが、地元の名古屋では政財界に大きな影響を持ち、セメント、教育、人材派遣、創薬、病院経営の事業を主に運営している。

幡山泰二の父親は幡山本家の末弟で、いくつかのグループ企業で経営を学んだ後、現在のエタニティの社長に就任。その子供である長兄は本家のある名古屋で、グループ統括会社の本部長となっており、次男の幡山泰二と長女は、エタニティに研究者として籍を置いている。長兄が既婚者で、次男と長女は未婚。

その長女というのが幡山景子だった。ただ、天才と言われていた幡山泰二と違い、景子に大きな実績はない。アルツハイマー治療薬の研究にも初期の頃こそ携わっていたが、治験に入る前に異動となっている。自ら異動を希望したという噂もあった。調査当時、俺は景子について、よくも悪くも凡人という感想を抱いた。異動も強引に進められる治験に精神が耐えられなかったように思えた。もしそうなら、優秀だが人を物のように扱う泰二と、景子は真逆の存在だろうと思った記憶がある。

その幡山景子がなぜここに？　幡山泰二の人間性を体現するようなこの施設にいるのか。巡る思考の中、景子はもう一度深く頭を下げて言った。

「奥さまのこと、本当に申し訳ありません。言葉ではどうしようもないことはわかっていますが、謝らせてください」

幡山景子は長い髪を床につかんばかりに、さらに深く頭を押し下げた。話がつかめず、俺は困惑した。顔を上げた景子は、大き過ぎる白衣を揺らして言った。

「私が、この施設の責任者をしています」

足元からゆっくりと頭上に言葉が抜けていく。幡山景子が、この施設の違法なアルツハイマーの治験薬の責任者——。この女も幡山泰二と同じ。ホームレスを実験体代わりに使う人間。

「……貴様も同じか」獣のごとく口を唸らせ、俺は心の底からはき出した。

「お前らを、殺してやりたいよ」

向けられた強い殺意に、景子が生唾を飲み込むのがわかった。「申し訳ありません」と掠れた声を出す。ただ、俺から目をそらさなかった。

「安田、それぐらいにしておけ。景子さんにも事情がある」

サトウが訳知り顔で割って入った。

「事情だと？　どんな事情があればこんなことやれるんだ？」

サトウと睨み合うと、景子が言った。

「その通りです。言い訳できることは何もありません。でも」と俺を見つめた。

「私には、兄が犯した罪を償う責任があります。私が選んだ償い方は、——薬を完成させることです」

「薬を完成させることが償い？　ホームレスを犠牲にして罪を重ねているだけだろ？　ふざけてるのか？」

景子が口元に力を込めるのがわかった。

「ふざけているわけではありません。私は治療薬を一刻も早く完成させ、アルツハイマーで苦しむ世界中の人々を、その家族たちを救わねばならないんです。そしてなにより先に、あの治験の被害にあった患者さんと、あなたのようにどうしようもなく人生を狂わせてしまった人に――」

彼女は顎先を震えさせた。

「三年前に治験を受けた患者さんたちにはもう時間がありません。一から別の薬を作っている時間はないんです」

息を大きく吸い、「私は狂っています」と景子ははっきりと言った。

「この薬が完成すれば、私は自首します。でもそれまでは罪を重ねると決めました」

震えた声で、まっすぐに俺の目を見て言い切った。

すぐに反論できなかった。この女は狂人だ。それは間違いなかった。だが、怒りを爆発させるには、彼女の瞳が少々綺麗に見え過ぎた。俺の間を埋めるように、景子が重ねた。

「でも、それさえも危うくなっています。私の汚れた手をせめて意味のあるものにするためには、どうしても失踪した兄を見つけ出すことが必要なんです」

見つけ出す？　その言葉の意味がわからず、俺は聞き返した。

「幡山泰二は、ここにはいないのか？」

「ここに兄はいません」

俺はサトウを見た。この男は、後で幡山泰二に会わせると言った。悪びれた様子もなくサトウは答えた。

「悪いな。でも会わせると言ったのは嘘じゃない。正確には、あんたが幡山泰二を探し出せば会える」

「俺が探す？　どういう意味だ？」

「言葉どおりさ。あんたに幡山泰二探しを頼みたい」

「なぜ――」

「話には順序がある。あんたに頼むそれなりの理由がある。なんにせよ、あんたが会いたい幡山泰二探しができるんだ。興味はあるだろ？」

反駁できずにいると、景子が口を開いた。

「製薬業界で話題になっているレインボーマンという人間を知っていますか？　一般紙でも何度か扱われています」

聞き覚えがあったが、どこで聞いたか思い出せなかった。

「癌治療の革命といわれている研究をしている人物です。研究論文も有名な学術雑誌に掲載されています。変わっているのが、発表者が匿名を希望していて、九喜総合薬品という大手の製薬会社が代理で発表しているということです。革新的な論文にも関わらず、発表者が匿名。欧米のマスコミが幻の人物という意味を込めてレインボーマンと呼び始め、それが定着したそうです」

いつだったか、サムライからもらった新聞の記事に、レインボーマンのことが書かれていたことを俺は思い出した。だが、なんのために景子がその話を持ち出したのかわからなかった。

「その論文内容は、日本の製薬会社の発表ということもあって、英語と一緒に日本語も発表されました。そこで私は見つけたんです」

俺は景子の意図が見えないまま、彼女を見つめた。

「日本語で書かれた論文には、ある癖がありました。てにをはの使い方が少し変わっているんです。といっても気づくのは私ぐらいだと思います。私はかつて、その論文を書いた人物に読みにくいので直したらどうかと言ったことがあります。その癖は直されることなく、その論文にも残っていました」

そこまで言われたところで、景子がなぜレインボーマンの話をしたのかがわかった。

「その論文を書いたレインボーマンは、私の兄に違いありません。失踪したエタニティの前統括所長、幡山泰二がレインボーマンなんです」

俺は景子を見つめた。幡山泰二がレインボーマンだとして、それが何を意味するのか。

「兄は天才でした。あのままエタニティにいてくれれば、世界有数の製薬会社にしてくれたと確信できるほどの。でも兄は暴走し、失踪しました。私たちエタニティは今も兄を探し続けています。でもそれは兄に、エタニティへ戻ってきてほしいからではありません」

景子は大き過ぎる白衣の裾下にほとんど隠れている拳を強く握りしめた。

「公にはされていませんが、兄は失踪する直前、エタニティのつくば創薬研究所のサーバの研究データをすべて削除し破壊していきました。兄が関わったものから関わっていないものまで、バックアップも含めてすべて。その中には、アルツハイマーの治療薬の重要な研究データも含まれていました」

「幡山泰二が研究データを破壊した？　アルツハイマーの新薬を治験に進めた自分の証拠を消すためか？」

景子は首を横に振った。

「違うと思います。それならすべての研究データを消す必要はありませんし、証拠が消せるのなら失踪する必要もありません」

「それなら、なぜデータを消して失踪した？」

景子は視線を落とし、また首を振った。

「私たちエタニティは兄の失踪原因について、治験で死人を出してしまった罪悪感からというニュアンスの発表をしています。でも、罪悪感からの失踪であれば、兄はデータの削除などしなかったでしょう。本当の理由は私にもわかりません。

失踪前、兄はアルツハイマー新薬のチーム会議にも顔を出すようになり、実質的な舵取りもするようになっていました。天才と言われただけあって、飛躍的に研究が進んだのは事実です。でも、エタニティの追い詰められた現状に焦り過ぎたのか、動物実験で一部に確認された副作用を無視して治験に踏み切りました。兄が治験を決定した時、私はついていけなくなりました。それでチームから外れました。そして起こるべくして事故は起き、兄はすべてのデータを削除して失踪しました」

景子は口元を食いしばり、当時を思い出すように言った。

「私は兄に感じていたことがあります。兄は失踪する数年前から少しずつおかしくなっていたんです」

言った後で失言だと思ったのか、景子は俺から視線をそらした。

「心の病だからしょうがない？　それが免罪符になるとでも？」

都子の別人のようになった顔を思い返し、俺はつぶやいた。景子は首を大きく横に振る。

「すみません。そういう意味ではありません。今の私同様、兄が許される理由などありません。

ただ兄が精神の病を抱えている可能性があるという事実をお伝えしておきたかっただけです。それと、兄の失踪の理由はわからなくとも、確信していることがあります。アルツハイマー治療薬は、強引に進めず時間をかけていれば成功していた可能性が高いんです。今私たちがやっていることは許されることではありませんが、兄の失踪後、この治療薬の責任者として私は改良に心血を注いできました。改良を重ねた結果、以前のような重篤な副作用はなくなりました」

重篤な副作用という言葉に、俺はまた真っ赤に腫れ上がった都子の顔を思い出す。

「でもまだ不安定さがあって効果は高くありません。兄がサーバから削除してしまったデータには、その不安定さを取り除ける可能性がある研究データが含まれていました。兄は社内サーバにあるデータを抹消しましたが、自分のパソコンデータは持って消えました。兄の部屋のパソコンにいつも差してあったメモリーカードが消えていたんです。そこには重要なデータが、アルツハイマーのコアデータも入っていたはずです」

少しずつ話が見えたきた。景子たちが俺に何をさせたいのか。

「私たちは兄の居場所をある程度まで絞り込むことができました。だけどそこで止まってしまっています。ただ、あなたであれば。いえ、あなたしかできない。唯一、あなたなら幡山泰二を探し出せる可能性があるんです」

3

俺は思わず笑いをこぼした。

「俺が元刑事だからか？　お前らは何もわかってない。国家に与えられた権限も情報もない俺になにができると思う？　今の俺に、皤山泰二を探せる術があるとでも思ってるのか？」

「あのな」サトウが机に手をついて顔を近づけた。

「理由がなきゃ、お前みたいなホームレスに俺たちが頼むと思うか？」

「サトウさん」景子が声をあげ「失礼な物言いはやめてください」と強い口調でサトウを睨んだ。振り返ったサトウは反論しかけたが、「きちんと安田さんに説明してください」と重ねられ、口をつぐんだ。小さく頷いて俺に向き直る。

「いいか。レインボーマンの代理をしている九喜総合薬品も、メールでのやり取りのみで皤山泰二の居所は知らない。それで俺たちは九喜総合薬品のシステム管理者のひとりを買収した。そいつからレインボーマンのEメールのヘッダー情報を手に入れて、送信場所を特定したんだ。

送信場所は五ヶ所。すべて新宿のネットカフェからだった。それぞれの店で店員を抱き込み、送信時に使われたパソコンの使用者情報を手に入れた。東京都には『インターネット端末利用営業の規制に関する条例』ってのがある。ネットカフェを利用するためには身分証が必要なんだ。ということは使用者が誰かわかるってことだ。だが、該当の席は、どの店も送信時に使用者が存在しなかった」

使用者がいないのにメールが送られている？

「どういうことだ？」俺は思わず聞いていた。

「考えられるのは、違う席についたレインボーマンが九喜総合薬品にメールを送信する時だけ、空いている席を勝手に使って送ったってことだ。そこで各ネットカフェで、メールが送られた時間帯に利用していた共通の使用者を探した。だが、該当者は見つからなかった。身分証の複数所持も考えられた。それで送信日の監視カメラのデータを手に入れて確認した。だがネットカフェの暗く粗い画質の中、膨大な客から同一人物を特定することは困難を極めた。追跡は頓挫しかけた」

サトウはこめかみに人差し指をやった。

「が、俺たちは確認する人物を絞り込める可能性を見つけた。ネットカフェに入店しても身分証明の必要がないケースがあったんだ。それはネットカフェの原型である、漫画喫茶としてだけの機能を使う場合だ。漫画は読むがネット利用しない場合、今まで通り身分証明書の提示は必要ない。身分を隠したいと思っているのなら、これを利用している可能性があった」

俺は思わず頷いた。

「監視カメラを洗い直した。カウンターで身分証あるいは会員カードを提示しなかった客だけを探したんだ。今ではそちらの方がめずらしい。すると、該当する客の中に似た服装をした奴が見つかった。五軒のネットカフェのうち三軒で確認できた。だが暗い店内でキャップを目深にかぶっててな。補正をかけても、男だろうということぐらいで顔まではわからなかった」

「それで?」俺は先を促した。

「実際に対応した店員にその人物について聞き込んだ。すると、どの店の店員もその客のことをよく覚えていた」

眉を上げると、サトウが逆に聞いてきた。

「なぜだと思う?」首を振ると、サトウは自分の鼻先に指先を置いた。

「臭いだ。見た感じは特に印象に残る感じはなかったそうだが、そいつの体からしばらく体を洗っていない強い臭いがしたそうだ」

景子とサトウが、なぜ俺にしか幡山泰二を探せないと言ったのかが、おぼろげにわかってきた。

「監視カメラでは確認できなかった残り二店にも、臭いのする客に記憶はないかと聞き込んだ。結果は当たりだった。服装は違ったが、キャップを目深にかぶった、臭いのきつい客が来たことを覚えている店員がいた」

サトウは、わかったろ？　と言わんばかりに首を傾げて見せた。

「そうだ。これらの情報から推測できるのは、幡山泰二は新宿界隈でホームレスかそれに近いような生活を送っているということだ。身分を隠したいはずなのに、わざわざ目立つような臭いを体に染みつけて来店するとは考えられない。その状況が日常的でないでも限りはな。ネットカフェを使っている理由も、手元に通信環境がないからだと考えれば納得できる」

俺は黙然した。根本的な部分で腑に落ちない。

「幡山泰二がホームレスをしている？　九喜製薬と契約しているのなら金だってあるだろう？ホームレスなどしなくとも金があれば身は隠せる」

状況だけをみればホームレスと考えるのはわからないではない。だが、十分な資金を持ちながら、わざわざホームレスをしているとは思えなかった。

「確かにその通りです。その理由は私たちにもわかりません」

景子が俺の疑念を肯定する。

「兄は九喜総合薬品と契約を結び、それなりの対価をもらっているはずです。それに私が知っているだけでも、兄の預金は五千万を超えていました。失踪直前にすべて引き出していますす。それなのに、兄がなぜそんな生活をしているのか。本当に心を病んでしまったのか、なんらかの事情でお金がないのか。それとも私たちの推測がまるっきり違っているのか」

景子は困惑した顔で続けた。

「理由はわかりません。しかし、手持ちの情報を総合すると、兄はホームレスに近い生活をしている可能性が高いんです。もしそうなら、身分証をもたないホームレスの人々から、私たちが兄を探し出すのは至難の業です。新宿界隈といっても炊き出しにさえ顔を出さないホームレスの方も数多くいるそうです」

「俺たちが危険を承知で治験の対象者集めを新宿界隈に限定しているのも、幡山泰二探しを兼ねてるからだ。探し始めて一年以上経つが依然として見つからないがな」

そう言ってサトウは、じっとりとした目で俺を見つめた。

「あんた優秀だったそうじゃないか。人捜しは不得意なわけじゃないだろう？　元刑事のホームレス。あんたのような人間はそうはいない。ホームレスにはホームレスだけの繋がりが存在する。あいつらの中に溶け込み、自らもホームレスであるあんたなら、幡山泰二を見つけ出せるかもしれない」

その時、俺の頭はすでに、あの男を追い始めていたのかもしれない。本当にいるのか？　アルツハイマー治療薬の情報を持ち去った幡山泰二が、奇しくも俺と近しい場所で息をしているのか？指先がちりちりと熱くなる感覚があった。幡山泰二を見つける。そして都子の——

「安田さん、お願いします。兄を探してください。そして奥さまを助けてあげてください。兄はいずれ持ち去ったアルツハイマー治療薬の情報も九喜製薬に渡すのかもしれません。しかし、それが製品化まで辿り着くには、最低でも五年はかかるでしょう」

「あんたの奥さんがあと五年もつと思うか？」

俺は心臓を摑まれたように、サトウを見た。

「無理だ。あんたの奥さんは末期だ。その間に合併症、肺炎でも起こして死ぬよ」

俺はまた鎖を響かせた。サトウは吐き捨てるように言った。

「あんたに怒ってる暇があるのか？　これはな、あんたにとって最後のチャンスなんだよ。その弱い頭でよく考えろ」

「サトウさん！」

景子の強い言葉が飛び、サトウはばつが悪そうに視線をそらした。景子はしばらくサトウを睨んでいたが、俺に視線を移して頭を下げた。

「安田さん。失礼なことを本当に申し訳ありません。でも考えてみていただけませんか？　ただ、これは強制ではありません。あなたが決めてください。あなたが認めないというなら、このまま警察で知ったすべてを暴露されても結構です。正直なところ、私たちは手詰まりです。安田さんの協力がなければ、先に進む見込みがありません。どうか真剣に考えてください。これは安田さんの生き方にも関わります。不正を正すのか、私たちと同じく泥を飲み、奥さんを助けるのか。安田さん自身で決めてください」

俺は新宿中央公園の広場で列を作る人々に向けていた視線を下に落とした。

骨ばった二つの細い腕。それが赤く血塗れているように錯覚する。逃げるように目を閉じた。

結局、俺は彼らと何も変わらない。自身の欲望を最優先した。

最終的にアルツハイマーで苦しむ家族など助かる人が数多くいるのであれば、という思いがないわけではない。だが、それは結果論だ。奥底にあるのは、間違いなく自身の渇望。俺はそのために今生きているのだから。ゆっくりと目を開き、俺は新しく列を作るホームレスたちに鋭い視線を注いだ。

都子、待っていてくれ。

4

高田馬場駅から数分歩いた場所にある公園。俺はホームレスの人だかりの中にいた。長い列に加わったその先頭では、炊き出しの湯気が立ち上っている。

景子から失踪直前の幡山泰二の顔写真を渡された。それは以前にネットや新聞で見たことのある細いイメージのある幡山泰二の顔ではなく、別人のように太った顔だった。失踪直前、突然太りだしたのだという。身長一六七センチ、五十歳。体重は増減しているため、六十キロから八十キロと幅広い。顔立ちにはこれといって特徴はなく、あるとすれば目元のわずかな艶やかさぐらいか。俺は幡山泰二を頭の中で太らせたり痩せさせたりしながら、炊き出しに並ぶ人の中に合致する人間を探し続けた。

ここ一週間、新宿界隈で行われている炊き出しという炊き出しに、片っ端から出向いていた。ここで八ヶ所目となるが、幡山への手がかりは得られていない。

俺は失踪直前の顔写真を丹念に思い出しながら周囲に視線を這わせる。白衣姿の精細を欠いた表情。業界紙のインタビューで撮られたものだと言っていた。景子が言った精神の不安定さか、他に理由があるのかはわからないが、病的なまでに黒い目の隈と、肥満化した体を想像させる膨れた頬が印象に残っている。

視線を巡らせているうちに列は進み、炊き出しをもらう番になった。五十代くらいのボランティアの女性が笑顔で「どうぞ」と発泡スチロールカップに入った豚汁を手渡してくれる。俺は頭を下げて豚汁を受け取り、声をかけた。

「すみません、ちょっとお聞きしたいのですが」

「はい？」耳をこちらに向けた女性に、ポケットから写真を取り出して見せた。

「この写真の男性なんですが、炊き出しで見かけたことはありませんか？」

ボランティアの女性は背後の仲間に声をかけ、給仕から外れてくれた。頭の三角巾を外し、幡山泰二が写った写真を手に取る。

「えっと。この方はあなたとは……」女性は聞きづらそうに尋ねてきた。事情を抱えたホームレスだった場合、本人に迷惑がかかることを思ってのことだろう。

「この写真の男性、僕の兄なんです。久しぶりに手紙が来て、この辺りで野宿していると書いてあったんで。心配で探しに来たんです」

あらかじめ用意していた嘘を伝えた。俺とは似ても似つかない顔だったが、似ていない兄弟は世界にごまんといる。

「ああ、そうでしたか」女性は納得し、改めて写真を見つめた。だが首を捻り「ごめんなさい。お見かけした記憶はないですね」と答えた。

「こちらはどうですか？」もう一枚の幡山泰二の写真を見せた。今度は痩せていたときの写真だった。こちらの写真も、女性の反応はかんばしくなかった。

「んー。ちょっと写真をお借りしてもいいですか？」

そう言って女性は仲間のボランティアにも声をかけ、二枚の写真を見せて回ってくれた。だが知っている人はいなかった。

「ごめんなさいね」女性の方が申し訳なさそうに頭を下げた。

「こちらこそお時間を取らせてすみません。ありがとうございました」

「もし見かけたら弟さんが探していたことをお伝えしておきますから。また訪ねてください」

そう言ってくれた女性に、俺は心の中で謝りながら頭を下げ、その場から離れた。

公園の端に座り、豚汁をすすって高い空を見上げた。これまでホームレスと接する機会の多い五十人近くのボランティアたちに尋ねてきた。だが、今のところ幡山泰二を知る者は誰ひとりとしていなかった。


さらに一週間が経った。

その間、俺はモトキから自転車を借り、ひとりでアルミ集めをしながら、ホームレスがいる場所を聞きつけては訪ね回り、幡山泰二を探し続けていた。夜は夜でボランティアに手伝いを申し出て夜の巡回に同行した。夜の巡回とは、凍死など防止をするために、ボランティアたちがホームレスの寝泊まりしている場所を巡って声がけをすることをいう。

彼らは、ホームレス歴の浅い俺には予想もできないところで寝ている。車が行き交う道路中央の街路樹の中で寝ていたり、ビルとビルの間の三十センチぐらいしかない隙間に体をねじこませていたり。干上がった側溝に潜りこんでいる人もいた。風が入らず暖かいのだそうだ。

ボランティアとの巡回で知り合ったホームレスには、手土産を持って改めて会いに行った。炊き出しに顔を見せないホームレスを知らないか、とさらに情報を集めるためだ。続けるうちに、ボランティアには会いたくない、という孤高のホームレスたちの情報が集まってきた。孤高といっても完全に単独で生きる者はそういない。どれだけ人との関わりを拒んでも、死と隣り合わせの生活のため、手に入る食べ物の場所や寝る場所といった情報は、とても貴重なものとなるからだ。そのため、ほとんどのホームレスは別のホームレスと細いながらも、なにかしらの繋がりをもっていた。

例外的に精神に問題を抱えているホームレスの中には、完全なる単独という場合もあったが、そういう人は隠れるというより堂々と生活している場合が多く、逆に目立つのでこちらから探す必要もなかった。幡山泰二がもしそうであるなら、すでに見つかっている気がした。

ホームレスからホームレスへと繋がるネットワークをまたぎ、俺は幡山泰二を探し続けた。彼らは本当にいろんな場所で生活していた。中でも驚いたのは、神田川にかかっている橋を寝床にしているホームレスだった。彼の寝床は橋の真下を通る直径一メートルに満たない鉄管の上だった。一度でも寝返りを打てば、落ちて浅い川底のコンクリートに叩きつけられる。話を聞いてみると、以前、高校生くらいの集団から陰湿な暴力を受けたことがあり、以来、橋の下で寝るようになったという。遊び半分で半殺しの目に遭うぐらいなら、自分のあやまちで落ちて死んだ方がましだ。そう彼は諦観した顔で言った。

5

新宿中央公園の大広場。その脇の小階段をあがった先のベンチ。

俺は力の抜けた瞳で、視界に映る雨水貯留施設の看板を見つめていた。大きく溜め息が出る。幡山景子との取引から一ヶ月半が経っていた。その間に年を越し、一月も半分以上が過ぎていた。俺のヤッちんというあだ名も定着し、多少ぎこちなさがあったテントの皆とも元通りになっていた。その一方で、俺は密かに幡山泰二探しを続けていた。

これまで新宿界隈にいる三百人近くの数多の生活スタイルを持つホームレスに直接会い、話を聞いてきた。その中には、炊き出しには顔を出さないホームレスも百人近く含まれている。炊き出しに集まるホームレスたちの顔だけなら延べで二千人近くは確認しただろう。新宿界隈のホームレスに限れば、ほぼ網羅した感触があった。だが、その中に幡山泰二はいなかった。

打つ手がなくなりつつあった。焦りとともに疑念が大きくなっていた。大手製薬会社の後ろ盾を持ち、レインボーマンと呼ばれ業界をにぎわす男が、本当にホームレスになったりするのだろうか。天才ともてはやされ、旧地方財閥という出自の男が、果たしてホームレスになって生きていけるものなのか。本当に幡山泰二はホームレスとして、この新宿に存在しているのか。

うなだれた頭に、散策路の砂地を踏みしめる音が聞こえた。

「ヤスダさん。最近、お疲れのようですね」

顔を上げると、ヤマザキが立っていた。いつもの黒いタートルネックに、くすんだレンズと細いフレームの眼鏡。その奥にある何を考えているのかわからない瞳が俺を見下ろしていた。その暗い目つきは、ここ最近とみに粘度を増してきたように思える。

「隣、いいですか？」

ヤマザキは俺の返事を待たず、ベンチの隣に座った。沈黙ができた。疲弊していた俺は、その場を取り繕う気持ちにもなれなかった。長い無言が流れる。さすがに限界を感じ、しゃべりかけようとしたところで、ヤマザキが正面を見たまま言った。

「ここしばらくあなたを観察していました。もしかしたら取り込まれてしまったのかと心配しましてね」

きゅっと胃が絞られる感覚を覚えた。俺が幡山景子と取引したことは、誰も知らないはずだった。モトキにさえ何も話さず、しばらく様子をみるとしか言っていない。ヤマザキに至っては、俺が施設に行った目的も知らないはずだった。どういう意味で取り込まれてしまったと、ヤマザキは言ったのか。聞き返す勇気が持てず、疑念だけが逡巡した。まさか知っているのか。いや、ヤマザキが知っているわけはない。

「僕たちのグループ。おかしいと思わないですか？」

「え？」案じたこととはまったく別の話題に、俺は思わず素っ頓狂な声をあげた。

「モトキさんたちですよ。テントの皆さん」

「うん？」俺は曖昧に答えた。彼の言わんとすることがわからなかった。

「わからないですか？」ヤマグチは嘲笑が混じっているようにも見える顔で一瞥して言った。

「彼らはよく本を読んでいて、高尚ぶった話をしてますよね」

それは以前、社会保障について語ったあんたも似たようなものだと思ったが、口には出さなかった。

「テントの前で祈りを捧げている、妙な集団を見たことありませんか？」

思い当たることはあった。テント前の散策路で正座して目を閉じ、両手を掲げていた大学生風の男たち。モトキは太陽信仰だろうと言っていた。

「見たことないですか？　太陽を拝んでるふりをして、テントの誰かを拝んでいるやつらですよ」

「は？」思わずヤマザキを見た。瞳を濁らせるばかりで、彼からはなんの感情も読み取れなかった。

「誰かって、まさか俺たちの誰かをってことですか？」

あまりに突飛な話に、詰問するように聞き返した。

「そうですよ。彼らは僕たちのテントにいる人物に向かって拝んでるんです」

「どういうことですか？　あの、それってヤマザキさんは、彼らに直接聞いたか、そう話してるのでも耳にしたんですか？」

「いいえ。そういうわけではありませんよ。でも間違いないと思います」

俺は呆れ顔が表情に出ないよう、気をつけながら視線を前に戻した。ヤマザキは本当に病んでいるのかもしれない。

「それにあのニワトリですよ。あれが一番おかしい」

「なにがおかしいんです？」

面倒だと思い始めていたが、相づちがわりに聞くだけ聞いた。

「僕は去年来たばかりの新参者ですけどね。色々と調べたんですよ。それでわかったんですよ。

あのニワトリは儀式に使うんだって」

「はあ？」今度こそ俺は呆れが声に出てしまった。だが、ヤマザキは気にした様子もなく、両手で眼鏡のずれを直して言った。

「ヤスダさんは、あのニワトリが鳴かないことに気づいてないんですか？」

確かに鳴くのを聞いたことはなかった。朝もラジオ体操の音楽で目が覚めることはあっても鳴き声で目覚めたことはない。と、そこまで考えたところで、猫を飼っているキュウが以前、モトキの飼っているニワトリは雌鶏だから鳴かないで助かると言っていたことを思い出した。

「雌鳥だからみたいですよ」そう答えると「知ってますよ」とヤマザキは言下に言い返した。

「僕が言ってるのは、雄鶏のように朝からコケコッコと鳴かないって話じゃないんですよ。あのニワトリは雌鶏で、確かに朝から大きな声で鳴くことはありません。でもね。一度だってコッコとも鳴いたことがないんです。雌鶏だって普通それくらいは鳴きますよ」

「だから……なんなんです？」ヤマザキが何を言いたいのか、わからなかった。

「モトキさんのニワトリはね。全羽、声帯が抜かれているんだと思うんですよ」

「え？　まさか」俺は苦笑した。

「じゃあ、なんで一切鳴かないんです？」

ヤマザキは、レンズの奥で見開いた目を俺に向けた。

「たまたまじゃ、ないん……ですか」

気圧されながら答えると、顔を近づけさらに目を見開く。

「彼が飼っているニワトリは五匹もいるんですよ？　五匹も偶然鳴かないニワトリなんてありえ

ないでしょう」

俺は何も言えず黙った。

「声帯を取ったのはね。鳴き声で苦情が入って飼えなくなることを心配したからでしょう。だとすると、なぜモトキさんはそこまでしてニワトリを飼ってるんでしょうね。そう考えると、怖くないですか？」

ヤマザキの爛々としてきた瞳の方が怖かったが、俺は小さく頷くにとどめた。

「恥ずかしい話ですけどね。僕はあのニワトリの卵を盗もうとしたことがあるんです」

羞恥というよりも、恨みを吐き出すようにヤマザキは言った。

「人が変わったようにモトキさんは怒りましたよ。この卵は体が弱ったヌシのためのものだってね」

「……え？」

俺は眉間に皺を寄せた。話に食い違いがあった。以前、体調がすぐれないというヌシに、俺が今度モトキのニワトリの卵を持っていくと言ったときだ。居合わせたモトキは、食べるために飼ってるんじゃない、といつになく語気を強めなかったか？　ヤマザキの言っていることが本当なら、どういうことなのか。

「ヤマザキさん。それ本当ですか？　モッちゃんがヌシのために飼ってるって言ったの？」

「嘘なんてつきませんよ。彼らはなにかとんでもないことを企んでるんですよ」

「企んでるって、ニワトリでなにをするっていうんです」

「ですから。儀式に使うんですよ」

「その儀式ってなんですか？」

ヤマザキは答えなかった。彼は、ふっと憑きものが落ちたように表情をなくすと、ふらりと立ち上がった。

「僕は近いうちにここを出ようと思っています。なにか、よくないことが起きる気がするんです」

「だからなんなんです？　よくないことって」

根拠もないことで不安を煽ってくるヤマザキに、俺はいら立ちを覚えた。声に棘が出てしまう。

「わからないですか？」

ヤマザキは明らかな嘲笑を浮かべ、血走らせた目で俺を見下ろした。

「調べたんですよ。八年前、モトキさんがここに住み始めました。六年前にはザッコクさんが。四年前にサムライさん。そして三年前にヌシが戻って地下で生活を始めた。彼らは準備をしてるんです。もうそろそろです。きっと始めます。巻き込まれる前に逃げるんです。当然でしょう？」

ヤマザキは早口に言い立てた。

「始めるってなにを？　なにを根拠に――」俺が言い切らないうちに、「彼らはおかしいんだよ。なにか隠してる」そうヤマザキは声を荒げ、焦点の合っていない瞳を近づけきた。深く関わってはいけない、そう思わせる瞳だった。俺は生唾をのみ、頷いて見せた。

「わかりました……気をつける。ありがとう」

「……本当に気をつけることですよ」

ヤマザキはゆらりと踏み出し、視界から消えていった。

6

新宿中央公園から歩いて十分ほどの距離にある東京オペラシティのビル。

正午過ぎ、俺はビル近くの道路脇に立っていた。昼下がりにもかかわず冷え込みがきつい。煤けたダウンジャケットの襟を締め上げていると、艶を放つ高級車がハザードを出して近づき、目の前で停車した。

「安田さん、乗ってください」

後部座席の奥から身を乗り出した幡山景子が、後部ドアを開けた。身をかがめて乗り込む。ドアを閉めると、運転席でハンドルを握っていたサトウが顔をしかめた。

「俺たちと会う前ぐらい風呂に入れよ。金は渡してるだろう」

景子たちに車内で報告するのはこれで三度目だった。サトウはこれまで我慢していたのか、たまりかねたように言った。俺は聞き流して車窓の景色に目をやる。

「俺が理由もなく急に身ぎれいになったら、周りはどう思う？　誰だって金の出所を疑う」

サトウはハンドルを捌きながら、鼻腔に立ちこめた臭いを吐き出すように、ふんと鼻を鳴らしてそれを返事とした。

「安田さん。あれからなにか兄の手がかりは見つかりましたか？」

モスグリーンのワンピースに、同色系のカーディガンを羽織った景子は、真摯な視線を向けてきた。俺の臭いを気にした様子はない。俺はわずかに身を引き、気後れするのを自覚した。何年も女性とまともな関係性を持っていなかった。いくつになっても、どんな状況であっても、そんな感情が湧くのを不思議に思いながら、首を横に振った。

「だめだ。新宿界隈で確認していないホームレスはもうほぼいないと思う。新宿じゃないとすれば、あとは渋谷、上野か。そっちにも手を広げていくしかない」

「渋谷に上野ねえ」

サトウが声をあげ、赤信号にブレーキを踏むと振り返った。深い切れ込みのあるVネックのニットに黒のジャケット。相変わらず肉体を誇示するような服装だった。

「エリア的に離れ過ぎてる。あんたらホームレスの移動手段は限られてるだろ？　歩きか自転車。滅多に電車も使わない。渋谷や上野にいる奴が、わざわざ新宿のネットカフェまで来るか？　それに場所を特定されたくなくて離れた場所を選んでいるのなら、使うネットカフェを新宿だけに絞るのはおかしいだろう」

サトウの言うことはもっともだった。だが、だからといって新宿界隈をこれ以上探しても、新たなホームレスを見つけられる見込みはあまりないように思えた。それにそもそも。俺はいつも巡り巡って戻ってしまう疑念を口にした。

「幡山泰二がホームレスだという推測が間違っている可能性はないのか？」

顔を戻したサトウがバックミラー越しに答えた。

「そりゃ百パーセントじゃない。だがな、今まで幡山泰二探しにはかなりの金をかけてきた。そこらの借金取りの人捜しとはレベルが違う。社会的な生活を送っているならもう見つけてるはずだ。それが見つからないということは、日本にはいないか、もう死んでいるのか。あとは死んだも同然の暮らしをしているかだ」

車道を無理に渡ろうとする歩行者に、舌打ちしながらサトウはクラクションを鳴らす。

「それにな、まともな生活してる奴が、あえて周囲が気づくほどの悪臭を体にまとってネットカフェに現れてメールを送る理由があるか？　身元を辿られないために使ったはずのネットカフェで、印象に残るような臭いを残すのは矛盾してる。そんなことをやっちまうのは、臭いに鈍感になってる証拠だろ？」

お前みたいにな、とでも言いたげな顔でサトウは俺を一瞥した。

「そう考えるとホームレス、あるいはそれに似た状況にいる人間と考えるのが自然だろうが」

隣に座る景子に目をやると、同意するように小さく頷いている。

俺は唸った。否定する材料はない。だが、どこか腑に落ちない。金を持っている人間が、なんのためにそんな生活を。そこまでして身を隠さなければならない理由でもあるというのだろうか。確かに自身の悪臭に気づいていないとすれば、ホームレスが一番近いとは思う。だが、現に俺自身は、自分の悪臭を自覚している。俺がネットカフェに行くとすれば、臭いには気をつけるはずだった。あるいはそれさえも気が回らないほど、幡山泰二は精神に病を抱えているのだろうか。

足元に目を落とし黙然としていると視線を感じた。顔を上げると景子がじっと俺を見つめていた。どんな小さなことでも幡山泰二の手がかりが欲しいのだろう。まるですがるような小動物に見えた。居心地が悪くなった俺は視線をそらし、運転席のサトウに話しかけた。

「あんたらはいつも一緒なんだな」

とっさに思いつかず、突拍子のない話題を振った。

「仕事だからな」サトウが妙にぶっきらぼうな口調で答えた。

「一緒にいることが？　彼女のボディガードでもやってるのか？」

「そうだよ」とサトウは答えた。

「なんでボディガードが必要なんだ？　被害者から狙われたことでもあるのか？」

俺は景子に尋ねた。俺以外にもそんな人間がいたのだろうか。しかし、景子はアルツハイマー新薬の治験が始まる前にチームから抜けているし、彼女の名前はかなりのところまで調べないと出てこない。もちろん彼女が今、違法な治験施設の責任者ということを知る者もいないだろう。

「一年半前、彼女は殺されかけたんだよ」景子の代わりにサトウが答えた。

「相手の素性は今もわからない。それから俺が護衛につくことになった」

「殺されかけた？」

「自宅マンションの前で車から降りたところをナイフで腹を刺された。刃渡り十五センチはあったそうだ。使えない警備員が異変に気づいて駆けつけた時には刺された後だった。幸運にも内臓をそれていたから助かったがな」

思わず景子を見やった。目が合うと彼女はばつが悪そうに頷いた。この小柄な身体に十五センチのナイフが。その薄い腹では背中まで貫通してしまいそうだった。

「まだ……」と景子は前を向き、零れるようにつぶやいた。

「私は死ぬわけにはいかないんです。薬を完成させるまでは」

景子の中に、俺は自身と同じ執念の熱を感じ、何も言えなくなった。押し黙った俺に、景子が尋ねてきた。

「そういえば、前に言われていた顔写真以外についてですが」

「ああ、なにかわかったことが？」

幡山泰二を見つけられず袋小路に入っていた俺は、景子に顔写真以外の情報を要求した。身体的特徴、趣味、人間関係。なんでも構わないから情報が欲しいと頼んでいた。幡山泰二を探すにも、それとおぼしき人物が見つかった際にも、決め手となる情報を持っていたかった。

「改めて兄について調べました。自分の記憶以外もあるかもしれないと思って、治療履歴にもあたってみました」

「どうだった？」

「身体に残るような治療履歴はありません」

「……それ以外には？」

「参考になるかはわかりませんが、兄は口癖というか、よく使っている言葉がありました。すぐに相手の話の腰を折って、つまりとか、ようするにといって相手の言いたいことをまとめようとするんです」

俺は腕を組んで黙った。俺の微妙な反応のためか、景子は少し焦ったようにつけ加えた。

「気取って話す癖もありました。好きなようにすればいいさ、とか。朝起きたわけさ、そんな感じの口調です」

「……他には？」

確かに幡山泰二に関することならなんでもとは言ったが、役に立つ情報とは言いがたかった。

「あとは……兄が失踪直前、太ったという話をしたと思います」

「ああ」太っているときの写真ももらっている。

「太り方がかなり急激だったんです。その影響で兄の身体には、全身に妊娠線があるはずです」

「妊娠線？　幡山泰二は男だろ？」

「妊娠線は、妊娠時に起こりやすいためにそう呼ばれていますが、男性にも起こります。肉割れ、ストレッチマークと呼ばれることもあります。男女に限らず人間の体が肥満化などで急激に膨張したときに起きます。皮膚が体の膨らみについてこれず、皮膚の中に白い、あるいは赤い亀裂のようなものができるんです。それは基本的に一生消えません。できやすい場所は腹部、胸部、二の腕、臀部、太もも、膝の裏です。兄の二の腕に、妊娠線ができているのを見たことがあります。腹部にはもっとはっきりと残っているはずです。確認できればの話ですが……」

「妊娠線か……」太ったという話からなんとなくザッコクを思い出した。だが、幡山泰二は五十歳で、ザッコクは三十二歳と言っていた。そもそも顔が違う。

「それと、兄の人間関係についてですが」

景子はポーチから四つ折りにした紙を取り出した。受け取って開くと、社員証のカラーコピーだった。写真には、二十代後半から三十代前半ぐらいに見える線の細い男性が写っていた。白衣を着た、絵に描いたような研究者といった感じの神経質そうな顔。

「幸田《こうだ》俊幸《としゆき》という方です。年齢は三十一歳。エタニティの研究職員のひとりでした」

「この男がどうした？」

「幡山家がエタニティの筆頭株主であることはご存じですか？」

「ああ、あんたの親父が社長をやってることも知っている。経営陣には親族も多い。典型的な同族経営だ」

景子は頷いた。

「その通りです。その背景から兄は統括所長という立場以上に、研究所内で多くのことを独善的に決定することができました。兄は研究所の王でした。それに加えて突出した才能。周りはある種、兄を腫れものを扱うようにしていました。それで兄は余計に意固地になった部分もあったと思います。使えない奴ばかりだとたびたび聞かされました。そんな兄でしたが、この幸田さんだけは認めていたんです。ある意味、師弟関係のようであり、人嫌いだった兄にはめずらしくプライベートなつき合いもあったようです」

「この幸田という男は、今はなにを?」

「幸田さんは兄が失踪する半年前、今から三年前にエタニティを退職しています」

「それで?」促しながら、俺はその意味することを考えて顎先に手をやった。

「兄が認めた人だけあって、幸田さんはエタニティの研究所内でも指折りの有能さを持っていました。兄を見限り、どこかにヘッドハンティングされたのだと思っていました。それで今回、安田さんに提供できる情報がないかと思って、幸田さんのその後を調べてみたんです。その結果、彼は現在、どの製薬会社にも、どの大学の研究室にも籍を置いていないことがわかりました。他業種についている形跡もありません。実家にも確認を取ったのですが、退職後に連絡つかなくなり捜索願いを出しているとのことでした。兄と関係しているかはわかりませんが、気になります」

アスファルトの継ぎ目を柔らかく吸収して揺れる車内で、俺は社員証のコピー用紙に目を落とした。幸田俊幸。三十一歳。白衣姿から医者を思い出し、今度はサムライを思い出した。だが、幸田俊幸の神経質そうな顔立ちは、サムライのそれとは違っていた。

「薬の研究者ってのは、医学部のやつがなるのか?」

俺は一応、景子に尋ねてみた。

「いいえ。一般的には、薬学部、獣医学部出身者が多いです。ただ幸田さんの場合は医学部出身です」

モトキは、サムライの年齢を二十八と言っていた。三十一の幸田とそう違わない。

「なにか心当たりでも？」

俺の表情から察したらしく、景子が声のトーンをあげた。少し考えてから俺は首を振った。

「いや、医学部を途中退学したと言っていたホームレスがいたんで気になっただけだ。年齢が近いと思ったんだが、顔がまったく違う。それに幸田という男が失踪したのは、三年前なんだろ？その男が公園に住みつき始めたのは四年前だ。時期が合わない」

サムライが公園に四年前に来たというのは、モトキはもとより、モトキたちに不審を抱き、別グループに聞き回っていたらしいヤマザキも言っていたので間違いないだろう。

「そうですか……」景子は声を落とした。

「他にはないか？」

景子は視線を落としたまま、「あとは――」思い出すように言った。

「前にもお伝えした通り、兄は少し心を病んでいた可能性があります。失踪直前、奇妙な本を読み漁っていました」

「奇妙な本？」

「あ、奇妙といっても、それまでの兄からは興味があるとは思えなかったので、そう感じたということですけど」

「どんな本なんだ？」

「宗教関係とか、社会学、哲学なんかです。暇があればその手の本を読んでいました。途中から医薬関連の資料よりも量が増えていって……」

景子はその時のことを思い出したのか、顔をしかめた。俺は馴染みのない社会学という言葉に、以前ザッコクが語っていたパラダイムシフトという言葉を思い出していた。

「あ」とふいに景子が声をあげた。視線を向けると、一点を見つめた彼女が口元に細い指先を持ち上げる。

「そういえば、兄が持っていた本の中に美容整形の本が……」

俺は言葉を継げず口を開き、シートに寄りかかって視線を宙に漂わせた。幡山泰二が整形手術を受けているかもしれない？　今までの苦労が、虚脱感と共に両肩にのしかかってきた。もしそうなら――。

「幡山泰二が整形してるなら、身分証もないホームレスの中から探し出すなんて不可能だ――」

俺が会ったホームレスに幡山泰二がいたとしても、気づくことはなかっただろう。放心しかけた意識に、サトウが声をあげた。

「だとしても、妊娠線があるだろう。しゃべり方だってある」

「……ふざけたこと言うな」

凍えるような今の季節、素肌を露出して生活しているホームレスはいない。新宿界隈に住む何百人ものホームレスを素っ裸にして、妊娠線を一人ひとり確認していくなど現実性がなさ過ぎる。しゃべり方など論外だ。抽象的過ぎる。

「おいおいおい」サトウの語気が強まった。

「簡単にあきらめられちゃ困るんだよ。あんたの大事な奥さん。このままゴミみたいに死ぬんだぞ？　わかってんのか？」

俺は、弾かれたように背筋を伸ばした。サトウを薄く睨む。

お前から殺してやろうか。本気で思った。

バックミラー越しに俺の視線に気づいたサトウが道路脇に車を止めた。振り返り俺を見る。

「なんだ？　文句あんのか？」

冷たい空気が車内に張りつめた。俺は思った。かつてのボクシング経験も、このやせ細った腕では正面からはかち合えないだろう。それなら身体を掴まれるまでにこいつの眼を抉るか。俺もひとつは抉り返されるだろうが、そんなことはどうでもよかった。都子がいなくなってから、俺はリスクを考えなくなっていた。左拳を作り、抉るために親指だけを伸ばした。

「サトウさんっ！　いい加減にして」

車窓がびりびりと振動するような突然の大声。景子だった。

「二度と、安田さんの奥さんを侮辱するようなことを――二度と言わないで」

怒りの塊がごろりと吐き出されるのが見えた。今までサトウに対しても、常に敬語を使っていた景子だけに俺も驚いた。瞳を濡らし、景子はサトウを睨みつけている。

「……すみません」さすがに鼻白んだサトウが、正面に顔を戻す。

「サトウさん。しばらく外で頭を冷やしてきてください。あなたと一緒にいたくありません」

ハンドルを握りかけたサトウは、驚いたように振り返った。

「でもこの男と二人だけにするわけには――」焦ったようにサトウは言った。

「あなたにいてほしくないんです」

景子はにべもなかった。サトウは何か言い返しかけて思いとどまり、荒く息を吐いた。そして俺を殺気だった瞳で一瞥すると、エンジンを止め、キーを抜いて車から出て行った。

二人だけになった車内で、景子は頭を深く下げた。

「安田さん、本当に申し訳ありませんでした」

俺は何も答えず、息を吐き出した。

「私、どうしても彼に慣れなくて」

景子が独り言のように言った。内輪もめなど興味はなかった。

「彼は元々、陸上自衛隊にいたそうです」

だが思いがけず、サトウの素性を語り出した景子に、俺は顔を向けた。

「防衛大出の幹部候補生で、愛知県の駐屯地で業務隊という部隊に所属していたそうです。半ば慣例化していたようですが、隊のための裏金作りを担当していたと聞いています。それがいつしか自分たちの不正経理もやるようになって内部告発を受けたそうです。公にはされなかったようですが、彼は結託した上官とともに退職に追い込まれました」

景子は長い髪に手を入れ、不快げに目を細めた。

「退職後、彼の上官と面識のあった私の父に、上官共々雇われたんです。父の下で何をやっていたのかは私も知りません。それから私が襲われたのを機に、私の警護をすることになりました。必要ないと言っても、せめて別の人に代えてほしいと言っても父は聞いてくれません。私は兄と違って、父になんの評価されていませんから」

景子はそれきり黙り、長い沈黙ができた。

「……すみません、変な話をしてしまって」両の指先で彼女はまぶたを押さえて言った。

「いや」と俺は短く答え、「他に、幡山泰二の情報はあるのか？」と話を戻した。

景子は目を閉じ深呼吸して「そうですね……」と沈思した。

実際のところ、もらった情報だけでは見通しは暗かった。

「あとはもう、兄が持っていったメモリーカードに書いてあった名前ぐらいしか……」

幡山泰二はエタニティの研究施設のサーバデータを抹消し、自身のパソコンに入れていた研究所のコアデータを持って失踪した、と景子は言っていた。

「メモリーカードか」

小さい。メモリーカードは手の中に収まるぐらいの大きさしかない。それを見つけるということは、テントやバッグを漁るということだ。その確認の難しさは妊娠線以上だった。

「メモリーカードのラベル部分には手書きの書き込みがありました」

俺は気持ちを落としたまま「なんと？」と聞いた。

「えっと」景子はポーチから手帳を取り出し、何かを書いた。

「これです」書き込んだページを手帳から破り、手渡された。

『Eight-Hundred』と英文字で綴ってあった。

「エイトハンドレッド？　……８００という意味の？」

「多分、そうだと思います」

「なにか思い当たる数字なのか?」

製薬業界か研究所で、なにかしら意味をもつ数字なのだろうか。

景子は首を横に振った。

「研究でその数字に特別な意味はないと思います。私も意味するところはわかりません」

俺にとっては、欠片すらわからなかった。

「あと、ラベルにはもうひとつ書かれていました」

景子は手帳に再び書き込んで渡してきた。俺は期待もできないまま、紙切れに書かれた文字を見つめた。その文字を見た俺は静止した。

再確認するように指先でなぞる。そこには、見た記憶のある文字が書き込んであった。

Mermaid-Cocktail――そう紙切れには綴られていた。

第九章　疑念

1

俺は車のドアを押し開け、逃げるように飛び出していた。

「安田さん！　待ってください」

景子が追いかけてくる。振り切るわけにもいかず立ち止まる。思わず飛び出してしまった失敗に唇を噛んだ。

「急にどうされたんです？　なんですか？　なにか思い当たることでも？　安田さん、教えてください」

背後から矢継ぎ早に質問された。俺は口元に手をやり、苦し紛れに言い訳する。

「いや、急に吐き気がしただけだ」

「吐き気？」信じられないという顔で、回り込んだ景子がまっすぐに見つめてくる。

「もう大丈夫だ。まずは今回もらった情報で調べてみる。来週あの場所で」

「でも――」「なにかわかったらすぐに連絡する。約束する」

しばらく景子は俺を見つめ続けていたが、視線を落とすとあきらめたように言った。

「……わかりました。待っています。安田さん、どうかよろしくお願いします」

彼女はうつむき、車へと戻っていった。

俺は足早に車から離れた。次第に走り出していた。脳裏にはあの点滴薬がまざまざと浮かんでいた。ヌシが受けていた点滴。あの点滴薬のラベルには書いてあった。

Mermaid-Cocktail と。

幡山泰二のメモリーカードのラベルに書かれていたものと同じ——。

ただの偶然とは思えなかった。それをきっかけに、今まで考えてもみなかった視点でモトキたちをみて、不可思議なことが次々と思い当たった。

幡山泰二が失踪直前に読み漁り始めたという、宗教関係、社会学、哲学といった書籍類。モトキの輪廻転生の話、ザッコクの哲学に通ずるようなパラダイムシフトの話、サムライの社会学ともいえる貧困と虐待の話。モトキのニワトリは、儀式に使われると言ったヤマザキの話さえ、ある種の現実味を感じてしまう。それにテント近くの散策路で正座をしていた若い男たちは、テントの誰かを拝んでいるのだとも言っていた。そう考えていくと、穴ぐらで暮らすヌシが言ったことも気になってくる。

——黄昏が未来を開き、ガラスが未来を支える。

ザッコクに尋ねると知らないと嘘をついた。どこか宗教がかっているようにも聞こえてくる。

まさか彼らの中に幡山泰二、あるいは関係者がいるとでもいうのか？　だが、万が一そうだとしても、彼らはなんの目的でホームレスをしている？　死のうと思っていた俺に、生きる場を与えたモトキ。それはただの偶然なのか、なんらかの意図があってなのか？

頭の中がぐるぐると回り、俺は空を仰いだ。陽を隠す鉛色が、延々と広がっていた。

公園には戻らなかった。向かったのはヌシの住処。あの点滴の名前を、もう一度確かめたかった。否定したかったのだ。ただの勘違いだと。

神田川のはしごを降り、川底の端を歩いて横穴へと入る。薄闇の中、ヌシの住処のモップの暖簾を分けた。

「ヌシ？」

声をかけたが人の気配がなかった。川から入る薄い光に目を凝らしたが、ヌシはいなかった。俺はうっすらと見える寝袋のそばのランタンを持ち上げ、スイッチを入れた。ぼうっと辺りを照らす。

点滴薬を探して、壁に並べられたカラーボックスを順に見ていく。大量のキノコの瓶、圧力鍋や試験管といったキノコの栽培道具、カセットコンロとわずかな食器類。

点滴薬はなかった。俺は深い溜め息を吐いた。出直してヌシに直接聞こうと思った。モトキに聞くのは、何かまずい気がした。ランタンの光を落とし、ヌシの住処を後にした。

公園に戻り、ザッコクのテントに声をかけた。暖簾を開けると、あぐらをかいて読んでいた本を閉じ、ザッコクが顔を上げた。本のタイトルには「社会構造における――」という文字が見えた。思わず凝視しそうになるのを堪えて視線を上げる。

「ヌシがどこにいったか知らない？」

ザッコクはあごひげを触り、「さあ？」と首を捻った。

「そういえば最近、留守がちだってモトキさん言ってましたね」

「留守がち？　ふーん、そうなんだ。ありがとう」

暖簾から頭を抜き、俺はこめかみを強く揉んだ。留守がち？　ヌシはどこに出かけているというのか。疑い始めるときりがなかった。自分のテントに戻り、俺は状況を整理することにした。

もしも、万が一。俺たちのグループの誰かが幡山泰二、あるいは関係者だと仮定する。その場合、ヌシが受けていた点滴はアルツハイマー治験薬なのだろうか。だが、ヌシにアルツハイマーの兆候はないように思える。では専門の癌治療薬なのか？　だとしてもなぜ幡山泰二がそんなことをしているのかわからない。なぜ失踪したのか。なぜ名前を伏せて九喜製薬を通じて論文を発表しているのか。わからないことばかりだった。一体なんなんだ？

俺は混乱しかけていた。落ち着かせるために意識的に呼吸の速度を落とす。

どんな理由があるにせよ、疑念があるなら俺がやることはひとつしかない。このグループに幡山泰二が存在するのか確かめる。整形しているのだとすれば、顔はあてにできない。見た目の年齢も信じられない。証拠とすべきは、景子の言った手がかり。

妊娠線。数百人のホームレスの妊娠線を調べることはできない。だが、俺たちのグループの人間だけなら不可能ではない。確定的な情報とはならなくとも、判断材料のひとつにはなるだろう。

腹を決め、俺は自分に頷いた。


その夜。テントの中央で俺は、ザッコクとサムライとカセットコンロを囲んでいた。コンロの上に置いた鍋は、風に湯気をたなびかせている。俺はインスタントラーメンの袋を開けて乾麺を取り出し、それを三つ鍋の中に放り込んだ。

卵買ってきたからラーメン食おう。そう言ってザッコクとサムライを誘った。モトキとヤマザキは不在だった。めずらしいことではない。それぞれにやることがある。いつもならモトキは缶集めかヌシのところ、ヤマザキはボランティアのところへ手伝い、と思うところだが、今はそれを信じていいのかわからなかった。

「ヤッちん、もう卵入れていいんじゃない？　な？　ザッコク？」

サムライの言葉に、ザッコクは「ああ」と無愛想に返事をした。ザッコクは相変わらずサムライの口のきき方が気に入らないようだ。だが、サムライがザッコクの不機嫌さに気づいた様子はない。「今日は星が綺麗だよな」と雲が切れた夜空を呑気そうに見上げている。

俺は手持ちの椀の縁で卵を割り、卵を次々と湯の中に落としていった。

「俺、酒出すよ」サムライは自分のテントに戻り、カップ酒を三本持ってきた。

「ほい」とザッコクに渡す。ザッコクはサムライから視線をそらしながらも、カップ酒を手に取った。俺も「悪いな」と受け取る。

次第に白みを帯びてきた卵を見つめながら、それとなくサムライに話をふった。

「そういえば、サムライはモッちゃんが飼ってるニワトリの卵って食ったことあるか？」

サムライは、ぱきゅっとカップ酒のプルタブを引き開け、きゅっと一口飲み込んで顔をしかめた。

「ないよ」そう答えて背後のニワトリがいるブルーシートに目を向けた。

「俺、産みたての卵って一回も食ったことないんだよなあ。モッちゃんすげー怒るからさあ。ヤッちん、今度こっそりもらっちゃう？　俺たちホームレスはタンパク質が不足しがちだし」

サムライは大げさな企らみ顔を見せ、「ま、本音を言えば卵より、鶏のから揚げの方がいいけどね」と屈託ない顔で笑った。俺も誘われて笑いが出た。

一方で、サムライが話している間、ザッコクは黙って酒を飲んでいた。俺はモトキの卵の話になった途端、ザッコクの顔に緊張が走ったのに気づいていた。興味のないふりをしながら、聞き耳を立てているのがわかる。あのニワトリには、何かあるのだろうか。ザッコクは何か知っているのだろうか。見つめていると、ザッコクが俺の視線に気づき目が合った。ザッコクはわかりやすいぐらいに視線を宙に泳がせた。俺は気づかないふりをしてラーメンに目を落とし、「煮えたかな」と麺を一本取り出して口に含んだ。

「オッケー」頷いて見せると「よっしゃ」とサムライが箸を伸ばし、自分の椀に麺を入れ始める。

「ザッコクも食べなよ」

カセットコンロの火を落とし、俺は何事なかったように言った。ザッコクは小さく頭を下げ、サムライに続いて椀に麺を入れた。お玉を手にした俺は鍋のスープを掬い、二人に入れてやった。

「伸びるから先に食べてて」

そう言って俺は残りの麺を椀に入れながら、ザッコクとサムライを盗み見た。二人は麺をするるのに夢中だ。鍋に残ったスープを自分の椀に入れるような仕草で、俺は鍋の取っ手を持ち上げた。そして、手が滑ったごとく取っ手を離した。狙い通り、鍋はカセットコンロの端で跳ね、熱いスープをザッコクの腹の辺りにぶちまけた。

「あちっちちち」

ザッコクが腰を引きながら立ち上がり、着ていたスウェットをつまんで体から放そうとする。

「脱げ！　脱げってザッコク。はやく」

立ち上がったサムライがすばやくザッコクの後ろに回り、上に着ているスウェットとTシャツを脱がせた。さらにズボンも脱がせる。ザッコクの腹と太ももが露わになったのを、俺は凝視した。その腹と太ももには、景子の言っていた妊娠線が、白い筋がくっきりと浮かび上がっていた。

「熱かったあ」ザッコクは泣きそうな顔で腹についた乾燥ネギの欠片を払った。

妊娠線を目に焼き付けた俺は「ザッコク、本当ごめん。着替えあるか？」と聞いた。裸同然となって早くも寒さに身体を縮こませたザッコクは、震えながら言った。

「まだ干してる最中なんです」

知っていた。俺は用意していた言葉をサムライに投げる。

「サムライ、悪いけどザッコクに服を貸してやってくれないか？」

「俺も干してて乾いてないよ」

それも知っていた。俺は頷いて見せ、「ちょっと待ってて」と自分のテントに入って余分の服をとって出た。サムライにその服を渡した。

「俺のをサムライが着てくれ。で、サムライが今着てるのをザッコクに渡してやって。俺の服のサイズじゃザッコクは着れないからさ」

俺は痩せこけ、サムライは中肉中背、ザッコクは肥満体だった。

「そういうことか。わかったよ」

サムライはそう言うとその場で服を脱ぎ、脱いだ服をザッコクに渡した。裸のザッコクは受け取った服をそそくさと着始め、サムライも俺が渡したジャージを着ていく。

その間、俺はサムライの裸体を見つめていた。サムライの身体には、以前見せられた首もとから鎖骨に伸びる火傷のような傷跡があった。そして腹部や二の腕、太ももの内側には、ザックコクと同じく妊娠線があった。

2

「モッちゃん」

それから三日後の昼下がり。俺はザッコクとサムライがいないときを見計らって、モトキのテントを訪ねていた。

「銭湯行かない？」

「なんだ、急に」横になっていたモトキはイヤホンを耳から外し、体を起こした。

「ほら、いつもアルミ缶を取っておいてくれる神田川沿いのマンションの爺さん。あの人が使ってくれって。三枚くれたんだ」

ひらひらとさせた入浴券を見て、モトキがいたずらっぽく笑った。

「お前も悪い奴だなあ。でも俺を選んだことはいい眼をしてるぞ」

その笑顔に胸が痛むのを感じた。嘘だった。マンションの爺さんが時々、銭湯の入浴券をくれることがあるのは本当だ。だが今回は違う。景子からもらった金で買った。

「あと一枚は？」

「ヤマザキさんいるから、誘ってみるつもり」

モトキは少し意外そうな顔をしたが、何も言わず頷いた。

俺はヤマザキのテントに顔を出し、声をかけた。背中を向けて横になっていた彼は返事をしなかった。だが、起き上がって着替えの用意を始めた。返事はしなくとも、行く気のようだった。

俺たちは公園を出た。俺とモトキが並んで歩く後ろを、ヤマザキが距離を空けてついてくる。

「そういえばさ。ヌシって今いないの？　ここ三日ぐらい毎日会いに行ってるんだけど、ずっといないんだよ」

公園近くの十字路の信号待ちで、俺はモトキに尋ねた。

「ああ、ここ一週間ぐらい空けてるんじゃないか。心配ないよ。もともと放浪癖がある人だし、キノコ狩りにでもいってるのかもな」

「大丈夫なの？」

「そのうち戻るよ」

「ヌシは神隠しにあったんじゃないのかな」

ふいに背後から聞こえた。振り返ると、ヤマザキがモトキを刺すような視線で見つめている。

「神隠しって言ったってなあ」

モトキはその視線を受け流して俺を見た。目が困ったと言っていた。ヤマザキはそれきり黙り、妙な雰囲気のまま俺たちは歩き続けた。

到着したのは、新宿中央公園から十分ほど歩いたところにある明雲湯《めいうんとう》という銭湯だった。モトキの誘いで一度だけ行ったことがある。公園で生活をはじめて三ヶ月が経っていたが、それ以外で湯を浴びたのは、エタニティの施設でのシャワーだけだった。銭湯代があれば牛丼が二杯食える。インスタントラーメンなら七袋。自腹で銭湯はまず考えられなかった。

番台に入浴券を渡して入る。幸運にも客はひとりもいなかった。足早にヤマザキが脱衣所に入って脱ぎ始めた。彼が浮かれているのは、はたから見てもわかった。にやけ顔が零れている。それとなくヤマザキの太ももや腹、二の腕を確認したが、彼に妊娠線はなかった。

その横でモトキもジャージを脱ぎ始めた。裸になると余計にわかる。彼の痩せ方は異常だった。俺よりもひどい。腕と足が細い棒きれのようで、骨に皮が貼りついているだけように見える。長年太陽に晒されていたためか肌にはほとんど水気がない。そしてこれだけ痩せているにも関わらず、モトキの腹と太ももには、白い筋――妊娠線があった。

湯船に入る前に俺たちは丹念に体を洗った。そのまま入ってしまうと、大量の皮膚のカスが浮いてしまうからだ。それが番台の耳に入れば、一発で出入り禁止となってしまう。細心の注意が必要だった。俺の場合、二日に一度は濡れタオルで体を拭くようにしていたが、脂は冷たい水には溶けず、拭いても拭いても皮膚に浮いた脂を伸ばしているだけの感があった。カランから出る熱い湯を体にかけ、俺はしつこいほどに全身をこすった。三人ともナイロンタオルのようなものはなく、持参した手ぬぐいで洗うのだが、積層した皮膚の垢はなかなか落ちなかった。

二十分ほどの格闘の末に、俺たちはやっと湯船につかることができた。自分たち以外、誰もいない長方形の湯船に、奥からヤマザキ、モトキ、俺と三人等間隔に間を空けてつかった。

「はああ」

モトキが腹の底から息を吐き出すのが聞こえた。俺も足を思い切り伸ばす。全身の力が抜けていく。疲れが湯の中に溶け込み、冷えた足先が包まれたようににじわりと温まった。ヤマザキにしても言葉には出さないが、その顔は緩みきっている。

それからかなりの時間、誰もしゃべることなく並んで湯船につかり続けていた。

どれくらい経ったろうか。

「なあ、ヤッちん」と煙る湯船の中でモトキの声がした。顔をやるとモトキは壁に描かれた、はげちょろの赤富士を見ていた。

「なに?」呆けた気分で俺は返事をした。

「俺はさ。ずっと考えてることがあるんだ」

「うん」と俺も赤富士をぼんやりと見つめて空返事をした。

「人はさ、自然のまま、あるがままでいるべきなのかな? 薬で人の寿命が左右されるなんておかしいのかなって」

俺はモトキの言葉に、次第に我に返っていった。返事ができず、モトキを見る。緩んだ気分は跡形もなく吹き飛んでいた。モトキはなぜ、唐突にそんなことを言ったのか。薬——それは都子のアルツハイマー治験薬について言っているのか? まさか自分と幡山景子との取引を知っているのか? 幡山泰二探しを引き受けるかわりに、都子を治療する取引を。

モトキがこちらに顔を向けた。湯けむりの中の彼の顔は穏やかだった。彼は言った。

「奥さんは、そんなこと望んでいるのか?」

今度こそ俺の呼吸は止まった。声を出そうとして、口元が強ばっているのに気づく。この男は、すべてを知っている? 俺は唾を飲み、絞り出すように言った。

「あんた——なのか? あんたが」

震えた俺の声に、モトキは微笑したまま続けた。

「公園に来たとき、ヤッちん言ってたろう？　都庁は俺たちにとって遺跡だって。たとえば、たとえばさ。今から千年後の未来を想像してみなよ。本当に都庁が遺跡になってもおかしくない未来だ。きっと多くの考え方が変わってる。俺たちがもしそこにいたら、まるで宇宙人だよな。その頃の人間はさ。今の俺たちよりももっとましな考えをもってるのかな」

茫然としていると、鋭い声が入った。

「あんたが、あの祈り屋たちの親分なんだろう？」

ヤマザキだった。湯船の一番奥からモトキを睨みつけている。

「……俺とは関係ないよ」

「なあ？　あんたたちは、なにを企んでるんだよ？」

湯煙の中、ヤマザキが以前にも増した狂気じみた顔でモトキに詰問した。

「なにもしないさ」モトキは淡々と答える。

「言っておくぞ。宗教が世界を変えられる時代は何百年も前に終わった。あんな暗黒時代に、誰が戻りたいっていうんだ」

ヤマザキの言葉に「暗黒時代？」とオウム返したモトキが赤富士を見つめたまま言った。

「それは中世ヨーロッパの話か？　そういえばヤマザキさんは中学校で社会の先生をやってたんだよな。確かにあの時代、身分が固定された階級社会で、貧乏人は一生貧乏人だったよな。なにがあっても、行き着くところは神様の思し召し。宗教が強い力を持っていた世界。そうだろ？」

ヤマザキは反論しようとしたようだが果たせず、口をつぐんだ。モトキはさらに言った。

「だがな、別の言い方をすれば、救いがあった。今のように、死というものがなにもかもを失ってしまう恐怖の対象じゃなかった。天国が存在し、たとえ死んでも救われるのだと信じることができた。それに権力者、宗教者といった富めるものの美徳は、弱者への施しだった」

ヤマザキが驚いた顔でモトキを見つめる中、話は続いた。

「それが今はどうなった？　たとえば資本主義。それは皆がそれぞれに自分の金儲けだけを考えていれば、結果として世界の安定を築けるという考え方に基づいている。そうやって企業は利潤を追求し、社会と経済が回っている。そうだよな？」

ヤマザキは答えなかった。

「さらに現代人は投票というシステムを使い、自分たちの未来を決める政治家を選ぶことができる。だからこそ現代人は、自分とは縁遠くみえる政治に関するニュースを必死で読み、自分なりの考えを持たねばならない。それができない者は成熟した大人とは認められない。すべてを決めてくれた神様はもう存在しない。自由に職業を選択し、どう生きるかを選択できる。すばらしいよ。ただ、それと引きかえにしなければならないものがある。責任ってやつだ。自分の選択の結果、社会的に負け犬になっても、貧乏になっても、人から認められなかったとしても、それは誰の責任でもなく自分自身の責任だ。その結果、何が起こった？　現代病と言われるストレス。鬱病、自律神経失調症、睡眠障害、パニック障害、人格障害。この世には心の病が溢れた」

モトキはヤマザキに顔を向けた。

「あんたも、その犠牲者のひとりだろう？」

ヤマザキの顔に屈辱と怒りが交差するのが見て取れた。ヤマザキは必死に反論をしようとして言葉にできず、ふとすれば泣き出しそうな顔で身体を震えさせた。そして顔をうつむけたまま、湯船から立ち上がった。引きずるような足取りで脱衣所に歩いていく。

ヤマザキに視線を奪われていると、「ちょっと言い過ぎたな」とモトキの声が聞こえた。彼も立ち上がり「露天に行ってくる」と湯船から出て行った。俺は背中まで肋骨の浮いたモトキの後ろ姿を見つめた。結局彼は、俺の問いには答えなかった。

モトキは何者なんだ？　何を考えている？　何を知っている？　ザッコクは？　サムライは？

――なにを企んでるんだよ？　そう言ったヤマザキの言葉を、狂人の一言で片づけられない自分がいた。湯船にひとり取り残された俺はつぶやいた。

「本当に、なにがどうなってる――」

3

叩くような大きな雨音が、午後の青いブルーシートに響いていた。

「じゃ、仕事行ってくるから。ヤッちんひとりになるから荷物よろしくね」

サムライが俺のテントに顔を突っ込み、笑顔で片手をあげた。頷いて見せると、ビニール傘を手に出かけていった。

銭湯での出来事から一週間。ずっと待っていた。ひとりになる瞬間を。これでやっとモトキたちの持ち物を確認できる。サムライが忘れ物で戻ってくることも考え、しばらくテントの中で待つ。ブルーシートに透過する青白い光の下、俺はあれからのモトキとのことを思い出した。

表面上は以前のままだ。俺たちは他愛ない話をする。だが二人とも禁足のように、あの銭湯でのことは立ち入らなかった。あれからモトキの一挙手一投足を観察している。モトキは知ってか知らずか、いつもと変わらない日常を過ごしているように見えた。

しかし一度だけ、不可解なことがあった。三日前の夜中だ。浅い眠りの中、俺は外から聞こえた小さな物音に目を覚ました。暖簾の隙間から外を覗くと、モトキがニワトリを飼っているブルーシートで何かしているのが見えた。

モトキは立ち上がり、俺のテントの前を横切って出て行った。暖簾を広げ、顔だけ出して散策路に目をやる。街灯の下、歩き去っていくモトキの後ろ姿が見えた。右手にはニワトリの卵を五個ほど入れた透明のビニール袋をぶら下げていた。

俺以外に起きた者はいないようだ。俺は急いで靴を履き、テントから出て後を追い始めた。すでに夜中の二時を回っていた。金曜日ということもあり、公園内にはまだ一般の通行人の姿がちらほらとある。一般人に紛れ、俺は距離をとって後をつけた。

モトキは気づく様子もなく、陸橋を越えてジャブジャブ池の方へ向かっていった。大型遊具近くの散策路を抜け、道路に出て左に折れる。交通量もまだ多く、ヘッドライトが前後からモトキの姿を照らしていた。一分も歩かないうちに公園外の陸橋に近づく。モトキは陸橋脇の歩道に設置された、下の道路へと繋がる階段を下りていった。下には東京都庁と新宿中央公園を分断している片道四車線の大きな道路があった。

モトキが階段を下りきり、左に曲がったのを見届けてから俺も階段を下りた。下りきった先で、歩道に顔だけ出して確認する。俺は目を細め、歩道に出た。モトキの姿が消えていた。振り返って反対側の歩道も見たが、どこにもいない。

左右どちらもかなり先まで歩かないと曲がり道はなかった。にもかかわらず、モトキの姿はどこにもなかった。車に乗ったのか？　そう考えてもみたが、止まっていた車が走り出したような音はしなかったし、そんな余裕もなかったはずだった。キツネにつままれたような気分だった。

しばらく辺りを探し回ったが、ついにモトキの姿を見つけることはできなかった。モトキがテントに帰ってきたのは明け方だった。戻った時には、手にしていた卵はなかった。

俺はあの夜の不思議な出来事から、意識を戻した。時計を見ると、サムライが出かけてから二十分ほど経っている。もう戻ってこないだろう。

始めよう。俺はテントから出て、辺りに人がいないことを確認してモトキのテントへ近づいた。経年劣化で毛羽立ったブルーシートの暖簾に手を入れた。手を広げた先に見えるモトキの住処は質素だった。二畳ほどの空間。プラスチック製の衣装ケースが三つに、ショルダーバッグがひとつ。カセットコンロと鍋に食器類。インスタントラーメンなどの食材を詰め込んだ段ボール。数日遅れの新聞。それがモトキの持ち物のすべてだった。

まずは衣装ケースを開け、中身を検めていった。褪せた衣服が丁寧にしまってある。それ以外には何も入っていない。食材を詰め込んだ段ボールも底まで確認するが、何もない。続いてショルダーバッグを開ける。中にはティッシュや片耳イヤホンにラジオ、乾電池といった細々としたものが入れてあった。と、その中に名刺入れぐらいの大きさの箱を見つけた。取り出して中を開けるとカードが入っていた。

運転免許証だった。元木道雄《もときみちお》。生年月日を見ると、今年五十二歳。モトキが自分で言っていた年齢と同じ。写真には、今の姿からは想像もつかないほど肉づきのいいモトキの顔が写っている。だが、本人に違いなかった。

「元木道雄——。モトキ、モッちゃん。偽名じゃない？」

俺は免許証を見つめながら思った。モトキには妊娠線があった。そしてこのグループの取りまとめ役でもある。もし幡山泰二がこのグループにいるのなら、モトキの可能性が高いと思っていた。だが、免許証の顔写真は、肉づきは違うにしてもモトキに間違いない。免許証が本物なら、整形もしていないということだ。思い過ごしだったということか。

いや、簡単に結論を出すな。俺は弛緩しかけた自分の手綱を引き絞った。この免許証が本物とは限らない。そもそも住所のないホームレスが免許証を保持できるものなのか？　それに幡山泰二は、整形までするような男かもしれないのだ。免許証も偽造している可能性は否定できない。

焦るな。俺は結論を保留し、免許証をバッグに戻した。それからも床のブルーシートをめくって床下のすのこの間を確認したりして、しつこく調べた。だが、景子が言ったメモリーカードや、幡山泰二と繋がるようなものを見つけることはできなかった。

雨音は鳴り続けている。俺は安堵か落胆かもわからない溜め息を吐き出し、中腰になって体を出口へと向けた。暖簾を分けようと手を伸ばす。その時、テント出口の上部に光るものがあることに気づいた。視線をやると金属の一部が、鉄パイプで作った骨組みの隙間からわずかに覗いていた。ブルーシートと骨組みの間に挟みこんであるようだった。手を伸ばしその金属を引き抜く。

鍵だった。家の鍵には少し小さい。ディンプルキーと呼ばれる、鍵の部分にくぼみをつけた、セキュリティ性の高い鍵だった。ホームレスのモトキがどこでこれを使うのか。

しばらく鍵を見つめていたが、そこからわかることはなく俺は元の位置に戻した。テントの出入り口に隠してあるということは頻繁に使っている可能性が高い。盗めばすぐにモトキは気づくだろうし、使う場所も分からないまま盗んでも意味はなかった。

テントから出た俺は、雨の中を大股で隣のヤマザキのテントに入った。同じように物色していく。ヤマザキのテントはモトキとかわり映えがしなかった。衣類や食品に、こまごまとした日用品。特にあやしいものはない。ただ、生活保護に関する申請書類があり、彼が本気でここを出ようと考えていることだけはわかった。

次に入ったのはサムライのテントだった。前の二人のどこか饐えた臭いがしていたテントとは違い、ほのかに柑橘系の香水の香りがする。サムライが仕事の関係上、臭いに気を使う必要があると言っていたのを思い出した。

同時に、以前感じた疑問を思い出す。ホームレスは臭いに鈍感だから、平気で悪臭をさせてネットカフェに行く。本当だろうか。モトキたちも臭いが敬遠される場所に行く場合は、気をつけるような気がする。やはり腑に落ちないと感じながら、俺はサムライの持ち物を確認していった。

モトキやヤマザキよりもわずかながら衣類が多く、全体的に持っているものが小綺麗だった。やはり仕事があるだけ、二人よりも余裕が窺える。見ていく中で衣装ケースの中のひとつに、妙なたたまれかたをしたタオルを見つけた。中央がもっこりとしている。タオルを開いた俺は、自然と笑みをこぼした。

卵が二つ。多分、モトキのニワトリの卵だ。

――ヤッちん、今度こっそりもらっちゃう？

サムライは実行したのだ。昨日の昼、ニワトリが卵を産んでいるのを俺も気づいていた。モトキは朝早く出ていたので知らないはずだ。サムライはこれ幸いと拝借したのだろう。秘密にしておいてやろうと、俺は卵にタオルをかけ直し衣装ケースに戻した。それ以外に、サムライの部屋に気になるものはなかった。

最後にザッコクのテントに入った。衣装ケースから確認していく。それはいかにもザッコクらしく、衣服を押しのけるようにインスタントラーメンが詰め込んであった。几帳面に袋が同じ向きになるように揃えられている。

だが、驚かされたのは書籍の数だった。衣装ケースの裏に隠すように置かれていた。平積みされ、天井近くまでサイズ別に何列も積み重ねられている。前に聞いたパラダイムシフトに関する社会学的な書籍の他にも、哲学書や経済書などタイトルだけで圧巻される小難しそうな書籍がびっしりと並んでいた。これらの本は、幡山泰二が失踪直前に読みふけっていたという本と一致するのだろうか。俺は自分のテント戻り、ペンと大きめのノートの切れ端を持ってきた。本の題名と著者の名前を書き留めていく。後で景子に、幡山泰二が読んでいた本と一致するものがあるのか、確認してもらうつもりだった。

二百冊以上ある本のタイトルと著者名をメモするのは、かなりの時間がかかった。目と指に疲れがくるのを感じながら、それでもあと十冊ほどで終わろうかという時だった。

背後に音がした。俺は弾かれたように振り返った。

そこには、暖簾を分けたザッコクの青ざめた顔があった。俺の顔とメモしていた紙を交互に見つめている。

「やっぱり――」

そうつぶやいたザッコクは「ひぃっ」と悲鳴のような短い声をあげると、傘を放り出して走り出した。

4

メモした紙切れをポケットに突っ込み、俺はテントから飛び出した。顔を巡らすと降りしきる雨の中に、かなり小さくなったザッコクの後ろ姿を見つけた。俺は倒れ込むように上半身を投げ出し、全速力で後を追った。

太ったザッコクに追いつくのは、そう難しいことではなかった。公園から出る前、木々に囲まれた散策路の途中で追いついた俺は、襟首を摑んで茂みの中へと引きずり込んだ。

もう後戻りはできない。

「ひぃぃ」「黙れ」

凄むと、ザッコクはおとなしくなった。ひどい雨のためか辺りに人の気配はない。だが、万一もある。俺はさらに木々の奥へとザッコクを追いやり、引きずり倒して馬乗りになった。

「なぜ逃げた？」

「俺を、俺を殺す気なんだろ？」

「なんでそう思う？」

「違うぞ。俺は違う。本当だ。信じてくれよ。俺はまだ人間を捨てちゃいないんだ」

「人間を捨てる？　なにを言ってる？　わかるように言え」

「俺は違うんだよお」

声をあげたザッコクの目の端には、大粒の涙が溜っていた。身をよじり逃げようとする。意外な膂力に振り落とされそうになり、俺はザッコクの首を摑んだ。思い込みに便乗して脅しをかける。

「大声を出すな。本当に死ぬことになるぞ」

ぴたとザッコクの動きが止まった。

「そうだ。よく聞け。なぜ、俺に殺されると思った？」

ザッコクの首を摑んだまま、含ませるように俺は質問した。ザッコクの呼吸が過呼吸のように速くなる。

「ふふ。死ぬ。俺は死ぬ。ふふ、ふふふ、ふ」

「おい」

「ふふ、へへへ」

失敗したことを悟った。ザッコクの中で何かが切れた。今のザッコクの精神状態で、まともなことが聞き出せるかどうかわからなくなった。

だが、聞くしかない。

「モトキは何者だ？　なにをやっている？」

「……新しい世界を待っている」

話にならない答え。質問を変える。

「モトキが持っている鍵わかるか？　テントに隠してある小さな鍵だ。あれはなんだ？」

「ヌシの金庫、金庫、きんこ、キンコ」

ザッコクの顔には、妙な笑みが零れ始めていた。

「ヌシの金庫？」ヌシの住処に金庫があった記憶はない。

「ヌシの住処にあるのか？」

ザッコクは、こくこくと何度も頷いた。その瞳の焦点はあっていなかった。

「ヌシの住処のどこに？」

ザッコクはこくこくと頷き続けた。俺は舌打ちして違う質問を投げた。

「モトキのニワトリはなんだ？　あの卵にはなにかあるのか？」

「あの卵はぁ」ザッコクの声が急に大きくなった。突然、顔が恐ろしげにゆがむ。

「悪魔の、悪魔の卵だ。俺には無理だった」

「くそ、わかるように言ってくれ」

「とらんすじぇにっく」

「なんだそれは？」

ザッコクは肩を揺らして笑っている。

「あそこには行きたくない」

「あそこ？　とらんすじぇにっくのことか？」

どこかの場所の名前なのか。

「違う。エイトハンドレッドのことだよ」

一瞬、俺は動きを止めた。幡山泰二が持って消えたメモリーカードに書かれていた文字。『Eight-

Hundred』——ザッコクはエイトハンドレッドを知っている。

「もうエイトハンドレッドなんて行きたくないんだぁ」

だだをこねるようにザッコクは首を左右に大きく振った。

「落ち着け。エイトハンドレッドとはなんだ？　どこにある？」

俺は身体を揺らされながら、聞き返した。ザッコクのニュアンスでは、どこかの場所だ。

「あそこは怖い。もうあそこには行かない。ぜったい行かない」

ザッコクの挙動がさらにおかしくなった。怯えるように顎を小さく震わせ続けている。肝心なことが何もわからない。

「くそ。じゃあ、これはわかるか？」

俺はザッコクの胸元を摑んで持ち上げ、ポケットに手を突っ込んだ。中からメモの切れ端を出して見せた。そこには景子が書いたMermaid-Cocktailという文字があった。

それを目にした瞬間、思いもよらない力でザッコクに弾き飛ばされた。体勢を崩した俺は大木に背中をしたたかに打ちつけ、呻いた。

「わぁぁぁあ」

子供のような声を出して、散策路に出たザッコクが公園から走り去っていくのが見えた。追いかけようにも、背中に走る激痛に立ち上がることができなかった。

俺はそのまま地面に倒れ込み、土に顔をうずめた。

第十章　闇

1

降りしきる雨の中。
俺は地面から顔を引き剝がし、大木に体を寄りかけていた。背中の痛みがやっと引いてきたところだった。雨に打たれるまま、ザッコクの言葉を反芻する。
悪魔の卵、トランスジェニック、ヌシの金庫、
Mermaid-Cocktail、Eight-Hundred、
意味不明な言葉の羅列が、頭の中を巡っていた。ザッコクは何が言いたかったのか。わからないなりに整理していく。
モトキの飼っているニワトリの卵――ザッコクは悪魔の卵と言った。トランスジェニックとも。モトキが持っている鍵――ヌシの住処にある金庫の鍵だという。
Mermaid-Cocktail と書いた紙切れを見せた時のザッコクの反応――この言葉をザッコクは知っていた。質問の中で一番の恐怖を示した。ヌシが点滴していた小瓶のラベルに書かれていた

Mermaid-Cocktail と Mermaid-2 の文字。関連があるはずだった。

そしてエイトハンドレッド——どこかに存在する場所。ザッコクは、エイトハンドレッドには行きたくない、と怯えていた。そこに何があるのか。

今の俺にできること——

それはモトキの鍵を盗み、ヌシの住処にあるという金庫を開けてみること。その先にしか答えはない。そう結論し、大木に手をかけ立ち上がった。途端に痛みが背中から頭の先まで響いた。歯を食いしばり、足を踏み出す。誰かが戻ってくる前に、モトキの鍵を盗み出す必要があった。

痛みを堪えテント前まで戻り、柵を越えてモトキのテントへ向かった。その時、手前のテントから顔が出てきた。ヤマザキだった。こちらを一瞥して引っ込める。俺は立ち止まった。ヤマザキが帰ってきている。彼は銭湯の一件以来、神経質さが増していた。テントにいる間、わずかでも物音がすると目を血走らせて顔を出す。しかもモトキのテントは、ヤマザキのテントの隣り。とてもではないが、モトキのテントから鍵を盗み出すのは難しい。

俺は唇を噛み、自分のテントへ戻った。チャンスを待つしかなかった。


「ただいまー」

気を揉むだけの数時間が過ぎるうち、サムライの声がした。ますますチャンスがなくなった。焦りを感じながら、ふとサムライのテントの中にあった卵を思い出した。悪魔の卵。サムライは卵について知らないのだろうか。

四年も前からここにいる一員だ。すべてを知っている可能性もある。だが、サムライがモトキの卵を食べてやろうと言っているのを、ザッコクが密かに聞き耳を立てていたことを思い出した。もし何も知らず、サムライが軽い気持ちで卵を食べようとしたのだとしたら。あれを食べたらどうなるのだろう。悪魔の卵の意味するところは――。

不安になった俺は立ち上がり、傘を手にテントを出た。

「おかえり」とサムライのテントの暖簾を分けた。

「あーうん、ただいま」と答えたサムライは背を向けていた。仕事帰りらしく、小綺麗なシャツを中腰で脱ぎ、かわりに使い込んだスウェットに着替えている。脇腹に見える妊娠線とともに、火傷のような傷跡が背中の広い範囲を痛々しく引き攣れさせていた。俺はそれに見入った。

「ん？　なに？　どうかした？」

無言の俺に、振り返ったサムライが聞いてきた。

「あ、いや。前に言ってたモトキの卵なんだけどさ」

「うん？　どうしたの？」サムライは隠し込んでいる卵については触れなかった。顔色を窺うが、表情からは何もわからない。

「あれって食べると、ひどい下痢するらしいぞ」

「え、マジ？　あぶねー」サムライは目を丸くした。そしてばつが悪そうに頭をかく。

「実はさあ。昨日モッちゃんの卵もらっちゃったんだよねえ。まだ食べてはないけど」

そこで初めてサムライは卵をとったことに触れた。これが演技なのかどうか、俺にはわからなかった。

「でもそれ本当？　モッちゃんがそう言ってたの？」サムライは腑に落ちない顔をした。

「いや、ザッコクが」ザッコクに嘘をかぶってもらうことにした。

「マジ？　あいつ食ったことあんのかな？」サムライは首を捻った。

「そうかもな」適当に相づちを打った。

「そういえば、ザッコクまだ帰ってないよね？」

「うん、みたいだ」とぼけると、サムライが重ねて訊いてきた。

「どこ行ったか聞いてる？」

「いや……なにか用でも？」

「うん、インスタントラーメンの投げ売りしてる店見つけたからさ。教えてやろうと思って。ザッコクよく食うから」

「そうか……」現実感の薄い昼間の出来事から、一転して地に足をつけたような話題に胸が痛んだ。ザッコクはもう戻らないかもしれない。そう吐き出してしまいたかったが、口にはしなかった。

戻ろう。俺はあくびをして見せ「一眠りするよ」と言ってテントに戻った。

結局チャンスは訪れないまま、夜になった。途中、サムライが外に出たので、ヤマザキも出かけないかとチャンスを窺ったが、一度も出てくることはなかった。そうこうしているうちにサムライも戻り、俺は布団にもぐりこんで嘆息した。今夜は何もできそうになかった。

未だザッコクは戻ってこなかった。あの怯えようでは、本当に戻らないつもりかもしれない。すべてを捨て新しい住処を求めて歩いているのだろうか。彼の私物はここに残っている。もしそうなら明日からの彼の生活は過酷なものとなるだろう。だが、今さら俺に何ができるわけでもなかった。

さらに夜は深まり、日をまたいだ頃だった。降り続く雨の中に物音が聞こえ、俺は暖簾の隙間に視線をやった。街灯の下、モトキの煤けて灰色になったコートがちらと見えた。帰ってきた。同時にモトキに関わる様々な疑念が頭をよぎった。銭湯での一件、悪魔の卵、ヌシの金庫の鍵、ヌシに点滴していたMermaid-Cocktail——彼は一体、何者なんだ？　幡山泰二との関係は？　俺と景子の取引を知っているのか？　俺の正体をどこまで？

雨音に混じってモトキの声が聞こえた。サムライのテントで何か話している。小さくて内容はわからない。そのうち、ヤマザキのテントに向かうのがわかった。挨拶だけで終わる。それから足音がこちらに近づいてきた。来る。モトキは俺をどうしようと思っているのか？　思わず暖簾下にある、隠しナイフを仕込んだ靴に手が伸びた。

「ヤッちんいる？」暖簾越しに声が聞こえた。俺は伸ばしかけた手を止めた。緊張感のない声。それでも油断はできなかった。

「いるよ」手を引っ込めて短く答えると、暖簾に節ばった細い腕がのぞき、モトキが顔を見せた。なぜかいつもより陽気に見えた。それが少し怖く感じた。

「ちょっと金入ったんだ。これ、土産」何かを差し出してきた。俺はモトキの顔を見つめまま手をのばし受け取った。緊張に生唾を飲んだ。

「ソーセージ。うまいぞ」

言われて見ると、赤い袋に入った魚肉ソーセージだった。モトキは手渡した片手をあげると、すっと暖簾から腕を抜いた。「おやすみ」と聞こえ、自分のテントに戻っていった。いつもの、優しいモトキに見えた。俺は自分がやっていることがよくわからなくなった。

「ありがとう」もう届かない礼を言った。

雨は、降り続いていた。


ほとんど一睡もできないまま、朝を迎えた。

雨は今もブルーシートを叩き続けている。ザッコクはついに戻ってこなかった。この寒々しい雨の中、彼はどこで夜を過ごしたのか。いい場所を見つけてくれたと思うしかなかった。

俺には俺のやるべきことがある。そう思い直し、朝から皆が出て行ってくれるのを期待して待った。ヤマザキとサムライが出かけた。だが、肝心のモトキが出てこなかった。しばらく待ち続けたが動く気配がない。このままでは埒があかなかった。俺は傘を手にテントから出た。モトキの予定を、それとなく尋ねてみることにした。

「モッちゃん」滴る雨の中、テントの暖簾を開けるとモトキはまだ横になっていた。

「朝飯、ラーメン作るけど食べる？」

モトキはゆっくりと体を起こし、眩しそうにこちらを見た。異様なほど顔色が悪かった。目の下には大きな隈ができている。

「どうしたの？　隈できてる」

「ああ？　そうか？」モトキは親指の付け根をまぶたの上にあてて揉んだ。

「朝飯は？」もう一度聞くと、彼は首を横に振った。

「確かにちょっと、調子悪い。食欲もないし、今日は一日寝てるよ」

「そう……。なにかあったら言ってよ」

「ありがとな」

俺はモトキのテントから顔を抜いた。本当に体調が悪そうだ。この調子ではモトキの鍵を盗み出すのは無理そうだった。

俺はビニール傘に弾かれる雨を見つめた。鍵がだめなら、その使う場所を先に確認するべきか。ヌシの金庫――ザッコクの話が本当なら、ヌシの住処には金庫がある。ヌシはしばらく帰っていない。大きさによっては金庫自体を盗み出すことも可能かもしれない。

テントに戻り、ダウンジャケットを着込んだ。靴の仕込みナイフを確認しテントから出る。公園を出て、坂を下って住宅街を抜け、神田川まで歩いていく。ヌシの住処へ通じる川底へのはしごの前で立ち止まり、眼下の川の流れを確認した。雨による増水を心配していたが、水かさは思ったほどではない。いつもよりは流れが早く、量も多いが、通路代わりに使っている川の端はまだ水に浸かっていなかった。

降りる姿を見られないように辺りを見回した。その時、見慣れないものが視界に入った。ヌシの住処がある川上とは逆の川下の方。橋を三つほど越えた先に、人だかりができていた。いくつもの傘が群れをなし、橋の上に集まっている。皆、橋の下を覗いているように見えた。

ふいにヌシが川に流されるイメージが頭によぎった。まさか、とは思いながらも俺は引かれるように人だかりに向かって歩き出していた。歩いているうちにも人は増え続け、着いたときには四、五十人ほどになっていた。一様に橋の下を見ている。遠くからサイレンの音も聞こえた。

「あれ、死んでるの?」「初めてみた」「こんな近くで、ねぇ?」

傘の群れから潜めた声が聞こえてくる。不安がこみ上げ、人ごみに体をねじこませた。異臭に気づいた人々が顔をしかめて場所を空けていく。俺は欄干の手すりまで辿り着き、川に目を向けた。それはスーツ姿の男だった。神田川の横岸に身体を横たえ、顔をこちらに向けている。青白い肌に、焦点を失った二つの瞳。死んでいる、そう思った。ヌシではなかった。だが、俺はその姿から目をそらすことはできなかった。そのスーツ姿の男の顔に見覚えがあったからだ。

「ザッコク――」

思わず声が漏れた。その顔は間違いなくザッコクだった。大きな身体の下には、雨が流しきれない淡い赤色を広げている。白シャツの胸と腹の部分が、赤黒く染まっていた。

刺し殺された？　なんでザッコクが？　整理がつかず放心していると、救急車とパトカーのサイレンが間近で交互に鳴り響いた。川沿いの歩道に制服姿の警官が人ごみを押しのけるのが見えた。スーツを着た刑事らしき男と共に、はしごを使って川底に降りていく。

警官たちがブルーシートで周りを覆い始めると、瞬く間にザッコクの死体は見えなくなった。だが瞳に灼《や》きついたその姿は、俺の脳裏にありありと浮んだままだった。

腹と胸を刺されていた。ザッコクは殺された？

ごった返す人ごみの中、交通整理の始まった橋の上から離れた。ふらふらと歩き、散り散りの思考の中で単純な問いが現れては消えていった。

殺された？　なぜ？　誰に殺された？　どうして？

俺はヌシの住処には向かわなかった。テントにも戻らなかった。あてもなくさまよい、雨宿りをしながら点々と歩いた。傘は失くしてしまい、濡れるままに歩き続けた。

いつしか日が暮れ始め、夜になった。

辿り着いたのは、以前ボランティアに同行し、ホームレスを見回った際に知ったビルだった。そのビルは営業時間が終わると玄関の自動ドアが閉鎖され、人の出入りがなくなる。玄関の上にはひさしがあって雨がしのげた。以前は二人のホームレスがいたが、今日は誰もいなかった。俺は自動ドアの前のゴムシートの上に腰を下ろし、身体を両腕で抱いて横になった。寒さのせいなのか、得たいの知れない恐怖からか、震えが止まらなかった。

夜が更けるにつれ、気温はさらに落ちていった。俺は歯を鳴らしながら、川底に横たわっていたザッコクを思い出していた。いつもの無精ひげはなく、綺麗に剃られていた。彼は見たこともない、ビジネス用のスーツを身に着けていた。身元を証明するものはもっていないだろう。サラリーマンにしか見えない身分証のない遺体。あの姿を見て誰がホームレスだと思う？

ザッコクはスーツを着ていたんじゃない。着せられた。ホームレスだとは、あのテントの住人だとはわからないように。なぜそんなことをする必要があった？　ザッコクがテントの住人だとわかると、誰の都合が悪い？　顔色が悪かったモトキの顔が浮かんだ。まさか、モトキが？　考えてみれば、昨日モトキが帰宅した際、サムライとヤマザキの俺のテントは訪ねたが、ザッコクのテントだけは訪ねなかった気がする。知っていたのか、あるいはザッコクのテントに灯りがなかったからだけなのか。

ザッコクが新宿中央公園に来たのは六年前。モトキに助けられ、公園で暮らし始めたと言っていた。彼らは六年も寝食を共にした仲間だ。それを簡単に殺せるものだろうか？　もしそうだとしたら、殺さなければならないほどの理由があったのか？　その理由とはなんだ？　たとえば――

俺に秘密をしゃべったからか？　だとすれば、殺さなければならないほどの秘密とは？　そして秘密の片鱗を知った俺は？　自分の末路をザッコクと重ね、俺は踵の仕込みナイフの柄を握り込んだ。

まだだめだ。まだ死ぬわけにはいかない。このままではだめだ。ジリ貧だ。やられるまえに解き明かし、幡山泰二を見つけ出す。こちらから攻めなければ。

まずはヌシの住処だ。己を奮い立たせ、俺は半身を起した。閉ざされた自動ドアの先に見える壁掛け時計は、午前二時過ぎ。立ち上がり、自販機でコーンポタージュを買って身体を温めた。顔を上げると細かい雨が頬に降り注いだ。止む気配はなかった。傘はない。乾き始めた服を再び雨天に晒《さら》し、俺は歩き出した。

確かめる。ザッコクの話が本当なら、ヌシの住処に金庫がある。ひいてはすべてを解き明かすものがあるはずだった。

2

街灯に、線を引くように霧雨が反射していた。

暗い住宅街を歩き抜け、ヌシの住処に向かう途中、俺はザッコクが倒れていた橋の袂に寄った。当然ながら橋の上にはもう誰もいない。欄干に手をかけ、ザッコクがいた場所を見下ろした。増水のためだろうか、彼を覆い隠していたブルーシートなどすべてが取り払われていた。遺体があったとは思えないほど、何もない。しばらく濡れるままに見つめていたが、俺はきびすを返しヌシの住処を目指した。

神田川沿いの歩道を川上へと歩く。ヌシの住処に続くはしごに足をかけ、川底に降りていく。朝よりも水かさが増していた。川の端のコンクリートの上にも、足首ほどの水が流れている。滑って流されないように注意を払い、川沿いの歩道を照らす街灯を頼りに進み始めた。

以前歩いたときの倍以上の時間をかけ、ヌシの住処がある横穴に到達した。薄闇に際だって黒く塗り込められた大穴。俺は深呼吸した。踵のナイフを再確認し、中へと入る。そこは昼とは比べものにならない深い闇だった。薄い街灯の光が数歩でかき消えた。灯りのひとつでも持ってくるべきだった。この辺りか、というところで右手を伸ばしながら、なんとか入り口のモップの暖簾を見つけた。

「ヌシ？　いる？」

暖簾越しに声をかけてみたが、返事はなかった。暖簾を分けてヌシの住処に入る。何も見えない。ヌシがいつも寝ている寝袋の枕元に、電池式のランタンがあるはずだ。俺は記憶を頼りに、両膝をつき床を這ってランタンを探した。手の先に寝袋の感触を見つけた。上へと辿っていく。指先が硬質なものに触れる。あった。持ち上げて手探りでスイッチを入れた。

淡い光が広がり、ヌシの住処を照らした。ランタンをかざし、ゆっくりと見回していく。地面に敷かれた寝袋がひとつ。壁際に並べられたカラーボックスが七つ。記憶通り、金庫らしき金属箱はなかった。

ザッコクの言った金庫とは、想像以上に小さいものなのだろうか。俺はランタンの光度を最大に上げ、カラーボックスの中を一つひとつ確認していった。だが、そこにあるのは、フライパンやカセットコンロ、食器といった最低限のもの以外は、キノコ栽培に使う道具とキノコの入った瓶ばかりだった。

並んだ瓶の中にベニテングタケの塩漬けを見つける。ヌシはマツタケよりも貴重だと自慢気に話してたっけ。楽しげに話すヌシを思い出し、俺は微笑した。あの時、テントの誰かが幡山泰二と関係があるかもなど、露とも思っていなかった。ヌシはどうなのだろうか。

沈み始める気持ちに俺は頭を振った。改めて全体を見回す。広さは十畳ぐらいか。よく見れば不思議な空間だった。ここは水が流れているわけではない。あえて作らなければ、こんな場所ができるのだろうか。床はコンクリートが流し込まれたような均一の平面。ただ側面は凹凸がひどく、あとから重機を用いて無理に広げてコンクリートで乱暴に塗り固めたようにも見えた。

俺は溜め息を吐いて地面にあぐらをかき、ランタンを床に置いた。それより、これからどうするべきか。モトキの鍵を手に入れても、金庫がなければ意味がない。見るでもなくランタンに目をやった。床の上で放射状に広がる灯りを、ぼんやりと見つめた。

「ん」

小さな声をあげた俺は、ぴくりとまぶたを動かした。妙なものがあった。七つあるカラーボックスの右から二番目。その手前の床。光の反射の仕方が微妙に違っていた。ランタンを近づけると、埃の上を擦ったような軌跡が残っているのがわかった。

俺は半信半疑ながらもランタンを床に置き、カラーボックスを手前に引いてみた。予想より小さな抵抗でボックスが動いていく。底面にローラーがついているようだ。擦ったように見えたのはローラーの痕跡らしい。ボックスをどけた先には、壁がなかった。ランタンを手に取り、光を当てる。壁であるはずの場所には、腰の高さくらいの穴がぽっかりと開いていた。

「これは……」

生唾をひとつ飲み込み、俺は中腰になって穴の中へと入った。ひんやりとした洞穴のような空間。狭い。奥に向かって畳を縦に三枚並べたほどの広さしかない。高さも立てるぎりぎりで、頭を天井で擦りそうだった。この空間の壁はコンクリートではなく土だった。

ランタンをかざすと、縦長に伸びる突きあたりにベニヤ板。その手前の右側に木製の棚が置かれていた。棚の上には五十本近くの小瓶が並んでいた。棚の前に立ち、俺は小瓶のひとつを手に取った。中には透明の液体が入っていた。それは以前、ヌシが点滴をしていた小瓶によく似ていた。

小瓶に光を当てると、ラベルに『Mermaid-Cocktail』と手書きの文字。二行目には、『Mermaid-2』という名称と一ヵ月ほど前の製造日らしき日付の書き込みがあった。ヌシが点滴していたものに間違いなかった。

俺は小瓶を凝視する。これは一体なんなのか。以前、モトキから説明された栄養剤とはとても思えなかった。アルツハイマー、あるいは癌の治験薬なのか？　だが、こんなところでヌシを使って治験を行う理由があるとは思えない。

繋がらない情報の羅列に頭痛を覚え、棚に並べられた残りの小瓶に目を向ける。奥にある小瓶が、少し毛色が違っていることに気がついた。中の液体が透明ではなく、薄黄色をしている。手にとって光を当てる。

同じく『Mermaid-Cocktail』の文字。だが、二行目の記載が少しだけ違った。『Mermaid-1』と書かれていた。『Mermaid-2』と呼応するように『Mermaid-1』が存在していた。

「マーメイド・カクテル……」

俺は口に出してみた。カクテル。その意味するところは、この二つの小瓶を混ぜることによって、なんらかの反応を起こすということなのだろうか？　それに金庫は？　ここにはないのか？

俺はそれぞれの小瓶をひとつずつポケットに入れ、もう一度を見回した。

穴の奥。ベニア板が立てかけられて行き止まりになっている。あの板の先には、何もないのだろうか。棚の分だけ細くなった通路を、身体を横にして奥に進んだ。突き当たりのベニヤ板を灯りで照らす。板の端に見えるのは土壁だった。

行き止まりか。

俺は念のため、ベニヤ板を持ち上げて手前に引いてみた。だが隙間から見える先は、やはり土の壁だった。何もない。そう判断し、元に戻そうとしたところで手を止める。足元の部分だけ土壁がなく、空間があるのに気づいたからだ。膝下ぐらいの高さの穴が掘ってある。ベニヤ板を横壁に立てかけ、膝をついてランタンの光を穴に入れた。

「……あった」

そこには、銀色の取手のついたオフホワイトの金庫があった。前面部に鍵穴がついている。多分、これがヌシの金庫だ。ザッコクが言っていたことは本当だったのだ。興奮を覚えながら、金庫の前にあぐらをかいた。考えているようで頭がうまく回っていない。頭の一部が麻痺しているようだった。

核心に触れかけている感覚があった。この金庫を開けた先にいるはずの幡山泰二。モトキたちは、幡山泰二とどう関係しているのか。彼らは一体、何をしているのか、あるいはしようとしているのか。あのテントの誰が関与し、誰が関与していないのか。なんのためにホームレスのような生活を送り、こんな場所を作ったのか。

こんな場所、という言葉に「エイトハンドレッドには行きたくない」とザッコクが言ったことを思い出した。どこかに存在するのであろう場所、エイトハンドレッド。この金庫を開けることができれば、そこに行き着くことができるのだろうか。だが、そこに何があるというのか。

——俺は人間を捨てちゃいない。

ザッコクはそう言った。逆に言えば、誰かが人であることをやめた、とも受け取れる言葉。それはどういう意味なのか。ヌシが点滴されていた小瓶とも関係があるのか。

混乱を覚え、俺は金庫に目をやった。

この中に何が。と金庫と土壁の隙間に、白っぽい小さなレンガのようなものが、三つ積まれていることに気づいた。なんだ？　ランタンを近づけ触ってみる。簡単にへこんだ。レンガというより粘土に近い。その白い粘土の上部には筒状のものが挿し込まれていた。鉛筆ぐらいの太さの銀色の筒。それぞれの塊に二本ずつ挿してある。筒先からは電気コードのようなものが出ていて、金庫の裏へと繋がっていた。似たものをどこで見たことがあるような気がする。なんだったろう。手を伸ばしてコードを引っ張ってみた。すると、金庫の裏からビニールに包まれた黒い物体が出てきた。携帯電話だった。長持ちさせるためか、バッテリーボックスと思われる弁当箱くらいの大きさの筐体《きょうたい》と繋がれている。

携帯電話に粘土？　なんだこれは？　全体像を見直してみる。粘土のような白い塊。それに挿し込まれた銀色の筒。筒先は電気コードを通して携帯電話に繋がれている。やはり見た記憶がある。いや、実際に見たんじゃない。映像をみたのだ。映画だろうか？

はっ、と思い当たるものがあった。

俺は手が震えそうになるのを抑え、ゆっくりと携帯電話を元に戻す。そうだ。爆破による建築物解体のドキュメンタリー番組だ。これに似た白い粘土状のものに金属の筒を挿し込み、遠隔でビルを爆破解体するというものだった。映像では、爆音と同時に二十階建てのビルが瓦礫となっていた。爆破の直後、ビルの中心に大きな蟻地獄でも発生したように、一瞬にして中央に向かってなだれ込み倒壊したのだ。ビル内の監視カメラでは凄まじい爆風が巻き起こっていた。その爆薬は、プラスチック爆薬と説明されていた——。

目の前のものは、それに酷似していた。

まさか？　そんなものがここに？　あまりにも現実離れしていた。だが、同時にプラスチック爆薬の模型がここに置いてあると考えるのも不自然だった。その方がありえない気がした。とすると、これは本物のプラスチック爆薬なのか？　本物ならこれを仕掛けた人間は携帯電話を通じ、いつでもここを吹き飛ばせるということになる。今、この瞬間に起爆されたら俺の肉体は跡形もなく蒸発するだろう。

逃げろ。逃げろ。ここからすぐに離れろ！

俺は立ち上がろうとして、その場で転倒した。起き上がろうとするが、手足に力が入らない。太ももが笑っていた。這いずり、全身のいたるところをぶつけながら、小部屋から抜け出した。足を叩いて立ち上がり、モップの暖簾の外に転がり出る。よろめきながら、前に進む。横穴を出たところで、派手に水しぶきをあげてまた転ぶ。すぐに立ち上がり、川下にあるはしごを目指した。

頭の中では疑問が渦を巻いていた。あの金庫にはそこまでして守りたい秘密があるのか？ それはアルツハイマー治験薬あるいは癌治験薬のデータなのか？ それともまったく別の何かなのか？ ホームレスになって地下にもぐり、プラスチック爆薬まで用意して守るべきものが、あの金庫にはあるというのか？ たとえ金庫にあるものがなんであろうとも、プラスチック爆薬とバランスが取れるものとは到底思えなかった。

人であることをやめた。ザッコクの言葉はそうとも受け取れた。テントに向かって拝んでいた集団の姿が脳裏によぎった。狂人の、集まりなのか？ だからザッコクも簡単に殺された？ そして俺も。

都子――、俺は。

ひどく酔ったように身体をいたるところにぶつけながら走り続け、はしごに辿り着いた。かけた足を何度も滑らせ、歩道へ這い上がる。震えながら立ち上がる。落ち着くためにも歩こうと思っても、無意識に走ってしまう。そのうち、何かに蹴つまずいて道路に転がった。

体を起こしたところで、こみ上げてくるものがあった。さっき飲んだコーンポタージュが酸味を伴って口から吐き出た。街灯の下、吐瀉物の上に雨が弾ける。それが不思議なほど鮮明に見えた。痙攣した腕が支えきれず仰向けに転がる。荒い呼吸に胸が大きく上下した。

「都子……」口から漏れる。そして自然と零れた。

「すまない」

雨に打たれているうち、呼吸が落ち着いてきた。やせ細った腕を杖に再び立ち上がる。薄れる視界の先に、電話ボックスの灯りが見えた。引きずるように向かい、ボックスを開ける。コインを入れ、何かのときにと伝えられていた電話番号を押していく。今、何時なのかもわからなかったが、「はい」とすぐに返事があった。

電話口の相手に伝えた。

「幡山泰二探しはもうやめだ」

「安田さんですか？　どうしたんです？」

耳元に景子の声が聞こえた。

「あんたの兄は、まともじゃない。あんたは、この件から手をひくんだ」

しばらくの沈黙の後、景子が尋ねた。

「……安田さんは、どうするんです？」

「あとは俺がやる。もしもデータが手に入れば、必ずあんたに渡す。……それにアルツハイマーのデータがあったら……救ってやってくれ」

「ちょっと、待ってください。わたしも――」

「だめだ。俺に――」そこまで言ったところで、かくんと膝から落ちた。力が入らなかった。電話ボックスのガラス窓にしたたかに頭を打ちつけ、崩れるように倒れ込む。

急激に意識が遠のいていく。遠くで景子の叫ぶような声がしたが、返事はできなかった。俺は電池が切れたように、そのまま意識を失った。

3

心地よい感触が身体にまとわりつく。

俺は薄く目を開けた。うつぶせになっていた。白いものがまつげに触れている。首を上げると、広いベッドの上だった。仰向けて半身を起こす。軽くめまいがした。だが思いのほか、頭はすっきりとしている。

見回すとホテルの一室のようだ。かなり広い。調度品の質の高さからすると、高級ホテルか。窓に目を移す。薄闇に高層ビル群がのぞいている。ビルの航空障害灯の明滅がよく見えた。雨は止んだようだ。視線を戻すと、ナイトテーブルの上に氷水の入ったボウルがあった。ベッドがもうひとつある。だが使われた形跡はなく、ベッド上には新品のTシャツが三枚重ねられていた。

「ああ、よかった」

浴室と思われるところから顔を出したのは、濡れタオルを手にした景子だった。ほっとした表情で歩いてくる。なぜ景子がここに？　それよりも俺はなぜここに？　状況が把握できず、思い出そうとすると頭痛が走った。深呼吸をして、ゆっくりと記憶をたぐる。

ヌシの住処でプラスチック爆薬を見つけた。そして景子に電話をして言った。

この件から手を引け、と。それから――どうなった？

「電話口で倒れた音がしたんです」

黙り込んだ俺に、隣のベッドの縁に座った景子が言った。

「それで？」俺は視線を上げた。

「新宿中央公園からはそう離れた場所にいるわけじゃないと思って。公園辺りの公衆電話を探し回りました」

「……よく見つけたな」

「ネットで公衆電話の場所を検索できるんですよ。公衆電話って今はそう多くはないですから」

「そうか……悪かった」

景子は何も言わず、ナイトテーブルに手を伸ばす。

「熱を測ってください」テーブルに置かれていた体温計を渡してきた。

「なんで俺は意識を失ったんだ……」

受け取った体温計を腋に挟みながら、自問するように口にした。

「極度の疲労だと思います。熱が三十九度近くあったんですよ。雨も降ってましたし。身体を冷やしたりしませんでした？」

俺は意識を失うまでのことを思い出した。確かに長いこと雨に打たれていた。飯もまともに食べていない。俺は息を吐き、ふと気づいた。

「サトウは？」

部屋を見渡したが、景子のボディガードのサトウが見当たらなかった。

「まだ呼んでいません」

「ここまで俺を運んだのはサトウじゃないのか？」

いくらやせ細ったとはいえ、女手ひとつで俺を運べるとは思えなかった。景子は首を横に振った。

「ここは仕事が遅くなったとき、よく使ってるホテルなんです。安田さんはまったく動けないわけじゃなくて、声をかければ反応してくれました。それでなんとか車に乗ってもらってここに来たんです。あとは馴染みのドアマンにお願いしました」

「そうか――でもなぜサトウを呼ばない？」あの体格なら俺を悠々と運べただろう。

「疲労している安田さんの前に出したくなかったので。彼は無神経なところがありますし……」

確かに言われてみれば、サトウに礼を言うのは気が進まなかっただろうと思った。

景子の顔を見ると、目元がくすんでいるのがわかった。

「あんたも顔色がよくないな」

「少し寝不足で」景子は恥ずかしそうに顔をうつむけた。

「夜中に悪かった」謝りながら、俺はどれくらい寝ていたのだろうと思った。ナイトテーブルの時計は午前零時を表示していた。夜中の零時？　ヌシの住処に向かおうとした時点で、午前二時を過ぎていたはずだった。

「……俺はどれくらい寝てたんだ？」時計を見つめながら景子に聞いた。

「このホテルに入ったのが、昨日の午前四時前ぐらいですから、ほぼ丸一日です」

「その間、ずっとあんたが面倒を？」驚いて聞き返した。

「なかなか熱が下がらなかったので」景子の目元のくすみの理由がわかった。

「悪い……」俺は心から詫びた。

「気にしないでください。それよりも、昨日はなぜ――」

景子が不安気な顔でこちらを覗き込んだ。なぜ手を引けと言ったのか聞きたいのだろう。俺はヌシの住処にあった金庫とプラスチック爆薬を思い出した。爆薬を見た時の、すっと背中が冷たくなっていく感覚が蘇る。

景子に言うべきなのか。

「教えてください」

逡巡する俺を、一心に見つめてくる。その顔を見て、言わなければ彼女は納得しないだろうと思った。そして彼女なら、俺が手に入れたピースの欠片の答えを持っているかもしれなかった。

「安田さん、お願いします」

引かない意志を感じさせる声。俺はすべてを話すことに決めた。

「――俺には、一緒に生活していたホームレスの仲間がいる」

それから俺は、モトキ、ヌシ、ザッコク、サムライ、ヤマザキについて話していった。彼らとの出会い。始まった生活。エタニティの施設への潜入。幡山泰二探し。ヌシの金庫とモトキの鍵。ザッコクの死。景子は食い入るように聞いていた。

「ヌシの住処で見つけた金庫には、遠隔操作ができそうなプラスチック爆薬が仕掛けられていた」

「プラスチック、爆薬?」

聞き慣れない言葉だったのか、景子は首を傾げた。

「ビルを一度に解体するときに使われる強力な爆薬だ。ヌシの住処なんて、跡形もなくなるくらいの量だと思う」

「爆薬……、一体兄はなんのためにそんなものを……」とつぶやいた。

「それは俺が聞きたい。そこまでして守りたいものが、幡山泰二にはあるのか? 何か思い当たることは?」

「いいえ。私には」困惑したように景子は首を横に振った。俺もはっきりとした答えを期待していたわけではなかった。

「あんたの言う通りなのかもしれない」

俺の言葉に、景子はその意味を計りかねるように首を捻った。

「前に言ってたろう。幡山泰二は心を病んでいるかもしれないって。俺もそうかもしれないと思ったんだ。あの男は病んでいる。それも周りを大きく巻き込む形で」

「どういう意味ですか？」

「狂信者——極端な宗教的思想を持って活動しているのかもしれない」

納得しかねるという顔で景子は言った。

「確かに兄は失踪直前、宗教学の本も読んでいました。でも、だからといってどこかの宗教組織に入信したとは……」

「違う」

「違う？」

「入信したんじゃない。幡山泰二自身が中心なんだ」

「え？」景子は高い声をあげた。

「以前、俺たちのテント近くで祈りを捧げている集団を見かけた。そいつらが拝んでいるのは、俺たちのテントだと言う奴もいた。それにモトキたちが語る内容は、妙に宗教的だったり思想的なんだ。輪廻転生とか、新しい世界を待ってるとか、パラダイムシフトなんていう共通認識の話とかな」

これまで知り得た情報が微かに繋がり始め、おぼろげながら断片が見えてきた気がしていた。しかし、景子は受け入れがたいという表情を見せたままだった。

「ヤマザキがモトキに、中世ヨーロッパの宗教を基盤とした暗黒時代に現代社会が戻るわけがない、と言ったことがある。モトキは今の社会もおかしいと反論した。中世の方がまだ救いがあったって」

俺は景子に、自分の中で形を帯びてきた物語を伝えた。

ザッコクに、モトキは何者だ？　と迫ったときだ。彼は言った。

モトキは新しい世界を待っていると。

彼らの言う新しい世界とは？

ザッコクは以前、パラダイムシフトについて俺に話した。パラダイムシフトとは、ある時代やある集団の考え方、ものの見方が劇的に変化することだと。

つまりそれは、新しい世界を指すのではないか。考え方が劇的に変化した新しい世界。

モトキはそれを待っている？

その新しい世界とは？　――エイトハンドレッドではないか？　ザッコクはエイトハンドレッドには行きたくないと言った。エイトハンドレッドとは場所の名前ではない？　思想？　あるいは、彼らが目指す新しい世界そのもの。

新しい世界。エイトハンドレッドと呼ぶ未来。では、その新しい世界を作る者は誰だ？　その未来を作るのは。

幡山泰二ではないのか？

現実性があるとはとても思えない。だが、少なくとも彼らはそれを狂信しているのではないか？現実離れした妄想の世界。しかし実現のためには、誰かを殺すことも、プラスチック爆薬を使用することもいとわない。それが彼らの見ている世界だとしたら――

「だとしても……」それは細く、だが強い景子の声だった。

俺は話しながら迷路に入りかけていた意識を、目の前の景子に戻した。彼女は握りしめた両の拳を膝の上に置き、自身にも言い聞かせるように言った。

「だとしても、私は手を引きません」まっすぐに俺を見つめた。

「幡山泰二は私の兄です。エタニティも父も兄も、すべては私と関わりがあり、私にもまた、大きな罪があります。安田さんの言う通りなら、なおさら私はけじめをつけなければなりません。私はアルツハイマーのデータを手に入れます。そして兄が何かとんでもないことをしようとしてるのなら、終わらせなければなりません。逃げるわけにはいかないんです。私も一緒に。最後までやります」

強い意思を感じさせる小さな声。彼女は何があろうとも、区切りをつける気なのだろう。

「わかった……」俺は景子を見つめ答えた。

一蓮托生。もう行き着くところまで行くしかなかった。

4

「――黄昏が未来を開き、ガラスが未来を支える」

ベッドのヘッドボードにもたれた俺は、かつてヌシが口にした言葉をつぶやいた。たわごとだとモトキが笑った言葉。こんなことになった今、なんらかの意味があるような気がした。

「穴ぐらに住むヌシが言った言葉だ。聞き覚えはないか？」

景子はしばらく考えていたが、大きく首を横に振った。

「わかりません。業界用語でもないですし、兄から聞いた覚えもありません」

「……そうか」

意味もない戯れ言だったのだろうか。それ以上考えるのをやめて、俺はベッドを出た。

「俺のズボンに財布以外で入っていたものは？」

ガウンを羽織り、強ばった身体を伸ばしながら聞いた。

「いえ、財布以外は」

「俺の服は？」

「脱衣所に干してあります」

脱衣所に入り、ハンガーに掛けてあった煤けたペインターパンツを見つけた。前ポケットの小脇につけられた小さなポケットに、人差し指と親指を突っ込む。湿っているものが指先に触れた。慎重に取り出すと、小さく折りたたまれた紙切れが出てきた。破れないように、ゆっくりと開いていく。ザッコクのテントに置いてあった本のタイトル一覧だった。滲んでいたが読むことはできる。

洗面台に紙切れを置き、今度はペインターパンツの膝の横辺りにあるポケットに手を入れた。左右両側のポケットには、それぞれ硬質な感触があった。景子は気づかなかったようだ。取り出すと、昨日ヌシの住処から持ち帰った小瓶が入っていた。別々に入れておいたのが功を奏したのか、両方とも割れていない。

部屋に戻り、窓際のテーブルに景子を呼んだ。

「これを見てくれ」と対面に座った彼女に紙切れを渡した。

「ザッコクという男のテントの中にあった本のタイトル一覧だ。幡山泰二が持っていたものとかぶっているものがあるか確認してほしい」

景子は一覧を書いた紙切れを、しばらく見つめて言った。

「……少なくとも三分の一は一致してると思います。記憶が曖昧なものも含めれば半分近くは」

俺は頷いた。ザッコクは幡山泰二からあの書籍を譲り受けていた可能性が高い、ということだ。

「あと、これだ」

テーブルの上に置くと、カチリ、カチリと小さな音が二回鳴った。小瓶だった。

「これは……」景子は、小瓶のひとつを取り上げた。ラベルに手書きで書き込まれたMermaid-Cocktailの文字に気づいたのだろう。吸い込まれるように凝視している。

「幡山泰二のメモリーカードに書かれていたものと同じ綴りだ。昨日、ヌシの隠し部屋から、同じ表記が入ったこの小瓶を見つけた。これがなんだかわかるか？」

しばらく待ったが、景子は小瓶を見つめたまま返事をしなかった。

「おい、大丈夫か？」

彼女は深く潜った思考の底から戻るように、ゆっくりと視線を上げた。我に返ったように表情が戻り「すみません」と小瓶を机に戻した。

「これがなにかわかるか？」もう一度聞いたが、景子は眉間に皺を寄せるだけだった。

「それぞれ小瓶にMermaid-1とMermaid-2と書いてあるだろう？　マーメイド・カクテルっていうのはこれを混ぜるってことなのか？」

判断しかねるのか、景子は首を捻った。

「ヌシという老人は、このMermaid-2の小瓶を点滴されていた。この小瓶が、アルツハイマー治験薬、あるいは癌治験薬の可能性は？」

俺は矢継ぎ早に質問を重ねて答えを得ようとしたが、景子は思考の海に入ったり出たりという感じで返答が曖昧だった。

「どうなんだ？」さらに聞くと、ようやく景子は答えた。

「詳細に調べてみなければわかりませんが、可能性はあると思います」

「本当に？」俺は疑念を含んだ声を返した。

「はい」と景子は言うと、再び小瓶を取り上げて見つめる。

ザッコクの死や、プラスチック爆薬。これまでのあまりに異常な状況から、俺はこの薬がアルツハイマー治験薬や癌治験薬といった類のものとは思えなくなっていた。しかし、幡山泰二と同じ研究者である景子は、その可能性があるという。

と、ひとつの疑問が浮かんだ。

「あんたらが研究しているアルツハイマーの薬は、抗体医薬ってものなんだよな？」

「そうです」

「幡山泰二が専門にしていた癌の薬も抗体医薬だと言っていたよな。抗体医薬ってのは、冷蔵保管しなきゃいけないんだろ？　なんでこれは冷蔵されていないんだ？」

資料で読んだ抗体医薬の本にはそう書かれていたし、実際、エタニティの施設でもアルツハイマー治験薬は冷蔵庫に入れられていた。

景子は穴が開くほど小瓶を凝視しながら答えた。

「正確に言えば、冷蔵しなければ長期の品質保持ができない、というだけです」

「冷やさなくてもいいのか？」

「一ヵ月程度で使用するのであれば問題ありません。それにそのヌシという方の住んでいる場所は、暗い冷暗所のようなところだったんですよね？」

「まあ、確かに」ヌシの住処は冷たく暗い。

「もしかしたらこの小瓶を――抗体医薬を保管するために住んでいたのかもしれません」

そういう考え方もあるかと思いながら、俺はため込んでいた疑問を景子にぶつけた。彼女ならわかることがある気がした。

「それと関係するかはわからないが、モトキはニワトリを飼っていた。だが、ニワトリが卵を産んでも食べようとしない」

モトキは深夜、卵を持ってどこかに消えたこともあった。

「ザッコクは、その卵のことを『悪魔の卵』とも『トランスジェニック』とも言っていた。その意味がわかるか？」

景子は細い顎先に手をやり、目を細めた。

「悪魔の卵というのはわかりませんが、トランスジェニックの方は。この小瓶の中身が抗体医薬であれば――」

「なんだ?」俺は身を乗り出した。

「トランスジェニックとは、多分『トランスジェニック動物』のことだと思います」

「トランスジェニック動物?」聞いたことのない単語だった。

「はい。遺伝子が改変された動物のことです」

「遺伝子?」

景子は顎を引き、考え込むようにしばらく黙っていたが、「まずは」と口を開いた。

「予防接種で受けるワクチンというものがありますよね。ワクチンは毒性を弱めた病原体をあえて体に入れます。そうすることによって、体内にその病原体に対処できる抗体が作られるからです。体は一度作った抗体を忘れません。ワクチンを受けていれば、実際に病原体に感染したとき、体はわずか数日で対応する抗体を作って排除してくれます。

もしワクチンを受けていない状態で感染すると、体の中に抗体ができるまでに二週間ほどかかります。その間に病状は悪化し、最悪、死んでしまうこともありえます。この体内で作られる抗体の作成速度の差。これが病原体に感染した場合に軽度で済むのか、重度になってしまうのか、場合によっては生死を分ける差になるんです。それがおおまかなワクチンの効く仕組みです」

景子の意図するところがわからず、俺は曖昧に頷いた。

「そして、このワクチンと抗体医薬との関係ですが、抗体医薬とは人の体内で作られる抗体を人工的に作った医薬品のことです。ワクチンを投与して体内で抗体を作らせるのではなく、抗体そのものを作って投与する薬なんです」

「すまない。それが遺伝子改変された動物とどういう関係があるんだ？」

俺は話の筋がよくわからなくなっていた。

景子はどう説明すればいいのか困ったように両手の先でこめかみに手を当てた。

「すみません。えっと、トランスジェニック動物を理解するためには、前提として抗体医薬というものを理解していただく必要があるんです。あの、そうですね、私たちが研究してるアルツハイマーを例に話していいですか？」

「ああ」

「えっと、アルツハイマー型認知症の原因は、脳内に溜まったアミロイドβ《ベータ》という物質ではないかと考えられています。私たちが研究しているのは、このアミロイドβを排除する方法です。これが排除できれば、アルツハイマーの症状がなくなるのではないかという仮説に基づいています」

「それで？」

「アミロイドβの排除に、抗体医薬を使うんです。病原体を攻撃する抗体のように、アミロイドβを攻撃する抗体医薬を作る。それが成功すれば、脳内からアミロイドβが排除され、アルツハイマーが完治する。私たちの研究の目的は、アミロイドβを病原体としてみなして攻撃する抗体を作ることなんです」

わかったようなわからないような感覚だったが、「続けてくれ」と俺は先を促した。彼女もそれ以上どう説明していいのかわからなかったのか、頷いて進めた。

「人工的に抗体を作成するのは、現在の技術ではかなり難しいんです。人工的な抗体医薬品は、拒絶反応との戦いでもあります。抗体医薬品が人間の遺伝子由来でない場合、それはより顕著になります。どうやって拒絶反応を起こさない抗体を作り出すのか。それはとても重要な問題なんです」

ここで初めてトランスジェニック動物に繋がりそうな遺伝子という言葉が出てきた。俺は景子の話に集中した。

「人工的な抗体の作成方法は様々あります。少し前まではマウスの体内で抗体を作成し、それを抗体医薬品として人に使っていました。それでも機能はするのですが、元々が人間とは遺伝子が異なるマウスで作成した抗体のため、抗体そのものが体内で異物とみなされる場合があるんです。結果として、拒絶反応が起きて効果がでなかったり、使っているうちに効果がなくなってしまったりしました。そこで考え出されたのが、遺伝子改変動物——トランスジェニック動物です。トランスジェニック動物には、ヒト抗体遺伝子というものが組み込んであります。その動物が作る抗体は、人の抗体と遺伝子が同じため、拒絶反応が起きないんです」

俺は自分なり咀嚼しながら確認した。

「モトキのニワトリがそうだと？　人の遺伝子が組み込まれているニワトリだと？」

景子は頷いた。

「トランスジェニック動物は、チャイニーズハムスターを使うのが一般的ですが、ニワトリの卵で実現できれば、大幅なコストダウンが見込めると言われています。それを兄がすでに実用化したのだと考えれば……」

「あのニワトリは、抗体医薬を作るためのものだったと？」

納得しかけたところで、俺は顔をしかめた。

「いや、待ってくれ。あの卵が抗体医薬を作るためのものだったとしたら、なんでザッコクは悪魔の卵と言ったんだ。ただの治療薬にそんなことを言うのはおかしくないか？」

「それは――」景子も答えることができず、言葉につまった。

俺は目の前の小瓶を取り上げた。透明の液体が瓶の中で揺れていた。

「これが抗体医薬だったとしても、アルツハイマーや癌の薬じゃないんじゃないか？」

わからない、というように彼女は顔を左右に振った。

目の当たりにしたプラスチック爆薬や、ザッコクの死。いくらドル箱の薬に成長する可能性があるといっても、アルツハイマー治療薬も癌治療薬もただの薬だ。それを悪魔の卵と呼んで、そこまでするだろうか。

景子も同じ思いに至ったのか、二人の間に沈黙が流れた。

「悪魔の卵。それが意味するところは私もわかりません」

景子はそう言うと、顔を上げた。

「管理しているのは、モトキという人なんですよね？」

「多分な」

「ヌシという老人にMermaid-Cocktailを点滴し、トランスジェニック動物を飼育、そして金庫の鍵を持っている。その人が兄のような気がします。どちらにしても確かめるしかありません」

独りごちるように景子が言った。

確かに手にした情報からは、モトキが幡山泰二である可能性は高いと言わざるを得ない。モトキは五十二で幡山泰二は五十。年齢的にもそう離れてはいない。顔はまったく違うが、整形したとすれば考えられなくはない。モトキには幡山泰二にあるはずの妊娠線もあった。だが、どうしても納得しきれない思いがあった。

「確かに年齢は近い。妊娠線もあった」

「はい」

「だがモトキは、元木道雄という名義の免許証を持っていた。写真の顔も同じだった」

「免許証ですか。でも、兄が整形までしているのなら免許証も偽造の可能性があります」

景子の推測を否定する材料はない。だが、やはりしっくりこない。

「ひとつ確認したいんだが、あんたの兄の性格が変わった可能性はあるか？」

「どういう意味ですか？」

俺はうまく伝えられるかわからず、頭をかいた。

「モトキは、その、あんたが言うような、ワンマンで人を見下した男じゃないんだよ。面倒見もいいし、おごったところもない。二ヶ月近くも毎日一緒にいたんだ。あれは演技じゃないと思う」

率直な感想だった。かつて幡山泰二について調べて手に入れた人物像と、景子の語った人物像。そのどちらともモトキはリンクしないのだ。そして口にはしなかったが、あのモトキの目。俺はあの目に引かれて一緒に暮らし始めた。

景子はしばらく考え、言いづらそうに口を開いた。

「では、そのモトキさんが兄ではなかったとします。そうすると逆に疑問が出てきませんか？」

「疑問？」

「はい。グループを統率する高い能力があり、傲慢さも一切ない。そんな優秀な管理職者のような人が、ホームレスをしているものなんでしょうか？」

景子はさらに続けた。

「兄は間違いなく天才でした。そういう意味では、もし演じる必要があれば、思った通りの人間像を相手に抱かせることも難しくないと思います」

言葉につまった。俺はただモトキを信じたいと思っているだけなのだろうか。

景子は小瓶を見つめ、決意するように言った。

「真実がどうであるにせよ、私は金庫の中身を突き止め、兄の持ち去ったアルツハイマーのデータを手に入れます。そして薬を完成させ、安田さんの奥さんや他の患者さんを救うんです」

奇妙な無垢ささえ感じさせる決意をたたえた瞳が、俺を見据えていた。彼女の言う通り、ここで考えていても何も進展はしない。俺たちは確かめるしかないのだ。

俺は景子に確認した。

「ヌシの住処には、プラスチック爆薬がある。金庫を開けるにはそこに行くしかない。それでいいんだな？」

「はい」とまっすぐに俺を見て彼女は答えた。

「兄が安田さんの動きに勘づいている可能性があるのなら急がないと。また兄は消えてしまうかもしれません」

俺は頷き、立ち上がった。

「わかった。行こう」そう答え、脱衣所に入ってガウンを脱ぎ、ペインターパンツとダウンジャケットに着替えて部屋に戻る。

景子はダウンコートを羽織って待っていた。目顔で彼女に行こうと伝え、ドアに向かう。だが、ドアに手をかけたところで俺は振り返った。景子がついてくる気配がなかったからだ。彼女を見ると、立ち尽くしたままじっとこちらを見つめていた。

「どうした？　急ごう」

「ひとつ聞いてもいいですか？」

俺はいぶかしげに景子を見た。

「うれしくないんですか？」

「え？」

「兄の持ち去ったアルツハイマーのデータが手に入れば、安田さんの奥さんは回復する可能性があります。なのに、安田さんからはそういう期待が感じられないんです」

「そんなことはない。うれしいさ」

景子は不安気に視線を落とした。

「なんて言ったら——喜んでいても乾いているっていうか。心から期待してないというのか……」

俺は言葉を見つけられず黙った。

「私の力じゃ、期待できないのはわかります。データが手に入っても薬は完成しないかもしれない。それに私がしている違法性を考えれば当然だとも思います。でも安田さんが協力してくれているのは、わずかでも奥さんが治る可能性を感じたからじゃないんですか？」

不安をため込んだ景子の視線に、胸が締め上げられた。俺はこみ上げそうになる黒い欲望を吐露しそうになるのを飲み込み、答えた。

「そんなことはない。うれしいさ。希望があると思うから取引をした。だが正直なところ、実感がわかないんだ」

景子が払拭しきれない不安をたたえた表情でこちらを見ている。

「大丈夫だ。幡山泰二のデータを手に入れよう。そのために惜しむものはない。それは本当だ」

沈黙が降りた。

だが、景子もそんなことをしている場合ではないと思い至ったのだろう。

「わかりました。行きましょう」

意識を切り替えたように踏みだした。俺もドアを開けた。

下降するエレベーターの中、「まずはモトキの鍵だな」と言うと、景子が「はい」と答えて聞いてきた。

「プラスチック爆薬というのは、遠隔操作ができるんですよね？」

「多分な。携帯電話に特定の信号を入れると起爆する仕組みなんだと思う」

「金庫を守るためのものですよね。それなら金庫の鍵を持っているモトキという人が、遠隔操作をしているはずですよね？」

「可能性は高いだろうな」

「それなら、モトキさんも一緒に金庫について来てもらいましょう」

「……どうやって？」

「サトウさんにお願いします」

確かにサトウなら、ひとりでも俺たちのグループ全員を相手にできそうだった。

景子は腕時計を見た。

「終電も終わっています。無理をするなら人通りの少ない今が一番いいと思います」

無理をする、という景子の言葉にモトキが痛めつけられる姿を想像し、俺は気分が悪くなった。だが真実を手に入れるためには必要だ、と言い聞かせた。

チャイムが一階の到着を告げ、エレベーターのドアが開く。景子はショルダーバッグから車のキーを取り出し、俺に渡した。

「精算して、サトウさんを呼びます。安田さんは先に地下の駐車場で待っていてください。私の名前を言えば、案内してくれるはずです」

迷いのある俺と違い、景子は精力的だった。ドアが閉じる隙間に、小走りにフロントに走って行く彼女の背中が見える。俺は不安に駆られながらそれを見つめた。

第十一章　エイトハンドレッド

1

後部座席で景子と並んで揺られる。運転席ではサトウがハンドルを切っていた。フロントガラスに新宿中央公園のうっそうとした暗い緑が映る。車のコクピットパネルに浮かぶ時刻は午前二時十分。景子が呼び出してから、サトウは一時間もしないうちに現れた。

「なんですぐに呼ばなかったんです」

開口一番、そう言ったサトウは機嫌が悪かった。ボディガードの面目丸つぶれ、だけではないような嫉妬にも似た視線をサトウは俺に向けた。景子は「ごめんなさい」と言っただけで、それ以上はなんの言い訳もしなかった。

ウインカーを出して公園入り口の大広場の手前に停車し、俺たちは車を降りた。

「あのオッサンがねえ」

荒くドアを閉めたサトウは、モトキたちのテントがある方向を見てつぶやいた。景子はサトウに概要を話し、モトキが幡山泰二である可能性を伝えていた。サトウの声音には、信じられないという思いが言外に漂っていた。

「それを確かめるんです」そう言って景子は歩き出した。

平日の深夜だ。公園に一般人の姿はすでに見当たらなかった。これからどうなるのかわからない。歩きながら自分の踵に目をやった。もしもの場合は靴底のナイフが生命線となる。

テントに近づいていく。俺たちの足音に気づいたのだろうか、モトキがテントから出て来るのが見えた。街灯がうっすらと痩軀《そうく》を照らす。俺たちはテント手前の散策路で立ち止まった。対峙するようにモトキが顔を向けた。薄闇に表情まではわからなかった。

モトキは顔を下に向け、テント横に置いてあった赤いポリタンクに手を伸ばした。持ち上げると、ポリタンクの口先を地面に傾けた。

中から液体が零れ落ちる。落ちたその先には、白い物体があった。よく見ると、それは折り重なったニワトリだった。ぴくりとも動かない。風にのって刺激臭がした。モトキはニワトリに灯油をかけていた。

「モっちゃん」モトキの心理状況がわからず、俺は声をあげた。

ポリタンクを投げ捨て、モトキの手元がわずかに動いた。光が見えたと思うと、炎が舐めるように地面に広がった。ニワトリが火に包まれていく。すでに殺されていたのか、ニワトリはただ燃えていくだけだった。

ゆらめく炎を背後に、モトキの姿が黒く浮かび上がった。その手には、刃渡り十五センチはありそうなナイフが握られていた。モトキの視線は、俺にはなかった。景子だけに注がれていた。彼女を見つめたまま、モトキはポケットから何かを取り出した。

あの鍵だった。

「これを取りに来たんだろ？」

「モッちゃん！」俺は叫んだ。

モトキが俺を一瞥して言った。

「ヤッちんには関係のないことだ」

モトキの握ったナイフが街灯に反射した。その反射に赤が混ざっているのを見てとった。よく見れば、ナイフのブレードには血を拭き取ったような痕がある。燃えているニワトリの血？　そう思ったが、絞め殺されたのかその白い羽毛には赤い血はついていなかった。あれがニワトリの血でないとすれば。思い当たるのはひとつしかなかった。

「……あんたが、ザッコクを殺したのか」

俺の投げかけに、未だ濃い隈の上にある瞳が、きゅっと収縮するのがわかった。顎先が微かに震えている。

「黙っててくれ」押し殺すようにモトキは言った。

「あんたは一体、なにをやろうとしてるんだ？」

モトキの答えはなかった。ただ景子を凝視し続ける。

「モッちゃんが……幡山泰二なのか？」

その問いかけにモトキの視線が俺に動いた。

「そうだよ」彼は棒読みのように答えた。

嘘だ。そう思った直後、モトキはナイフを構え、景子に向かって走り出した。

とっさに俺は間に入った。モトキの両手を摑み、押し止めた。

「待て。彼女は幡山泰二の妹だ。あんたが幡山泰二なら実の妹だ」

「この女は邪魔だ。未来が閉じてしまう」

未来が閉じる？

「なにを言ってる？」

モトキは口元からよだれを流しながら、景子を嚙みつくように睨んだ。その痩軀からは想像できないような力で、俺は押し倒されそうになった。耐えきれず片膝をついたところで、どんっと音がした。左を向くと、サトウが真横に立っていた。その右足がモトキの脇腹に伸び、革靴のつま先を深々とめり込ませていた。

「こほっ」と息を漏らしモトキが顔をゆがめた。俺から離れ、後ろによろけて崩れ落ちる。

「おっさん。惜しかったな」

モトキの手から落ちたナイフを、ハンカチ越しに薄笑いで拾い上げたサトウは、茂みの中に向かって放り投げた。

「サトウさん、その人の右肩を確認してください」

景子の声が飛んだ。右肩？　俺は景子の言った意味がわからなかった。一方、サトウは最初からその予定だったのか、倒れたモトキに馬乗りになってジャージの首に手をかけた。

「どういう意味だ？」

俺は背後にいる景子に振り返った。

「肩を見れば、その人が兄かどうかわかります。兄なら右肩に三つホクロがあります。正三角形を作ってるはずです」

　初耳だった。

　サトウはモトキのジャージを首から一気に肩まで引き下ろし、こちらに見えるようにして言った。

「ないですね」

　景子は俺の横をすり抜け、モトキに近づいて右肩を確認した。

「兄ではありません」

　立ち上がった俺は、景子の肩を摑んでこちらを向かせた。

「なぜ、俺に言わなかった!」最初から知っていれば、妊娠線よりも確実にわかったはずだ。景子は俺の形相にたじろぎながらも答えた。

「ごめんなさい。私はあなたのことをすべて知っていたわけではありません。もしかしたら兄となにか関係があるのかもしれない。私にはその判断がつきませんでした。だから私たちだけの決め手として黙っていたんです」

　景子の肩を握る力が増した。痛みに耐えるように彼女は顔をしかめ、つけ加えた。

「今は信用できると思った。だから言いました」

「くそ」俺は怒りをぶつける矛先を失い、彼女から離した拳を握りしめた。

　唾でも吐くような短い笑い声が聞こえた。サトウだった。

「ホームレスなんか信用すると思ったか?」

　モトキに馬乗りになったまま、嫌味を込めた口調で言った。反射的に俺はサトウを睨んだ。

　その時だった。サトウの背後で何かが反射するきらめきが見えた。同時に「んふっ」と息が詰まったような声をサトウが出す。サトウの脇腹には、柄の部分しか見えないほどナイフが深々と刺し込まれていた。

「おお、おお？」

サトウは不思議そうに脇腹に手をやり、刺されたナイフとモトキを交互に見ながら尻もちをついた。モトキはもう一本、ナイフを隠し持っていた。サトウから解放されたモトキは、脇腹を抱えて難儀そうに立ち上がった。ゆらゆらとテントに向かうと、地面に突き立っていた鉄パイプを引き抜いた。テントの固定用としてペグ代わりに使用していたものだった。五十センチほどの長さの鉄パイプは、地面に楽に刺せるよう先端を斜めにカットされていた。

「待て！　モッちゃん」モトキが何をしようとしているかは、明白だった。

しかし、モトキは俺を一顧だにしなかった。振りかぶると無造作に右手を振り下ろした。どんっ、と重い音と共にサトウの胸の真ん中にパイプが刺さった。

サトウは地面に転がった。パイプの先から、蛇口でも捻ったように血が溢れ出るのが見えた。地面でもだえながら、はっはっはっ、とサトウは短い呼吸を繰り返している。モトキはサトウに近づき、脇腹に刺したナイフの横に足を置いた。両手でナイフの柄を持つと、一気に引き抜いた。抜かれたサトウの脇腹が黒い滲みを広げていく。

サトウは痙攣していた。呼吸が次第に小さくなっていった。そして、途切れた。

視線を上げたモトキの顔には、爛々《らんらん》とした瞳があった。

見つめるのはやはり、景子だった。その視線から逃げるように景子はじりじりと後ずさった。だが、恐怖のためか振り返って逃げることもできないようだった。血の滴るナイフを手に、モトキは再び景子に向かって走り出した。

「モッちゃん！　やめろ」

俺の脇をすり抜け、景子に飛びかかろうとするモトキに、タックルするように俺は身体を飛ばした。横なりにモトキの腰に両手を巻きつける。モトキはバランスを崩し、俺と共に地面に倒れ込んだ。

「逃げろ」俺は景子に叫んだ。しかし、彼女は恐怖にすくんでいるのか、身動きひとつできずただ突っ立っていた。その間にも、モトキが俺の手から抜けようともがく。俺は全力でしがみつき、もう一度声を張り上げた。

「死にたいのか！　早く逃げろ」

その直後、聞こえた。小さな音だった。金属の擦れる音。

カシャリ、カシャリ、カシャリ、と三回鳴った。

モトキの中で弾けた小さな衝撃が、彼の身体を通して同じく三度伝わってきた。モトキの力が抜けていく。なにが起こった？　俺は音がした方向に目をやった。

景子の手には、小さな拳銃のようなものが握られていた。銃口の先には、大きな筒のような消音器らしきものがついている。

「なんだ……それ？」なぜそんなものを？

「殺した、のか――？」俺のつぶやきに、景子が震える声で言った。

「だって、だって安田さんが、安田さんが殺されると思ったから――」

理解できないまま、殺されるという言葉にモトキを見る。彼の右手にはナイフが握られたままだった。

「どうして、拳銃を？　持ってる？」わからないままに聞いた。

景子は手を震えさせながら、バッグの中に銃をしまおうとする。何度か失敗して、やっとしまい込み、言った。

「この、このピストルは、父から護身用と、と、して、渡されました。二十二口径だって。女でも簡単に、使えるからって」

彼女も混乱しているのか、矢継ぎ早に話を続けた。

「安田さんにも、はな、話したと思います。私は命を狙われたことがあるって、だから、だから持っていたほうがいいって」

拳銃をしまった彼女の手はなおも震えていた。俺は呆然とモトキに視線を戻した。彼の顔には、額に二つ、目の下にひとつの小さな穴が開いていた。なんで、こんなことに。彼にはいろんなことを教えられた。殺すつもりなんてなかった。

「安田さん」顔を上げると、景子が泣きそうな顔で言った。

「その人の——モトキさんの鍵を探してください」

俺はそのあまりの切り替えの早さに睨むように見つめた。景子も唇を震わせ、睨み返す。

「冷静になってください。私たちは、もう後戻りはできないんです。最後まで、やるしかないんです」

景子の言う通りだった。

「くそっ」俺は呼吸を荒げ、弾丸を撃ち込まれて動かなくなってしまったモトキの顔を見つめた。

そうだ。もう後戻りはできない。

モトキの顔から視線を背け、ポケットを探っていった。ズボンのポケットに手をいれた時、鍵の感触が手に当たった。

直後、腕に生温かいものが触れる感覚が走った。目を向けると、モトキの手が俺の腕を掴んでいた。呼吸が止まりそうになった。視界の端で、モトキが目を開き、俺を見ているのがわかった。

「信じるな――」

か細い声が耳に入った。背筋に恐怖が這い上がる。俺は身体を硬直させた。ゆっくりとモトキの顔に視線を合わせると、虚ろな瞳がこちらを見ていた。顔に三ヶ所も穴を開けながら、まだ彼は生きていた。

「信じるな――ミネちゃん」

頭を撃たれて記憶の混濁が起きているのか、俺の昔の名前を言った。だが、なにを？　そう聞く間もなくモトキは動かなくなった。

「鍵、ありましたか？」そのモトキの小さな声は聞こえなかったのか、景子が聞いてきた。

「――ああ、ある」答えると景子は頷いた。

「安田さん。車に戻って金庫へ行きましょう。ここにはすぐに消防車、それと警察がきます」

景子が向けた視線の先を、つられるように見た。テント前の燃えているニワトリの炎が力をまし、肉の焼ける臭いがし始めていた。テントにも燃え移るだろう。

「だが――」警察という言葉に、俺はモトキとサトウの遺体を見た。

即座に景子は答える。

「大丈夫です。サトウさんの身元が捜査されても、アルツハイマーの薬が頓挫する心配はありません。施設は引き払いますし、元々研究員以外の現場の人間は、エタニティの存在も知りません」

俺が考えるに至っていないところまで、景子は先回りするように答えた。サトウには幡山家とエタニティに繋がるようなものは何も所持させていないのだろう。彼女の土壇場の冷静さに驚きを覚えながら、俺は頷いた。

「わかった。少しだけ待ってくれ」

慎重にモトキを横たえて立ち上がった。サムライとヤマザキのテントを確認する。避難を促すまでもなく、二人とも不在だった。その間、景子は拳銃の空薬莢を拾っていた。そうこうしているうちに、遠目に見えるテントに灯りがつくのが見えた。そばにある交番に連絡がいくのもすぐだろう。長居はできない。

俺たちはモトキとサトウの遺体をそのままに、公園を離れた。辺りには煙が立ちこめ始めていた。あの炎がテントのすべてを燃やし尽くすのは時間の問題だった。

2

「こんなところに……」

景子の声を背中に俺は進んだ。神田川のはしごを降り、川岸を歩いて到着した横穴。サトウが車に置いていた懐中電灯で、俺は真っ暗な穴の先を照らした。

「ここだ」モップの暖簾をどけながら、ヌシの住処へ入る。景子も後に続く。

俺の頭の中は靄《もや》がかっていた。なぜ、モトキは死ななければならなかったのか。自分はどうするべきだったのか。ぐるぐると回り続けていた。もう考えるのをやめろ。今さら何も変えられない。自分を叱咤し、こめかみを片手で揉み込んで気持ちを切り替えた。

「金庫の中身を確認してすぐ出る」

モトキは死んだ。だがモトキ以外にもプラスチック爆薬を起爆できる人間がいないとは言い切れない。長居は危険だ。

はい、と答える景子の声を背にヌシの住処を照らした。昨夜、俺が来たときから変わっていない。隠し部屋をふさいでいたカラーボックスは移動したままで、壁の穴が丸見えになっていた。

隠し部屋の中へと入る。懐中電灯で照らすと、棚の上には二種類の小瓶が変わらず置いてあった。

「すごい……こんなに生産してるなんて」

景子は五十近くある小瓶の量に、感嘆の声を漏らした。引き寄せられるように小瓶を手に取る。

景子から聞いた話によると、抗体医薬というのは生産にコストがかかり、量産には非常に手間がかかるとのことだった。

「それは後でいい。金庫を開けよう」

俺は棚をよけて奥に進んだ。奥をふさいでいたベニヤ板も外されたままで、足元には金庫とプラスチック爆薬が見えていた。すべてを霧散させる力を持つ爆薬を再び目の前にすると、足がふわふわと落ち着かない気持ちになった。

なおも小瓶に見入っている景子をよそに、俺はモトキの鍵を金庫に差し込んだ。鍵は抵抗なく入った。鍵を回転させると、金庫のロックが外れる音が小さく響いた。その音に、我に返ったらしい景子がこちらに体を向ける気配を感じた。金庫の取っ手を引くと、抵抗なく扉は開いた。中に灯りを向ける。

そこには小さな金属が三つ。取り上げると、また鍵だった。今度の鍵は一般の住宅などで使われる大きさの鍵で、おなじくディンプルキーだった。それが三つ。ホルダーでまとめてあり、それぞれに「1」、「2」、「3」と書きこまれたシールが貼ってあった。

「また鍵か」俺は落胆した。きりがなかった。

「エイトハンドレッド」景子がつぶやいた。

「ザッコクという方は言ってたんですよね？　エイトハンドレッドには行きたくないって。安田さんはエイトハンドレッドは場所ではなく、作ろうとしている世界そのものじゃないかと言いましたが、やっぱり場所の名前じゃないんでしょうか。その鍵がエイトハンドレッドという場所の鍵では」

「だとしても、それがどこにあるのかわからない」

行き詰まった感に加えて、未だ飲み込めないモトキの件もあり、俺はいら立った声をあげた。

一方で景子は落ち着いた顔で、思案するように細い顎先に親指をおいて言った。

「作業性からいってもそんなに遠い場所にあるとは思えません。トランスジェニック動物——あのニワトリはテントで飼われていたんですよね？」

「……ああ」

「それなら卵から抗体医薬を取り出すための施設も近くにあるはずです。なにか心当たりのあることはないですか？」

　この状況でも冷静さを保っている景子を目の当たりにし、俺は顔をしごいて気を入れ直した。そして考える。

「施設……」そう言われても、公園の近くにそんなものがあるとは思えなかった。

「たとえば、モトキさんが卵を持ってどこかに行ったりしませんでしたか？」

　卵を持って、という言葉に俺は「あ」と声を漏らした。

「夜中に卵を持ってテントを出たモトキの後を尾《つ》けたことがある」

「どこへ行ったんですか？」声のトーンを上げた景子に、俺は首を横に振った。

「公園を少し出てすぐに見失った。まるで消えたようだった」

「消えた？」景子は怪訝な顔をし「公園を少し出たとは、どの辺りですか？」と聞いてきた。俺は新宿中央公園と東京都庁の間の道路の、陸橋を降りた直後に見失った場所をできるかぎり詳しく伝えた。

「あの辺り……」景子は視線を落とした。深い思考に入りかけているのがわかった。

「待て。考えるのは後だ。まずはここを出よう」

　爆薬の存在を忘れて突っ立っている彼女を促し、俺たちは隠し部屋から出た。

　その直後、正面のモップの暖簾が揺れた。誰かが入ってくる。俺は身構えて懐中電灯を暖簾に向けた。そして一瞬、言葉を失ってから、口を開いた。

「――ヌシ」

　照らしだされたのはヌシだった。しわがれた顔を眩しそうにしている。

「その声はヤスか？」

「今までどこに」

「……後ろにいるのは誰だ？」背後にいる景子の存在に気づいたヌシの声に険が入った。

どうするべきか。この様子では、ヌシは何も知らないのではないか。それにあの小瓶の中身がなんにせよ、ヌシは点滴されていた方だ。被害者である可能性が高い。

「あ、この人は……」そう言いながら俺は景子についてどう説明すべきかと、背後の景子に目をやった。その直後、「安田さんっ」と景子が叫んだ。その叫び声が意味するところを直感し、俺は景子を抱えて横に転がった。

きんっと金属音がした。床に転がった懐中電灯をすばやく拾い、音がした方に向ける。ナイフを手にしたヌシが、俺たちに向けて振り下ろしたナイフの先端を、横壁のコンクリートにぶつけた音だった。固いコンクリに弾かれたナイフが宙を舞っているのが見えた。

ヌシが俺たちを殺そうとした？

ヌシは転がったナイフと俺を交互に見る。勝機がないと判断したのか、背中を見せた。

「安田さんっ、彼を」景子の声に、立ち上がった俺はヌシの背中に飛びかかった。高齢のヌシに力はなく、簡単に拘束できた。懐中電灯を俺から受け取った景子は、ヌシの右肩辺りに光を当てた。

「兄かどうか確認します。右肩を見せてください」

驚いた俺は言った。

「なにを言ってる？　ヌシはどう見ても七十を超えてるぞ」

右肩は見たことはなくとも、ヌシの細腕は見たことがある。点滴をされていた細い腕。老人特有のシミと乾いた肌。どう考えても五十歳の幡山泰二と考えるのは無理があった。

「お願いします」景子が重ねて言った。ヌシの見た目など判断材料にならないとでもいうのか？

俺は意味不明のままヌシのコートを剝ぎ、さらにスウェットの首もとを肩まで押し下げた。

露出した右肩に、懐中電灯の光が当たった。俺も確認する。だが、ヌシの右肩にはただひとつのホクロさえも見当たらなかった。やはり別人だ。

「お久しぶりです。兄さん」

嘆息する暇もなく、景子が言った。

「おい？　ホクロなんてないだろ？」

見返したが、ヌシの右肩のどこにもホクロなどなかった。

「よく見てください。ホクロを取ったレーザー痕が微かに残っています」

もう一度ヌシの右肩に目をやった。よく見ると、確かに正三角形を少し崩したような三つの赤いくぼみが、微かに見て取れた。

「小さい頃、面白がった私が見せてとせがんだのをおぼえてますか？　兄さん」

俺に拘束されたままヌシは顔を上げた。景子を見つめるその顔には、老人とは思えないほどの感情の膨れあがりが見えた。だが、見た目はどう見ても老人そのものだった。

「どういうことだ？　ヌシが幡山泰二なら、顔だけじゃなくこの身体も整形したというのか？」

老人にしか見えない皮膚感、皺、シミ。とても信じられなかった。

「多分違います」景子は否定した。

「違う？」聞き返すと、景子はヌシを見て言った。

「副作用。そうでしょう？　兄さん」

ヌシは答えず、瞳を閉じた。

「副作用ってなんだ？」

「安田さんに聞いた話から、ひとつ思い当たることがあったんです」

「だから、なんなんだ？」

「それは後でお話しします。まずは兄さんに連れて行ってもらいましょう。この鍵の場所。兄さんが『エイトハンドレッド』と呼んでいる場所へ」

景子はヌシに言った。

「兄さん立ってください。案内してくれますね？　そこにあるんですよね。すべてが」

ヌシはあきらめたように、ゆっくりと立ち上がった。

何かが違う方向へ転がり始めている。そんな感覚を覚えながら、俺は歩き出したヌシの背中を見つめた。

3

「もう少し先だ」

ヌシのしわがれた声がシート越しに聞こえた。俺が運転する車の後部座席には景子とヌシ。簡易的であるが、車にあったコンビニの袋を利用してヌシの両手を縛っていた。景子はその隣でバッグから出した小さな拳銃を外からは見えないようにして、銃口をヌシの腹に向けて言った。

「兄さん、嘘はつかないでくださいね」

俺たちはヌシの案内で、ヌシの住処から再び新宿中央公園近くまで戻ってきていた。公園の木々の間から狼煙のように煙が立ちのぼっていた。ニワトリを燃やした火がテントや木に燃え移ったのだろう。さっきから聞こえていた消防車のサイレンが今や間近で鳴り響き、野次馬でテント周辺が騒然としているのが車窓から見えた。バックミラーに映るヌシが、たなびく煙に目を細めながら言った。

「モトキたちのテントがある方じゃない。陸橋を渡った先の公園の方だ」

新宿中央公園は二つの小高い丘の上にあり、その二つのエリアを陸橋で繋いでいる。ヌシは俺たちのテントがあるエリアではなく、もうひとつのちびっ子広場やジャブジャブ池があるエリアを指定した。俺は横窓に見える煙から視線を車道へ戻し、アクセルを踏んだ。

「ここでいい」一分も走らないうちにヌシは言った。

公園のジャブジャブ池があるそば、公園を繋ぐ陸橋の下にある道路だった。そこはモトキが卵を持って消えた場所の近くだった。ハザードを出して路肩に車を駐める。バックミラーの景子と目が合った。彼女もこの場所が意味することがわかったらしく、含むように頷いた。運転席から出ると景子も降りてきた。彼女はダウンコートのポケットに右手を入れている。そのポケットの中には拳銃がある。

「後ろで見張っています。兄さんに車から降りるように言ってくれますか」

「大丈夫か？　あの火事でこの辺りにもちらほら人がいる。ヌシが声をあげたらどうする？」

消防だけでなく警察も出張ってきているはずだった。しかし景子は首を横に振った。

「心配はいりません。兄さんがこんなところでホームレスをしながら隠れてやっていたのは、誰にも知られたくなかったからこそです」

景子は、幡山泰二がやっていることについて、かなりのところまであたりがついているようだった。それはなんなのだと聞きたかったが、ここで悠長にしているのは危険過ぎた。そもそも俺は、ヌシが幡山泰二だということさえ、まだ信じきれていなかった。本当にこの老人が？　キノコについて楽しげに語っていたヌシ。一緒に飲んだ記憶。それが幡山泰二とうまく溶け合わなかった。だが、今は進めるしかない。俺は頭を振り、車の後部座席のドアを開けた。

「案内してくれ」そう言うと、ヌシが顔を上げて俺を見た。そして何も言わず車から降りた。俺は自分の着ていたダウンジャケットを、縛られているのが見えないようヌシに羽織らせた。

ヌシは素直に歩き始める。下り坂になった歩道を降りていく。

東京都庁と新宿中央公園を挟む十字路を右に折れる。頭上の陸橋をくぐり、次の陸橋が見える歩道の真ん中辺りまで来たところで、ヌシは立ち止まった。左手が道路、右手がコンクリート斜面の、歩道の途中だった。それは、俺がモトキを見失ったまさにその場所だった。

ヌシの顔が右を向いた。その視線の先を見る。暗がりの斜面に目を凝らすと、斜面の一部が灰色のシートで覆われているのが見えた。

「ここだ」

「ここ？」俺は意味がわからず聞き返した。

「そのシートの下に板がある。板に取っ手があるから横にずらせ」

俺は言われるままにシートをめくった。すると確かにベニヤ板があり、左側に取っ手がついていた。取っ手を持ち、右にスライドさせるように引っ張ってみる。ベニヤ板がコンクリの斜面を横にずれていく。中には斜面の一部がくりぬかれた空間があった。奥に小さな銀色のドア。持ってきた懐中電灯を向けると、ドアにプレートが貼りつけられており、「雨水貯留施設」と書かれていた。

俺は新宿中央公園内で見たことのある雨水貯留施設の看板を思い出した。サムライに尋ねたことがある。確か大雨が降った際、急激に雨水が流れ込まないように調整するための施設が、公園の地下にあると言っていた。

「ここは、雨水を貯める設備があるだけじゃないのか？」

振り返って聞くと、ヌシは答えた。

「この公園にある地下設備は雨水貯留施設だけじゃない。東京都が管理し、災害時のための放送設備や照明設備、自家発電設備などを備えている。ここはその入り口のひとつだ」

公園の地下にそんなものがあったとは。ヌシはここでなにをしているというのか。

「安田さん、ここは目立ちます。中に入りましょう。兄さん、どの鍵を使うんですか？」

景子の問いに、ヌシは小さく溜め息を吐き、「一番だ」と答えた。

俺はポケットからをホルダーでまとめられた鍵を取り出し、その中から「1」と書かれた鍵を銀色のドアノブに挿し込んだ。鍵を回すと、ドアはあっさりと解錠された。開くと暗闇が広がっていた。懐中電灯を向けると、廊下のようだった。

「右手にスイッチがある。全部入れてくれ」

ヌシの言葉に右側に光を当てると、六個ほどの照明スイッチらしきものが並んでいた。すべてを入れていく。遠くから灯りが点いていき、目の前に全面コンクリート打ちっぱなしの長い廊下が現れた。そう古い施設ではないようだが、湿気が強いためか濡れたコンクリートの壁はカビらしき黒ずみがあった。

「この先だ」

ヌシの言葉に従い、廊下を奥へ進んでいく。俺の後ろにヌシ、景子と続いた。廊下を抜けると、欄干があった。その先には、ぽっかりと巨大な空間が下に向かってひらけていた。公園が丸々入るほどの大きな空間。頭上にある公園を支えるように、コンクリートの太い柱が整然と並んでいる。

「兄さん、これは?」景子が理解しがたいほどの巨大な空間を怖々と見渡しながら聞いた。

「これが雨水貯留施設だ。大雨が降ったとき、川に一気に雨水が流れ込んで氾濫するのを防ぐため、一時的にこの辺りの雨水をここに溜めて時間をかけて排水する」

俺は欄干のパイプを摑み、十メートルほど下にある底に目を向けた。昨日まで降っていた雨なのか、わずかに水が溜まっているのが見えた。

「あっちだ」ヌシが右側を指さした。俺たちは雨水貯留施設を囲むように作られている欄干に沿って進み、右奥にある、かね折れ階段を上がっていった。ここは公園のジャブジャブ池の真下辺りだろうか。階段を上がりきるとドアがあった。

「二番」

ヌシの言葉に従い、「2」の鍵を入れる。ドアは解錠され、開けるとまたコンクリートの廊下。両サイドには、ドアが並んでいた。

「この辺りの部屋には、災害時に配給する備蓄品が置いてある。……この一番奥だ」

進みながら左右に並ぶドアを見る。プレートには備蓄庫1、2、3……と名前と数字がふられていた。廊下を一番奥まで進むと、突き当たりにドアがあった。このドアだけは毛色が違っていた。プレートの代わりにマジックの手書きで書いたらしきもの。ドアの中央に「800」と乱雑に書かれていた。

「エイトハンドレッド――」

一番後列にいた景子がつぶやいた。

「そうだ。ここだ。ここにお前たちが探していたものがある」

「……安田さん、お願いします」

最後の鍵「3」を差し込む。鍵を回すとドアが解錠されるのがわかった。ここに彼らの本当の姿が、すべてがあるのか？　俺はドアを開いた。

呆然とその部屋を見回した。

そこは映画で見るような研究施設そのものだった。コンクリート打ちっぱなしの広い室内には、用途不明の見慣れない機材の数々が置かれ、実験動物と思われるマウスや、ビーカーや試験管といった類のものがところせましと並べられている。

「……すばらしい」

無意識に零れたような景子の声が聞こえた。俺は彼女の顔を見つめた。その瞳には恍惚があった。善悪を超えた研究者の性とでもいうのだろうか。景子もまたその世界に身を置く者だ。自分とは相容れないものがあるような気がした。

ひとしきり研究所を眺めてから景子はヌシを見た。

「兄さん、データはどこですか？」

「……そのパソコンだ」

ヌシが縛られた両手で机の上のノートパソコンを指さした。景子は起動させながら言った。

「ここの施設の概要を説明してください。その前に――」

景子はバッグから二つの小瓶を取り出し、机の上に置いた。Mermaid-1とMermaid-2だった。

「これについて教えてください」

景子は二本の瓶のうち、透明の液体が入ったMermaid-2を指さした。それはヌシが自身の体に点滴していた液体だった。ヌシは答えた。

「それは、抗体医薬。ポリクローナル抗体を使用した癌治療薬だ」

癌治療薬……。ヌシは癌だったということなのだろうか。そんなものではないと思っていた俺の予想は外れていた。だが、それならなぜプラスチック爆薬などを用意する必要があったのか。

「モノクローナルじゃないんですか？」

景子は予想がついていたのか、驚いた様子はなく、聞き慣れない単語で聞き返した。

「違う。数多くの癌に対応できるように改良したポリクローナル抗体だ。それを十種類以上ブレンドしてある」

わからない言葉の羅列。そんなことよりも、俺にははっきりさせておきたいことがあった。

「細かいことはいい。あんたたちは、この癌治療薬とやらでなにをしようとしてるんだ？」

「安田さん」と景子は俺に小さく頭を下げた。

「まずは私に理解させてください。もう少しだけ、待ってください。兄さん、続けて」

ヌシは一瞬、俺に視線を向けたが、あきらめたように説明を始めた。

「この抗体群は、モノクローナル抗体のように一種類の癌に対応するだけじゃない。あらゆる、とはいわないでも体内でできる九十パーセント以上の癌細胞を識別し、攻撃する能力がある」

「すごい……」景子に感嘆が漏れた。俺には細かな内容はわからなかった。だがMermaid-2が、画期的な癌治療薬らしいということだけはわかった。

ヌシは淡々と説明を続ける。

「投与方法は、生理食塩液で希釈後に点滴静注。二週間に一回だ。一回の投与量は五十ミリグラム。性状は見ての通り無色透明。品質保持試験では五度で二年。加速試験の二十五度で七ヶ月。過酷試験の高温で三ヶ月の品質保持を確認している」

景子は噛みしめるように小さく数回頷いた。同じ抗体医薬品として、アルツハイマー治療薬に応用できると考えているのだろうか。

「製造工程は？」景子が重ねて聞く。

「レトロウイルスベクターを使ってヒト抗体遺伝子を導入したトランスジェニックニワトリを作成する。そのニワトリに合成ペプチドで作製した抗原を入れる。そして生んだ卵を精製することによって完全ヒト抗体を取り出す」

聞き慣れない言葉の中にも、『トランスジェニックニワトリ』と『卵の精製』という単語が混ざっているのに気づいた。ということは。

「そのトランスジェニックニワトリとは、モトキという人が飼っていたニワトリのことですか？」

景子が俺の疑問と同じ質問を口にした。

「そうだ」ヌシは部屋の壁側に置いてある大きな筐体を指さした。洗濯機ぐらいの大きさがある白いものだった。

「この遠心分離機で卵の細胞を除去する。そしてあの液体クロマトグラフィー」

その隣にある機材を指さす。テーブルの上に載せられたそれは、高級レンジをもうひと回りぐらい大きくしたぐらいの筐体で、前面には白い液体で満たされた大きなガラスの筒が二本はめ込んであった。筒以外にもビーカーに入った液体が細いホースで何本も連結されている。

「これで抗体を取り出す。あとは小瓶に詰めて蓋をすれば終わりだ」

それからも景子の質問は続いた。俺にはヌシが言うことはおろか、景子の質問そのものがまったく理解できなかった。景子の子供のような感嘆の声と、ヌシの説明。それが幾度となく繰り返される中、俺にもわかったことがある。ヌシはただのホームレスではないということだ。創薬に関する深い知識と技術をもった人間。幡山泰二である可能性がかぎりなく高い人間なのだと。

「もういい」俺は声をあげた。

俺が知りたいのはこんなことじゃない。もっとこの男の本質的なことだ。Mermaid-2の小瓶を手に取り、ヌシの前に突きつけた。

「これが癌治療薬なのはわかった。だからなんだっていうんだ？　プラスチック爆弾を穴ぐらの住処に仕掛けて、こんなところでこそこそとホームレスのマネをしながら癌治療薬を作ってる理由はなんだ？　それを答えろ」

「安田さ――」「だめだ。もう待てない」景子の声を遮り、俺はヌシに「答えろ」と迫った。

ヌシは俺を見つめ、頷いた。景子がうつむく姿が目の端に見えたが、これ以上は待っていられなかった。

「前に言わなかったか？　黄昏が未来を開き、ガラスが未来を支える」

俺は目を見開いた。ヌシの住処で飲んだとき、ヌシが気に入っていると言っていた言葉。ずっと引っかかっていた。ヌシは俺が手にしているMermaid-2と書かれた小瓶を見つめた。

「それはガラスだ。未来を支えるガラスだ。今、お前が持っているMermaid-2が、未来を支えるガラスなんだ」

「未来を支えるガラス？」

ヌシはゆっくりと俺に近づくと、ビニール袋で両手を縛られたまま、目の前のテーブルにあったもうひとつの小瓶に手を伸ばした。

Mermaid-1と書かれた薄黄色の液体が入った小瓶を手に取る。

「未来を支えるガラスは、未来を開く黄昏のためにある」

ヌシは持ち上げた薄黄色の液体をこちらに見せる。

「そのMermaid-2は、このMermaid-1のために作ったものだ」

「その黄色の液体が入ったMermaid-1が黄昏で、この透明のMermaid-2がガラス？」

俺はヌシの言葉を繰り返した。。

「その通りだ」

「このMermaid-2は癌治療薬なんだよな？　これがそのMermaid-1という黄色の小瓶のために作られた？　どういう意味だ？」

黄昏が未来を開き、ガラスが未来を支える。俺はヌシの言葉を反芻した。

Mermaid-1が未来を開く。そのために癌治療薬《Mermaid-2》が作られた？　まったくわからなかった。

「マーメイド。そのままだ。人魚だよ」ヌシが言った。

「人魚？」

薄黄色の小瓶を光にかざすヌシ。懐かしい過去を見つめるような顔だった。

「俺はエタニティに入ってから、癌治療薬の開発に心血を注いできた」

それは調査資料で知っていた。ヌシは、幡山泰二は癌治療薬の創薬を専門としていた。

「癌とはなにかわかるか？」

俺は答えなかった。だが、改めて問われると返答に困るものだと思った。

「癌とは、人間の統治を離れ、好き勝手無限に細胞分裂を繰り返す細胞だ。なぜ癌は無限の分裂が可能なのか？　細胞のＤＮＡにはテロメアという部分がある。正常な細胞は分裂すると、このテロメアが少しずつ短くなっていき、限界を迎えれば細胞分裂はストップするようになっている。癌はその機能がおかしくなっている。もっと正確に言えば、テロメラーゼという酵素が活性化して、本来は細胞分裂のたびに短くなるはずのテロメアを延長させ続ける。だから終わりを迎えることなく無限に増殖し続けることができる。

これらの癌を撃退する方法のひとつに、このテロメラーゼを不活性化させる方法がある。テロメアの延長をできないようにして、正常な細胞と同じように分裂をストップさせる。俺は研究所でその方法を模索し続けてきた」

ヌシは薄黄色の小瓶を机に戻し、小さく笑った。

「だが、皮肉なことに俺が見つけたのは、まったく正反対のものだった。癌ではない通常細胞のテロメラーゼの活性化方法」自重するような笑いを、ヌシは濃くした。

「つまり正常な細胞の不死化だ」

不死化。その言葉に、ヌシの瞳が昏《くら》く影を落としたように見えた。

「俺は取り憑かれた。人間の不死化について。通常細胞が不死化したら、無限の命があるのか？」

その言葉に、ヌシ――いや幡山泰二の研究の正体の片鱗が見えた気がした。背中がざわざわとするのを感じた。

「だが、テロメラーゼの活性化だけでは不死にはならないことがすぐにわかった。老化という現象は、そう単純なものではない。老化の原因とされているものは、それ以外にもある。酸化ストレス、P53遺伝子、カロリー過剰摂取、ホルモン制御、仮説だけなら他にも山ほどある。俺はその中でP53遺伝子に興味をもった」

目を眇《すが》め、ヌシは続けた。

「P53遺伝子とは、細胞分裂において細胞が問題を抱えていないかチェックをし、その問題の程度に応じて、修復、細胞死などを命令する遺伝子だ。このP53遺伝子が活発に働けば働くほど老化を早めることがわかっている。その理由は、過剰な細胞死の誘発、組織や臓器の維持と再生に必要な幹細胞の活動抑制にあると予想される。そして俺は、これらP53遺伝子に代表されるチェック系と呼ばれる遺伝子の機能を凍結させる模索を始め、成功させた」

両手を前に縛られたままの幡山泰二は、五十歳とはとても思えない深い皺とシミを刻んだ顔で俺を見た。

「テロメラーゼの活性化とP53遺伝子の機能凍結。俺はそれを現実化させた。その結果、実現したものは、人間の超寿命化だ」

「超寿命……」現実感のない言葉だった。

「そうだ。この二つの老化原因の回避を目的として作り上げたものが、そのMermaid-1だ。実際はそう単純でもないし、いくつもの幸運に助けてもらった」

俺はよく理解できないまま、机の上の薄黄色の液体の入った小さな小瓶を見た。

「Mermaid-1は抗体医薬ではないが、体で長く作用するように分子を大きくして注射タイプにしてある。週一回で効果を発揮し、細胞の不老化を可能にする」

俺は、淡々と説明を続ける目の前の奇怪な老人を、呆然と見つめながら考えていた。この老人は、幡山泰二は、すでにぼろぼろに精神を侵されているのではないか？　だからこんな突拍子もないことを口にする。そうだ、そうに違いない。

そう思おうとした。だが、この目の前に広がる施設が否定の邪魔をする。そんな人間にこんな大仰な設備を用意できるのか？　いや、俺のような素人目にはわからない、見た目がいいだけの張りぼてのような設備かもしれない。俺はわからなくなっていた。答えを求めるように、幡山泰二と同じ研究者である景子の姿を探した。彼女なら、土壇場で見せてきた彼女の冷静な判断力なら、この老人の世迷い言を冷徹に否定できるはずだった。

視線の先の景子は、壁際に設置された機材を見つめていた。その目は心奪われた若い娘のようだった。否定するどころか、感銘でも受けているような瞳。

本当だというのか？　この老人が、幡山泰二が言っていることは、嘘ではないと？

「超寿命……？」俺はもう一度口に出してみた。疑問に語尾が上がる。

目の前の老人が頷く。いや、老人でさえもない。顔や首に深い皺とシミを刻んだ幡山泰二は、まだ五十歳なのだ。

「夢のある言葉で言えば不老長寿か？　かつて存在した数多の支配者、数多の人間の夢。Mermaid-1は遠い未来まで人を連れて行く可能性をもっている。黄昏が未来を開く――Mermaid-1が未来を開く。だが、Mermaid-1だけでは、人は一年も経たないうちに死ぬ」

「死ぬ？　どういう意味だ？」疑問が口を突いた。

幡山泰二は、濁った瞳にかかった張りのない白髪を両手で横に流して答えた。

「生物になぜ寿命がある思う？　なぜ人は老化するのか？　なぜわざわざ細胞分裂に制限がかけられているのか？」

わかるはずもない。俺はただ幡山泰二を見つめた。

「すべては細胞の癌化を防ぐためだ。正常な細胞活動を行うためには、生物は寿命を設けるしかなかった。生物の寿命と癌は表裏一体の関係にある。たとえば、P53遺伝子のチェックがなければ、老化のスピードは急激に遅くなる。だが同時に、細胞にいくら癌化の危険性があろうと放置される。それは老化による死よりも、はるかに早い死を意味している」

俺は黙って話を聞き続けた。

「寿命とは。細胞の癌化を抑制するための、生物がもっている重要なシステムだ。Mermaid-1はそれらを承知ですべてを踏み越える。細胞の癌抑制システムを取り払い、その代価として無限の細胞分裂を手に入れる。結果はわかるだろう？」

幡山泰二は、皺がれた顔をさらに深くした。

「そうだ。体中が凄まじい勢いで癌に蝕まれる」

「だから――」そこまで言われて、俺は理解した。幡山泰二は頷いた。

「だからだ。本当に重要なのはこの癌治療薬のMermaid-2。黄昏は未来を開くが、ガラスがあってこそ。際限なく癌化する身体に、このMermaid-2を定期的に点滴することによって癌化を防ぎ、かろうじて身体は正常を保っていられる。それがMermaid-Cocktailの正体だ。この二つを同時に使用することによって初めて、人は超寿命が得られる」

シミの浮いた両手を持ち上げた幡山泰二は、指先を伸ばした。

「あれを見てみろ」

棚にある飼育箱に入れられた小さな白いネズミだった。人間の握りこぶしよりも少し小さいぐらいか。プラスチックケースの中で元気そうに口をもごもごと動かしている。

「ハツカネズミだ。ハツカネズムの寿命は一年半から二年。だが、あいつはもう六歳と五ヶ月だ。すでに三倍以上の年月を生きながらえた。人間で考えると四百年以上の寿命だ。単純に人にそのまま当てはめることはできないが、参考にはなる」

手を下ろした幡山泰二は俺に語りかけるように言った。

「八百比丘尼《やおびくに》の話を知ってるか？　人魚の肉を食べて不老になり、八百年生きたといわれる僧侶の伝説だ。この薬は不老ではない。不確定要素が多過ぎるんでね。だが、八百年は生きられる可能性があると考えている」

「八百年――」

エイトハンドレッド。だから、この部屋をその名で呼ぶのか。改めて俺は幡山泰二を見つめた。

それでは、この男の体は――

「あんたは、すでに――」ヌシと呼ばれていた幡山泰二が、Mermaid-2をその体に点滴していたのを、俺は脳裏にまざまざと蘇らせていた。

「そうだ。俺が最初の治験者だ。副作用が起こった。皮膚の急激な老化だよ。内臓はぴんぴんとしているがね」

4

「兄さん。卵一個から抗体は何ミリグラム精製できるんです？」

ふいに質問が飛んだ。振り返ると俺の後ろに立った景子が幡山泰二を見つめていた。

彼女も幡山泰二の話を聞いていたはずだが、あれだけの話を聞いても、その声に驚きはなかった。彼女が言った思い当たることとは、まさに幡山泰二が超寿命の薬を作っていることだったのだろうか。

「平均五ミリグラムだ」幡山泰二が答えた。

「テントで五匹のトランスジェニックニワトリが死んでいるのを見ました。その五匹が一年のうち七割は卵を産むとして、一ヶ月に産む卵は合計で百個を超えるぐらい。とすると一ヶ月の抗体生産量は五百ミリグラム超。必要投与量は五十ミリグラムを二週間に一度でしたよね。ならば一人当たりに必要な抗体薬は一ヶ月百ミリグラム。ロスを考えても予備としてはかなり多いですよね」

景子は射るような視線で幡山泰二を見据えた。

「あと何人が不老化してるんです？」彼女の声が冷たく響いた。

アルツハイマー治験薬を強引に進めて死亡者を出したあげく失踪し、今度は超寿命の薬。あまりにも節操なく倫理を踏み越え続ける兄のありように、彼女は怒りを覚えているのかもしれない。

幡山泰二はしばらく黙っていたが、口を開いた。

「あと二人だ」

「その二人とは？　誰なんです」

「元木道雄《もときみちお》、モッちゃんとよばれていた」

「……モッちゃんは死んだよ」

俺はテントに残してきたモトキの遺体を思い出し、苦い思いを噛みしめた。

「ああ、……火事を見た」

幡山泰二も現場を確認したようだった。

「なんで、モッちゃんは大事なニワトリを殺したんだ？」

俺の質問に、幡山泰二は景子の方を見て言った。

「もうだめだと思ったんだろう。すべてを捨てることに決めたんだ」

「モッちゃんは一体何者だった？　ただのホームレスじゃないよな。彼もエタニティの関係者なのか？」

疑問に思っていたことだった。彼には色々と助けられた。彼にどんな意図があったにせよ。感謝しているのは変わらない。だが、本当の姿は知っておきたかった。

「何者？　その質問に答えるなら、何者でもない、だ」

幡山泰二は、そんな質問に意味があるのか、とでも言うように冷めた目で俺を見た。

「彼がホームレスだと不思議か？　俺が会ったときにはすでにホームレスだった。誰かから彼の過去を聞いたことはないか？」

モトキは日雇い労働者で、安宿と野宿を繰り返すような生活をして、いつしかホームレスになった。聞いたのはザッコクからだったか。

「そのままだよ。彼はかつて日雇い労働者であり、不況とともに新宿中央公園に流れてきた。彼が少し違っていたとすれば、仲間を思う心意気があったってことだ。俺の話に賛同してくれた。そして俺は彼から、長い未来を生き抜く術を教わった」

モトキと出会った日を思い出し、黙り込んだ俺の背後で、景子が言った。

「兄さん、未来を生き抜くという話はもう十分です。あとひとり。不老化しているのは誰なんです？」

冷静に現実的な話に終始する景子に、幡山泰二は薄く笑いかけた。

「お前には、未来の重さなんてわからないだろう……」

「ごまかさないでください。答えてくれなくてもこのデータを調べればわかります」

景子が机の上にあるノートパソコンを指先で叩いた。

「幸田俊幸だ」

幡山泰二はぼそりと答えた。

「幸田俊幸。やっぱり兄さんと一緒だったんですね。彼は今どこにいるんです？」

「彼も死んだ」そう言うと幡山泰二は俺を見た。その表情に神田川に横たわっていた死顔を思い出した。

「まさか、ザッコクが？」

「そうだ。ザッコクが幸田俊幸だ」

「だが写真と——」ザッコクと違い幸田俊幸は痩せていた。顔の印象もかなり違う。

「副作用だよ」

幡山泰二はそれだけ言った。そう言われてしまえば、その言葉を体現している老人を前に否定はしきれなかった。同時にモトキの血に染まったナイフを思い出した。

「ザッコクを殺したのは、モッちゃんなのか？」

幡山泰二は目を細め、首肯した。

「なんでモッちゃんは、そんなことを——」

「Mermaid-Cocktail の副作用には個人差がある。今わかっているだけで、皮膚の劣化、体重の増減、精神疾患。俺の場合は最初に体重が増加し、その後急激な皮膚の劣化が起こった。モトキは過度の痩軀、ザッコクには肥満化と精神の不安定さが現れた。そしてザッコクの副作用は一線を越え、精神崩壊してしまった。だから一番面倒をみていたモトキが殺した。彼がすべて背負いこんでくれた。俺にはもう誰も残っていない」

ザッコクが戻ってこなかった日のモトキの異様な陽気さと、一転して翌日の目の下の深い隈。あれはザッコクを殺してしまった心の揺れだったのだろうか。俺は視線を落とした。あの日、ザッコクの精神崩壊のきっかけを作ったのは、俺に違いなかった。

「……サムライとヤマザキは？」

思いを振り払い、俺は尋ねた。すべてをあきらかにしておく必要があった。

幡山泰二は首を横に振った。

「あの二人はなにも知らない。サムライはまだ若く社会復帰の可能性があり、ヤマザキは来たときから心を病んで、最近では俺たちを過激な宗教集団と思い込むようになっていたからな」

「この施設に九喜総合薬品は絡んでいるんですか？」景子が質問した。

幡山泰二はそれにも首を横に振る。

「九喜には、癌治療薬の技術情報の一部と引きかえに金をもらっているだけだ。この設備には関与していない。ここは俺たちが都の建設局の人間を買収して確保した」

「確かに九喜へ提供しているものは、この癌抗体医薬から見えればごく一部ですよね――」

独りごちている景子を横目に、俺は幡山泰二を見据えた。まだ確認していないことがある。

「あんたはアルツハイマー治験薬のデータを持っているのか？」

「ない」

幡山泰二は、そうはっきりと答えた。視線の端で景子が視線を上げる。俺は薄く笑った。

「そうか……次の質問だ。あんたはなんでホームレスになった？　目的はなんだ？」

こんな設備を密かに作り上げるような資金を持つ幡山がなぜホームレスのまねごとをしているのか？　意味不明だった。

「目的か」幡山泰二は床に視線を落とした。

そして語り始めた。

「夢中で作ったMermaid-Cocktail。俺は完成させて初めて冷静になれた。この薬はどう使うべきなのかと。世界に公表すれば、どうなるのか？　単に使われれば、人口爆発が起きるのは目に見えていた。技術拡散が起こった後では誰もコントロールできまい。人口爆発を起こした世界での人の命の価値は、紙切れ以下になる。

では、最初からコントロールされた状態——たとえば国が、この超寿命技術を管理すればどうなるか？　もちろん国はMermaid-Cocktailの存在自体を隠匿するだろう。結果は？　ごくわずかな支配層が超寿命を享受し、今の貧富の差をよりグロテスクに体現してくれる。今よりも明確な階層社会ができあがる。もともと地位や権力、資産を持つ者が、さらに八百年の寿命を手に入れるんだ。寿命、経験、富のすべてを凌駕する権力者に、たかだか百年足らずの寿命しかもたない人間が勝てると思うか。富める者は永遠に富み、這いつくばるものは永遠に這いつくばる。

誰に託そうが、今の社会に流出すれば惨状が待っている。それがMermaid-Cocktailのもたらす未来だ。俺は考えた。この世界には、まだ超寿命技術を受け入れる土壌がないのではないかと。だが、一方で信じてもいた」

幡山泰二は景子を一顧だにせず、じっと俺だけを見つめて言った。

「世界は変わり続けている。人の歴史を思えば、右往左往しながらもよい方向に向かっているのだと」

その視線に俺は圧される感覚を覚えた。

「だから、待つことにした」

待つ。どこかで聞いたことがあると思った。幡山は真摯にも見える表情でもう一度言った。

「だからこそ待つことにしたんだ。Mermaid-Cocktailを受け入れられるまで、人が、社会が、成熟した未来を」

そうだ、モトキの言葉としてザッコクが言ったのだ。モトキは新しい世界を待っている、と。それは文字通り、待ち続けるという意味だったことに俺は気づいた。

「まずは、俺と同じ世代が入れ変わるまで、身を隠すことにした。自分を見つめ、世界を見つめる場所としてホームレスを選んだ。階層の底に光が当たるときこそ、世界が変わるときだと信じて」

幡山は皺だらけの自分の両手を見つめる。

「無限に感じる時間の中、ほとんどを考える時間にあててきた。宗教書や哲学書を読み漁った。手に入れる必要があった。八百年後の未来でも心を保っていられる術を。超寿命は夢があるように聞こえるかもしれない。だが時間を飛び越えるというのは、決して楽しい話じゃない。社会は移り変わる。自分や、世界の大部分の人間が正しいと主張し考えていたことが、信じられないほど変わるんだ。パラダイムシフトという言葉を知っているか？」

俺はザッコクが話してくれたパラダイムシフトの話を思い出していた。彼もまた未来のために読んでいたということなのだろう。

「パラダイムシフトとは、世界の基本的な考え方が大きく変わることだ。百年後の未来の人間の考え方ならついていけるだろう。なら二百年後はどうか。三百年後は？　五百年後は？

無理だ。根本的な考え方そのものが変わっているはずだ。今から五百年前の時代を考えてみればいい。西暦一五〇〇年代、人間はなにをしていた？　産業革命の前、中世だ。些細な病気や怪我が死に直結し、宗教に支配され、勤勉に働くことは卑しい行いだった時代。今とはかけ離れた世界だ。現代人の常識など通用しない」

俺は銭湯でのモトキとヤマザキとの会話を思い出していた。

「中世は暗黒時代とも呼ばれる。では、その時代に生きた人もそう思っていたのか？　違う。医学が発展してなかったからこそ、宗教はとても大事なものだった。死と隣り合わせだからこそ、死後に安息を与えると言ってくれる教えは貴重だった。産業革命前の物資が極端に不足した時代だからこそ、仕事に精を出して利益を独り占めするような人間は、悪しきものと断ずる必要があった。その時代の人々が現代を見れば、こう言うだろう。心に安寧をもたらす宗教を持てず死に怯え、金儲けは善だと叫び、欲望を剝き出しにして利潤を競い合うことでこそ世界が安定すると信じているこの世界は狂っていると」

幡山泰二は、俺の身の内に入り込むように見つめてくる。かつてモトキが銭湯で話した中世の話。その真意がわかった気がした。そして俺が引かれた彼の瞳の意味も。

──彼の瞳は、未来を見ていたのだ。

俺は目の前の男を見た。この不老となった幡山泰二が、モトキが、感じ考え続けてきた思いの断片が身体にまとわりつく感覚があった。

「パラダイムシフトは基本的になんらかの技術革新と共に進む。農業革命、産業革命、そして今まさに渦中の情報革命。その移り変わるスピードは時代を追うごとに増している。善が悪に、悪行が善行に、はたまたすべては価値のないものに。時代ごとに価値観は流転し続ける。そんな途方もない未来で生きて行くには、途方もない精神力が必要だ。いや、途方もなく鈍化した心か」

そこまで言いあげたところで、幡山は両肩を下げた。視線をコンクリートの天井の隅に向ける。

「正直言うと、俺はあきらめかけていた。天才だと自負したこともあった。だが八百年を待たずして、きっと正気を失ってしまうだろうと。薬は作れても、その解決策は見つけられなかった。やけになったある日、俺はホームレス仲間となっていたモトキにすべてを話したんだ。ホームレス同士のたわごとだ。信じやしないだろうと思ってな。最後まで話を聞いたモトキは、ひとつ解決方法がある、と言った。それは誰でも思いつくような簡単な答えだった。笑ってしまうような。だが、俺にはどう考えてもひねり出せなかった答えだった」

幡山の表情がわずかに緩んだように見えた。

「仲間を作ればいい。モトキが言ったのはそれだけだった。笑い飛ばしてやった。実際のところ、あの時の俺は、ホームレスどころか自分以外のすべての人間を馬鹿にしていたんだ。

それでも、あいつは真剣な顔で言うんだよ。俺たち弱いホームレスだからこそ、互いに助け合わなきゃ生きていけない。俺に頼っていい、だけど頼られる覚悟もしろと。俺は半ばやけになっていた。どんな顔をするかと、あいつにこの施設を見せて、真実を伝えた。そしたら、あいつはあっさりと受け入れたんだ」

幡山は泣き顔にも似た微笑を見せた。

「そして言ってくれたんだ。一緒に未来を見てやる、と」

5

幡山泰二が見つめたコンクリの先は、モトキのテントがある方向だった。

成熟した未来を待ち続ける。その未来を生き抜くための、永い旅路の準備。それが、彼らの目的だった。

俺は目を閉じた。そして俺の中に残っているものに問うた。

だとしても――。

体内に黒い炎が巻き上がるのを、俺は自覚した。

今さら。

「あんたはモッちゃんによって、すこしはマシな人間になったというわけだ」

笑う俺に、幡山は頷くでもなく見つめ返した。

「少し遅かったな」

俺は靴底を上げ、仕込んでいるナイフの柄に手をかけた。ぐっと力を入れ、小さいながらも人の命を奪うことができるものを引きずり出す。両手を縛られた幡山泰二はしわがれた顔を動かし、ナイフに視線を移した。

「俺を殺すか？」

「安田さん！」景子が声をあげた。

「早まらないでください。兄はアルツハイマー治験薬のデータも持っているはずです。嘘をついているだけです。落ち着いて、早まらないで」

焦りが滲んだ彼女に、俺はわずかに顔をやった。

「すまない。違うんだ」

「違う？」景子は理解できないというように声をあげた。

「運がよければデータもとは思ったが。多分これが最後のチャンスなんでな」

「なにを言ってるんです？」

「俺の目的はアルツハイマー治験薬のデータじゃない」

「え？」と景子の小さな声。それをかき消すように、幡山泰二の笑い声が突然に響いた。俺はその笑いに怪訝な顔を向けた。

「ようやくわかった」そう言うと、幡山は笑いを残した顔で続けた。

「なぜ、お前たち二人が手を組むことができたのか不思議だったんだ。お前たちは互いに嘘をついていた。だから手を組めた」

嘘という言葉に、景子に顔を向けると目が合った。俺たちはただ見つめ合った。

「俺を殺すのは構わない。だが、その前に聞きたくないか？　お前たちのお互いの真実を」

それを聞いた景子の顔に逡巡が浮くのがわかった。

「話せよ」幡山に顔を戻した俺は言った。今さらばれたところでどうということはなかった。それに景子が何か嘘をついていたとしても、それはすでに俺にとってはどうでもいいことだった。俺の最期の目的は、すでに目の前にいる。

幡山が俺に問いかけた。

「あんたはこの女に、アルツハイマーの奥さんの病気を治してやると言われたんだよな？　そのために俺を探し出し、俺が持っているアルツハイマー治験薬のデータを探し出してほしいと」

沈黙で俺は答えた。

「景子はエタニティの施設だと知って乗り込んできたあんたを、処分することを考えていただろう。だが、あんたについて調べると、魅力的な条件を持っていることに気づいた。新宿のホームレスのコミュニティで生活している元刑事。それは新宿周辺でホームレスをしているはずの俺を探すのに、うってつけの存在だった。さらに妻は若年性アルツハイマー型認知症。エタニティの治験者だったのは痛かったが、報酬として妻の完治を提示できた。その結果、俺を探し出せば妻を治療するという取引に、あんたは同意した」

幡山泰二は、わざとらしく首を捻った。

「だが、おかしいな。あんたは俺がアルツハイマー治験薬のデータを持っていないと言ったことに対して、焦りもしなければ驚きもしなかった。奥さんが治るかどうかの瀬戸際だっていうのにだ。そしたら目的はアルツハイマーのデータじゃないと言う。奥さんを治すために、あんたは俺の捜索を引き受けたはずなのに、そんなものはいらないと」

俺から視線を外した幡山泰二は、景子を見た。

「なぜだと思う？」

景子が疑問を縁取った視線を俺に向けるのがわかった。

「教えてやろう」そう言うと幡山泰二は、両手をあげて俺を指さした。

「若年性アルツハイマー型認知症に侵された妻をもつ、元刑事の安田典史巡査。それは彼が、安田典史ではないからだ」

「え――なにを言っ？」途中から言葉が抜け落ちた景子は、あっけにとられた表情をした。直後に、得体の知れないものがすぐ側にいることを悟ったのか、俺から後ずさって声をあげた。

「じゃあ、この人は誰だって言うの？」

幡山泰二は微かに笑った。

「最初から名乗っていただろう？　彼の名は峰田だ。峰田聡二郎」

景子は信じられないという顔で俺を見た。

「最初に名乗っていた名こそが本名だったのさ。彼はかつて大手企業の人事部に籍をおいていた。人を観察し、相手の素性を読み取るということに関しては、刑事の仕事に似ていなくもない。妻の名前は都子。彼の奥さんも安田典史巡査と同じく若年性アルツハイマー型認知症に侵されていた。そして彼も医師からエタニティのアルツハイマーの治験を勧められ、治験に参加した。ただ、安田典文とは決定的に違うことがある」

景子は答えを求めるように幡山泰二を見つめた。

「彼の奥さんは、治験に参加した結果、副作用で死亡した。もうこの世にはいない」

「なんで！」その言葉を拒絶するかのように景子が声をあげた。

「じゃあ、なんで安田典文の警察手帳を、この人が持っていたっていうの？」

幡山泰二に向けられた景子の声は、悲鳴のような金切音だった。

「ここからは想像も入るがな」落ち着いた声音で幡山泰二はそう言い置き、説明を始めた。

「峰田と安田は同じアルツハイマーの会に入っていた。互いに年齢も近く、同じ病を抱える若い妻をもった二人は相談し合うようになったんだろう。そして彼らは共に、妻に治験を受けさせることを決めた。結果、彼の妻は死亡し、安田典文の妻は死亡こそしなかったものの、症状を悪化させて治験は終わった」

「そんな……」景子が放心したようにつぶやいた。

「その後、安田の方は妻を実家に奪われ、心を病んで失踪することとなる。その前に、安田は彼に警察手帳を渡したんだと俺は予想している。安田は仕事熱心で知られ、刑事の仕事に強い誇りをもっていたそうだ。そんな安田にとって、警察手帳は返すよりも誰かに持っていてほしかったのかもしれない。その相手として、安田は同じ病の妻をもち、苦しみを共にしてきた彼を——峰田を選んだ。その後、彼はホームレスとなったが、自分の身分証はすべて捨て去っても、安田の警察手帳だけは捨てるに捨てられなかったんだろう。

それをお前たちは勘違いし、峰田を安田典文本人だと思った。彼も訂正しなかった。サトウの話じゃ警察手帳は水を吸ってぼろぼろだったんだろう？　しかも二十年も前の白黒写真だ。今の彼はやせ細り、太った姿も想像しにくい。そして何より、妻がアルツハイマーでエタニティの治験を受けていたという、あまりに特殊な安田との共通点が、お前たちを勘違いさせた」

景子はもう何も発しなかった。ただ、バッグを強く握りしめる革の軋む音だけが小さく聞こえた。

「俺たちは安田典史と峰田聡二郎のことを調べていた。サトウから彼の本名は安田と言われ、彼もそれを認めた。だから俺たちも彼を安田なのだと思っていた。峰田の方が虚言だったのだと。だが、彼の目的が奥さんの治療ではなく、俺の殺害にあると知った今、わかったんだよ。彼は安田典文ではなく、峰田聡二郎だと。そんな彼がなぜ、自分の妻がすでに死亡しているにも関わらず、妻の治療を条件とした俺の捜索を受け入れたのか。——行き着く答えはひとつだ」

幡山泰二は確認するように俺に首を傾げて見せた。

「復讐だ。アルツハイマー治験薬を無謀に推し進めた首謀者である俺を見つけ出して殺す。彼はその目的のためだけに、俺を、幡山泰二を探すことに同意したんだ」

俺は思わず笑みをこぼした。幡山泰二の推測が、あまりにも的を射ていたからだ。そうだ。俺がここまで来たのは、都子を治すためではない。都子は三年前、あの治験で死んだ。もう都子の治療などできない。

「モッちゃん？」

やっと辿り着いた獲物を前に、俺の体内で黒い炎がゆらめく。

「その通りだ。俺は都子の、妻の仇を取るためにここまで来た」

「モトキの言う通りだったな」幡山泰二が脱力したようにつぶやいた。

「モトキは、あんたのことを峰田なんじゃないかと言っていた」

モトキが最期に、俺のことを「ヤッちゃん」ではなく「ミネちゃん」と呼んだことを思い出した。確かに彼は見抜いていたのかもしれない。だがそのモトキも、もうこの世にはいない。

「今さらな話だ。もういいだろう。終わりにする。幡山泰二」

「――聞いていいか？」緊張感のない声で幡山泰二が言った。

「なぜ、あんたはそこまで奥さんに固執する？　奥さんが復讐を望んでいるとでも、本当に思っているのか？」

幡山は心底疑問に思っているような顔をしていた。

都子の最期。あの別人のように腫れ上がった顔が、脳裏に浮かんだ。

殺しておいて。あんなむごい姿にしておいて――

怨嗟のたけびが、脳天を突き上げるのがわかった。口から呪詛が漏れそうになるのを堪える。

すべてを、このナイフの切っ先に込めて殺す。

ただ一言だけ、俺は口にした。

「あんたにはわからんよ……」

噴き上がる黒炎の中に、都子の顔が見えた。

都子に二度、人生を救われた。学生時代にフェンタニル中毒から脱した後、俺は再びフェンタニルに手を出しかけたことがあった。九年前、結婚二年目の二十六歳のときだ。食品関係の会社で働いて俺は当時、仕事で壁に直面していた。上司に見込まれ、若くして人事部人材開発部の課長となったが、うまくチャンスを生かすことができなかった。想像以上の嫉妬と自身の能力不足に直面し、仕事は空回りし続けていた。半年もしないうちに、十キロ近く痩せ、見込んでくれた上司の視線が落胆に変わり始めた頃だった。心身ともに限界だった俺の頭には、かつて溺れたフェンタニルがかすめるようになっていた。

脳の奥深くに刻まれた、残酷なまでの幸福感。人間が自身で作り出すことは、どう足掻いてもできない人知を超えた快楽。あれがあれば。頭の中に信じられないほどの幸福が溢れ出す。あとはただ黙って横たわっていればいい。すべてを忘れられる。理性ではそんなことをしても意味がないとわかっている。だが、意味があるかないかなんて、そんなレベルのものではないのだ。一度でもやってしまえば、もうきっと戻れなくなる。いや一度くらいなら。この針のむしろのような状態を一時的に忘れるためだ。それが終われば必要もなくなるから。

「聡ちゃん、大丈夫？」

フェンタニルへの欲求に取り憑かれ始めたとき、都子は俺にそう聞いてくるようになった。仕事がうまくいかなくなってから、時折聞いてくるようになったが、そのころになると、うるさいほどだった。

「大丈夫だから」そう答えながら、俺はフェンタニルを探し始めた。

そう簡単に手に入るものではなかった。ネットや、噂のある店に出向いたが見つけられず、俺はついに、二度と会わないと決めていた昔のバイヤーに連絡をとった。バイヤーはすでに商売から足を洗っていた。だが現役のバイヤーを紹介することはできるという。俺は高額な紹介料を払い、会えるという店を聞いた。

その日はやってきた。今夜、フェンタニルを手に入れる。それは新しい恋人に会う感覚に似ていた。社内で浴び続ける吐き気のするプレッシャーも、どこか楽しいとさえ感じることができた。あれさえ手に入れれば、すべてが大したことではないと思えることがわかっていたからだ。俺は昂揚した気分で会社が終わるのを待った。

勤務終了後、ともすればスキップでも始めかねない自分を抑えながら、俺は会社を出た。エレベーターを降り、エントランスを揚々と出て行く。さあ急ごう。いつまでバイヤーがその店を拠点にしているかわからない。やばいと思えば、今夜にも姿を消してしまう。急ぎ足でビルを出た。

だが、ビルを出たオープンスペースで俺は足を止めることになった。

都子が待っていた。

「……どうした？」

「聡ちゃん、どこか行くの？」

「ん……ちょっと友達とこれから会う」

「嘘」「嘘じゃない。なんだよ急に？　なんかあったのか？」

「ううん。じゃあ私も行く。紹介してよ」

「今度な」「ううん、今日がいい」

「いや」と押し問答が続いた。最終的に言い訳ができなくなった俺は、今日は自宅に帰ると答えて一緒に帰った。

それで終わりではなかった。翌日も都子は会社の前で待っていた。その翌日も、さらに翌日も。俺は早退して、姿をくらませることを考えた。昼過ぎに、体調不良で会社を出る。にもかかわらず、都子はすでにいた。俺はあっけにとられながら、体調が悪いんだと一緒に帰った。それから十日間。毎日、都子は会社の前で待っていた。一緒に帰る途中、俺は都子に聞いた。

「お前、会社行ってるのか？」

俺たちは共働きだった。都子の勤める会社は、フレックスである程度の時間は自由がきくと聞いていたが、それにしてもと思っていた。都子はあっさりと答えた。

「辞めたの」

「は？」「だから辞めた」

「なんで？」「なんでもいいでしょ」

本当は理由なんて知っていた。俺の欲望を都子は見抜いている。再びあの世界に戻ってしまわないため、彼女は上着でも脱ぐように自身のキャリアを捨て去っていたのだ。

だが、その時の俺はフェンタニルのことしか考えられなくなっていた。いら立ちまかせて声を荒げた。

「ふざけんな。仕事を辞めたって？　どういうことだよ。お前、全部俺に面倒見てもらおうとでも思ってんのか」

八つ当たりだった。自分でもわかっていた。都子がびくりと肩を震わせて立ち止まる。うつむき、両手で拳を握りしめて何か言った。

「なんだよ？」いら立ちを隠すことなく、俺は強い言葉を投げた。

都子の顎先は震えていた。小さな声。だがそこには譲らない決意を宿した瞳があった。

「……負けない。負けないんだ。絶対あなたを、あんなとこに戻したりしない。ぜったた――」

そこまで言ったところで張りつめていた顔が壊れた。都子は堰を切ったように声をあげ、路上で泣き出した。そして息を荒げながら俺を睨み、振り絞るようにありったけの声を張り上げた。

「私は、絶対に、あなたを失くしたりなんかしない」

すべてをさらけ出した剝き身の、都子の涙と鼻水だらけの顔。

その顔を見た瞬間、俺の中の欲望が音を立てて霧散するのがわかった。

同時に、思った。

俺のすべてを、都子に捧げる。

それから二年後、都子はアルツハイマーに侵された。都子の日記に書いてあったことが今でも忘れられない。

私を忘れないで――

しばりつけたくて書いたわけではないことはわかっている。実際、都子は日記を俺に見せようとはしなかった。本音ではあっても、死んでいく自分が言うものではない。消えゆく自我の中でも、都子はそう思っていたのだろう。

しかし、だからこそ。

俺の命は、都子のためだけに使う。そう強く誓った。

「死ね」

意外なほど無機質な声が、自分の口から漏れた。

幡山泰二。外道な治験を強行し、挙句の果てに逃げ出した都子の仇。その後どう改心しようと、罪は変わらない。都子はもう戻らない。

俺はナイフに力を込め、襲いかかる獣のように前屈みになった。

それでも幡山泰二に動揺の色は見えなかった。幡山は縛られた両手を、ゆっくりと俺の前にかざした。

「待て。お前はまだ景子の嘘を聞いていない。それを聞いてからでも遅くはないだろう？」

「興味はない」

俺の返答を無視し、幡山は語り始めた。

「さっきも言った通り、俺はアルツハイマー治験薬のデータなど持っていない。そもそも違法とはいえ、治験とは完成した薬の実効性をみるためのものだ。つまり景子たちの薬は、薬効はともかく完成している。そんな薬に別のデータなどあっても意味はない。別のデータを使うなら、また治験のやり直しだ。意味がない。景子は最初から嘘をついていた」

だからなんだと思った。もうどうでもいいことだ。あの世でほざけ。俺はふくらはぎに力を込めた。その時、背後の景子が声をあげた。

「確かに私は、安田さんをだましました」

すでに俺にとって雑音に過ぎなかった。ただ、わずかに引っかかった。景子の声音には、謝罪よりも、弁明の方が強く感じられたからだ。彼女らしくない。そう思った。景子は焦っているようだった。

「兄はアルツハイマーのデータを持っているはずです。確かに兄の言った通り、現在治験を行っている薬にデータは使えません。正直、事故の被害者の方たちには間に合わないと思います」

景子の言葉に、俺は自然と足に込めた力を弱めた。

「それでも、今回の薬がうまくいかなった場合に備え、次の薬のために必要なんです。それしか私たちの罪を償う方法はないんです」

次の薬か。それは、俺が本物の安田典史だったとしても、安田の奥さんが救われることはなかったということだった。彼も報われないな。哀しい現実に、今はどこで何をしてるのわからない安田を思い、俺は哀れんだ。最後に彼に会ったとき、彼の心はすでに死んでいた。あの施設に行ったのが、彼でなく俺でよかったのかもしれない。こんなクソみたいな希望を掴まされなかっただけ。

「私たちの罪？」幡山泰二が一閃するような声をあげた。

「違うだろう？　罪を償うべきは私たちではなく、お前だけだ」

幡山は唾を吐くように景子に言った。

「いつまで演じる気だ？　本当のお前を見せたらいい。どす黒い欲にまみれた姿を」

幡山は俺に視線を移す。

「言っておく。俺はアルツハイマー治療薬の研究には一切携わっていない。チームになんの干渉もしていない。ずっと癌専門だった。あんたの奥さんを殺した治験薬は、俺が強引に推進したと記事で読み、景子からもそう聞いたんだろうが、真実は少し違う」

それは違わない。俺は口にするのも億劫だった。幡山泰二はアルツハイマー型認知症の創薬チームに干渉した。研究所の統括責任者という立場と、筆頭株主の一族という力を利用したのだ。動物実験で副作用があったにも関わらず、強引に治験を進めた。その事実は景子や複数の記事で確認しただけではない。都子の担当医師が、そのコネを使って秘密裏に得ていた情報でもあった。死を目の前にした人間の言い訳など、なんの信憑性もなかった。俺は即座に嘘だと切り捨てたが、幡山はなおも続けた。

「あんたの奥さんが治験の副作用で死亡したのが三年前。その半年後、エタニティは俺の失踪を発表した。その際の失踪理由には、俺が拙速に治験を進めて死亡事故を起こし、その責任を感じたためではないかと含みを持たせた」

その通りだ。何も間違っていない。俺は内心でつぶやいた。

「だが、実際に俺が失踪したのは治験が始まる一年前、今から四年前のことだ。事実、俺の論文は六年前を最後に発表されていない」

俺は片眉をわずかに上げた。思わず詰問する。

「だからなんだ？　六年間論文を発表してないことが、四年前に失踪していた証拠になるとでも？」ただのスランプ。業界の通説だった。

「俺が失踪した四年前に、エタニティが俺の失踪を発表しなかったのには理由がある。当時の俺は異様なほどの期待を向けられていた。経営陣だけでなく株主からも。筆頭株主には、俺の父親や親族の関連会社だ。俺が失踪したとわかれば、エタニティの株価は急落する。幡山家とエタニティはそれを恐れた。経営を支える新薬を開発できていないエタニティにとって、耐えきれないほどの打撃を受ける可能性があった。だから俺の失踪を公表しなかった。失踪よりは、スランプの方がまだましだと隠し続けたんだ」

俺は喜多見図書館で読んだ記事を思い返した。

『同社の窮地は、日本の創薬の歴史を変えるとまで言われた幡山泰二のスランプから始まった。同社への入社当初から頭角を現した幡山は、三十九歳の若さにしてエタニティつくば創薬研究所の統括所長に就任した。幡山を先導とし、癌治療の革新的な抗体医薬の研究着手の発表が行われ、株価はうなぎ登りだった。しかし六年前を境に発表は完全に鳴りを潜めた。業界では幡山のスランプが囁かれ始めた』

幡山泰二はしゃべり続ける。

「その後、エタニティはアルツハイマーの臨床試験で死亡者を出した。ただでさえ危うい状態にある会社の息を止めかねない致命的な事故だった。マスコミは次第に声を小さくしつつも、なかなか糾弾の手を休めなかった。長引かせれば、隠蔽していた動物実験の副作用を無視して治験に踏み切った事実が明るみに出る可能性があった。それはエタニティの死を意味する。マスコミの報道を収束させるには、罪をかぶるスケープゴートが必要だった。

誰が適任か？　無責任に失踪した奴にかぶってもらえばいい。それが俺だった。会社と一族ぐるみで失踪を隠していたことが功を奏した。そうして俺は、アルツハイマーの治験を強行したあげく死亡事故を起こし、さらには罪悪感から失踪したスケープゴートに祭り上げられた」

「信じられないな」

わずかに芽生えた疑念を無視し、俺は言い捨てた。幡山はそれでも表情ひとつ変えず、話を続けた。

「では誰があの治験を進めた？　知っているだろう。もともと、景子はアルツハイマー治療薬のメンバーのひとりだった。だが、治験を始める直前に自らチームを外れた」

それは真実だ。景子はアルツハイマー治療薬に口を出し始めた幡山泰二が、動物実験の副作用を無視して治験に踏み切ったのを機に、自らチームを去った。

「チームから外れたのには理由がある。景子があの研究チームの実質的なリーダーだった。そして動物実験で副作用が出ていることを知りながら、治験を強引に推し進めた張本人でもあったんだ。だからこそ、万が一重大な問題に発展したときのことを考え、チームから外れた。うまくいったら戻って実績とするつもりだったんだろう。景子ならそれができる。俺と同じくエタニティの筆頭株主である幡山家の人間ならばな」

俺の斜め後に立つ景子に、幡山は目を向けた。

「なにか違っていることはあるか？」

幡山の問いに、景子の返事はなかった。俺は景子の表情を見たいと思ったが、幡山泰二から目をそらす愚行はおかさなかった。

「薬を完成させることこそが、罪を償うことになる。景子、お前はさっきそう言ったな。笑わせる」

そう言うと幡山は、景子から俺に視線を戻した。

「ほとんど改良もできていない同じ薬で治験をやるのは、あんたの奥さんを治験したときからなんの反省もしてないからだ。いや、もっと悪くなっている。失敗したときに黙らせることができると踏んでホームレスを治験者に選んだんだからな。景子は本物だ。純粋なる欲望者なんだよ」

きゅう、と背後でバッグを握りしめる音が聞こえた。それでも景子は反論しなかった。

「欲望に忠実な人間が金の次に欲しがるもの。それは名誉だ。あの女は欲しかった。画期的なアルツハイマー治療薬を完成させたという名誉が。そしてそれを手に入れる前から、次に自分が欲しくなるものに気づいていた。古代の支配者が欲しがったものと同じだ。それが偶然にもすぐそばに、それも極端な形で存在することに気づいた。なぜ、景子が俺を必死に探したと思う？」

幡山は俺に問いかけてくる。

「景子は最初から知っていたんだ。超寿命薬——Mermaid-Cocktailの存在を」

なおも景子は黙っていた。なぜ反論しない？　振り返りたかった。なにか言ってくれ。俺は拳を握り込んだ。

「Mermaid-Cocktailを世界に売り出せば、掛け値なしの世界一の億万長者になれる。金、名誉、権力、うまくやればそのすべてが手に入る。すべてを手にした超寿命の存在。景子は失踪直前の俺のパソコンデータを盗み見て知っていた。俺が何を作り、姿を消したのか。世界がどうなろうとその女には関係ない。エタニティや幡山家の力を使い、それはそれは必死に俺を探してくれた。エタニティ上層部や父親には、俺が金を生み出す創薬データを持ち出したとでも言ったんだろう」

幡山泰二の縛られた両手の指先が、俺の背後の景子を指さした。瞳だけを俺に向け、射貫くように見つめてくる。

「信じるかどうかはあんた次第だ。だが、その前によく見てみろ。四十歳手前にもかかわらず、二十歳そこそこにしか見えないあの顔に、一千万円近くかけてメンテナンスされた小綺麗な顔に浮いているものを」

俺はモトキが死に際に残した言葉を思い出していた。

――信じるな。

それはどっちのことだ？

俺はもう我慢できなかった。一瞬だけと振り返った。景子はどんな顔をしているというのだ。この男が言っていることに、真実の一端でもあるのか？　彼女の顔に浮かんでいるものを、この目で確かめずにいられなかった。

景子と目が合った。彼女の顔にはなんの表情もなかった。実年齢とかけ離れて見える陶器のような肌。人形じみた無表情が、こちらを見ていた。

そして景子と俺の間には――銃口があった。

彼女の人差し指がぴくりと動く。

ちか、と閃光が見えたと思った瞬間、額の左側に衝撃が走った。強烈な弾丸の力に、拳で殴られたように俺は頭を捻りながら半回転した。景子から背を向けるかたちになったところへ、後頭部と首筋に二度の衝撃。痺れたように俺はその場に倒れ込んだ。床に全身をしたたかに打ちつける。意識はあったが、身体がぴくりとも動かなくなった。頭と首筋から熱い液体が流れ出すのを感じた。

「くそ」と低い声が聞こえたかと思うと、よれたジャージが目の前を駆け抜けていく。

幡山泰二の足だった。

何かが割れる音。熱したフライパンの上に水を落としたような音。

「いぎぃぃぃぃぃ」糸をひくような景子の叫び声。

カシャリ、カシャリ、と金属の擦れる発射音。

再び、熱したフライパンの上に水を落としたような音。

静寂が訪れた。

そのうち、ごそごそと何かをしている音が聞こえ始めた。

舌打ち。液体をこぼすような音。

確認したかったが、脊椎をやられたのか首から下が動かなかった。眼だけを動かすが、視界には何も入って来ない。

ふいに鼻が刺激臭を感じ取った。灯油。それが景子と幡山泰二のどちらかはわからなかった。どちらにしても俺を焼き殺すことにしたようだ。

引きずった足音とともに、視界に入ってきたのは幡山泰二だった。

足首には血が滴っていた。視線を上げると、幡山が作業台を背に、俺の目の前に座り込むのが見えた。腹を撃たれたらしく、ズボンの半分が真っ黒に濡れていた。

「あの女は死んだよ。酸を浴びせてやった。——俺も撃たれたが」

幡山は寒気がしたように身を震わせて言った。

「本当にすまなかった。こんなことに巻き込んで。できれば、あんたを奥さんの呪縛から解き放ってやりたかった。だが、もうそれはできない。悪いが、あんたも俺と一緒に、この施設ごと焼かれてもらう。――すまない」

頭を下げる幡山泰二の真っ白な頭頂部が見えた。床に頬をつけたまま俺は「あ」と声を出してみた。掠《かす》れていたが声は出た。

「死ぬ前に教えてくれないか。本当に景子が……都子を、妻を殺した治験を進めた張本人だったのか？」

「本当だ」幡山泰二は憐れむように頷いた。

「あの女は、Mermaid-Cocktailを――すべてを手に入れようとしていた。危険だった。だから殺害を計画した。一度目は失敗してな。それからあのサトウって男がいつもつくようになった」

景子を殺そうとしたのは、幡山泰二だったのか。

「レインボーマンの話は聞いたか？」幡山が聞いてきた。「ああ」と俺は答えた。

「不意打ちはきかなくなったんでな。おびき出すことにした。あえてレインボーマンの発表論文に、景子が気づける俺の文章の癖を入れておいた。それをきっかけに新宿のホームレスに辿り着けるように、特定のネットカフェだけを使用して罠を張った。予想通り、妙なボランティアが新宿界隈に現れるようになった。それが違法なアルツハイマーの治験を兼ねていたことには驚かされたがな。予定では頃合いを見計らって仲間を施設に送り、俺の情報を流させて景子だけを呼び出すつもりだった。あの女のことだ。Mermaid-Cocktailの真実は誰にも言っておらず、ひとりで行動するとふんでいた。そこで殺すつもりだった」

そこまで言ったところで、幡山泰二の上身体が、ずるずると横に滑り床に倒れ込んだ。その顔色は真っ白だった。

「意識が飛びそうだな……。本当ならあんたにここを見せ、仲間になってもらおうと思っていた。モトキがそれとなく超寿命の話をしていたのはそのためだ。いきなり信じられる話でも受け入れられる話でもないからな。だが、あんたには俺たちが予想もしていなかった過去があった。エタニティに奥さんを殺された過去が。あんたはひとりで動き出してしまった。うまくコントロールするつもりだったが裏目に出てしまったよ……」

幡山泰二は自嘲するように白い笑い顔を作った。

「あの女は天才だった。人をたらしこむことのな。相手の欲する人間像を演じるきることができる。父親が欲する無垢な娘を演じ、幡山本家の叔父の前では知的で色気のある女を演じて、父を介さない人脈を作り上げていた」

俺は景子が言っていたことを思い出した。

——兄は間違いなく天才でした。そういう意味では、もし演じる必要があれば、思った通りの人間像を相手に抱かせることも難しくないと思います。

演じるということにかけては、景子こそが天才的だったのだ。俺も同じくだまされていたということだ。思わず乾いた笑いが出た。

幡山泰二の呼吸が浅く速くなってくる。それでも彼は話を続けた。

「本当ならプラスチック爆薬で一気にいきたかったが、うまく作動しなくてな。痛みを伴う方法で申し訳ない。今の世界にMermaid-Cocktailを残すわけにはいかない」

辺りに強い灯油の臭いが漂う理由がわかった。死ぬのは構わなかった。目的も意図しない形ではあったが、果たすことができた。

「最期にこれを」幡山泰二は手にしていたものを差し出した。「あんたが峰田とは思ってなかった。それで渡し損ねていた」

年季の入った小さな日記帳だった。

「なんだそれは？」そう尋ねながらも、見た記憶があると思った。

「あんたの奥さんが書いていた日記だ。記憶にないか？」

やっぱりそうか。俺は歯を食いしばり、腕に渾身の力を込めた。痙攣しながらも、左手が動いてくれた。震える指先に日記を受け取る。

手を震わせ、ぱらぱらとめくった。都子の日記に間違いなかった。日によって精神状態が違うのだろう。「私をずっと忘れないで」「早く私を忘れて」「好き」「嫌い」それが交互に、せめぎ合うようにノートを埋めていた。ページをめくるごとに、少しずつ文字の乱れが増えていく。最後は意味をなさないミミズのような線が続き、尻切れに終わっていた。次第に形を失っていく字の変わりようが哀しかった。

「最初のページを——」幡山泰二が言った。

なぜだと思ったが、俺は一ページ目を開けた。そこには、まだしっかりとした字体で、彼女の宣誓が書かれていた。初めて見るものだった。

聡ちゃんへ
私は病気になりました。自分なりに調べたけど、もうよくなることはないみたい。これからおかしな言動も増えていくって。だから今のうちに書いておきます。ここに書くことが私の本当の気持ち。わかった？　では。

今まで本当にありがとう。私はあなたと過ごせて幸せでした。

最近よく思い出すんだ。まだつき合う前の大学生の頃のこと覚えてる？　私はよく覚えてるよ。私って変に目立ってて、まわりからいろいろいじられてたよね。あの頃、周りにとけ込みたくって必死だったんだ。それでいつも空回りしてた。バカにされてるなってわかってたけど、気づかないふりしてた。ひとりぼっちになるよりはいいって。聡ちゃんは、それが嫌いだったよね。私の前で、いつもイライラしてたのわかったもん。ちょっと怖かった。

でも、聡ちゃんがイライラしてたのは、私にじゃなかった。

いつか言ってくれたよね。別に助けようなんて思ったわけじゃない。おまえを笑っている周りの奴らに、そしてその場にいる自分にイラつくんだって。聡ちゃんは、そう言って助けてくれた。失敗すれば、自分も同じ目にあうかもなんて、聡ちゃんきっと考えてもいなかったよね。ただ、ムカつくって私を助け続けてくれた。変な人だと思った。私のこと好きなのかもって。

でもそうじゃなかった。ただただ、聡ちゃんはそういうことが心から嫌いだったんだ。そして好きになってたのは、私の方だった。

聡ちゃんは、わくわくすることが大好きだったよね。いろんなことに興味をもって、楽しいなってよく笑ってた。変なものに興味をもって苦労させられたこともあったけどねえ。私は聡ちゃんが大変だったとき思ったよ。

負けない。絶対負けないんだ。私は絶対にあなたと笑って暮らすんだって。

聡ちゃんは、ちゃんと立ち直ってくれたよ。

それなのに。

ごめんね。私の方がだめみたい。

そう遠くない未来。私はいなくなる。いなくなるんだ。

これからはね。聡ちゃんが楽しいと思うことをして生きて。あなた自身のために。ちゃんと再婚するんだよ。うーん。ちょっといやだけど、絶対再婚だよ。わかった？

ごめんね。無理ばっかり言って。でもこれだけは言えるよ。

私はあなたと出会って、とても人生を楽しんだんだ。少なくとも私は心底楽しんだもん。

ありがとう。本当にありがとう。

これだけは約束して。これからは私ではなく、あなたのために。

あなたが、あなた自身がわくわくするような人生を。

ぜったいだよ。約束だよ。

都子

俺は日記帳を閉じた。まだ涙腺は機能しているらしく涙が流れた。

「あんたら夫婦を調べているうちに感じたよ。奥さんはあんたの幸せだけを望んでる。たとえエタニティにどんな憎むべき不正があったとしても、復讐してほしいなんてよぎりもしなかっただろうって」

幡山泰二は小さく息を吸った。

「こんな土壇場になって渡すことになって申し訳なかった」

「これをどこで?」

「奥さんの姉だ。話を聞いているうちに日記帳があることがわかってな。結構頑固な人でな。なかなか譲り受けることができなかった。もうあんたを許してやってくれないかと頼み続けてやっとな」

どこかに消えてしまったと思っていた都子の日記帳は、都子の姉が持っていたのか。都子の姉は、妹を心から愛していた。だからこそ、俺を恨んだ。治験を了承した俺を心の底から。

「人生とは皮肉だな。死の間際に、こんな贈り物があるとは」

「そうだな、人生はままならない」幡山がぼそりと言った。

「ままならない、か」その言葉がなぜかしらおかしく俺が笑うと、幡山も笑った。

ひとしきり笑ったところで、幡山が聞いてきた。

「そろそろいいか?」

彼の手にはライターが握られていた。その足元には灯油が流れてきている。

俺は頷き、最期に尋ねた。

「——あんたたちの計画はこれで潰えるのか?」

彼らが彼らなりに未来を思い、願ったことは消えてなくなってしまうのだろうか。

幡山泰二は親指に力を込め、ライターに火をつけた。

「続きはあの世で話そう。泡沫の友」

どこかで聞いたことのある言葉を終に、彼の体から一気に炎が立ち上がった。幡山泰二は火に包まれ、俺は頬にその熱を感じた。

終わりが来た。
ほのかな充足感が俺の全身を包んでいた。
最期に、囁くように思った。
都子——今から行くよ。

第十二章　未来

1

目を開けると、そこは光に溢れていた。

ここは？　見慣れない景色に俺は視線を巡らせた。ベッドを囲むピンク色のカーテン。窓の外にはビル群。

「お熱測らせてくださいー」少し離れたところから女性の声がした。

顔を上げようとすると、首の辺りに鈍痛が走った。痛みを堪えながらベッドの端に手をかけ、顔を上げる。同時にカーテンがひかれ、ノートパソコンを乗せたキャスターつきのラックが目に入った。

「失礼しま――」言いかけた看護師の格好をした女性と目があった。その顔に驚きが表れる。

「目が覚めたんですね」

胸ポケットからＰＨＳを取り出すと、「ミネダさん、意識戻りました。先生を呼んでください」と誰かに伝えた。俺は身体を起こされ、痛みの症状など看護師の質問に答えていると、白衣をまとった年配の女性医師が現れた。その医師と話しているうちに、この病院に連れてこられた自分の状況が少しずつわかってきた。

俺は新宿中央公園からかなり離れた神田川近くの路上に倒れていたという。一一九番をした通報者に、血だらけで朦朧としながらも俺は自身の名前を名乗ったそうだ。ただ、救急車が到着したときには、通報者の姿は現場になかったという。

病院へ搬送された俺の頭部には、三ヶ所の深い傷があった。一つ目は額上部左側の傷。二つ目は後頭部のつむじ近く。三つ目は首筋。一つ目と二つ目は頭蓋骨に沿って走る裂傷で、三つ目は刺されたような刺突傷だという。

何があったか覚えているかと聞かれたが、俺は記憶がないとぼかした。医師は、先端の尖ったバールの様なもので殴られたのではないかと説明した。首筋はもう少し位置がずれていたら、脊椎をやられて全身不随になる可能性もあったという。

医師の質問に答えている間、俺は考えていた。景子に撃たれた銃創は、バールで殴られたものと解釈されていた。頭部の傷は、当たった角度がよかったのか、銃弾が頭蓋骨の中には入らず、頭蓋骨の上を滑ったのだろう。威力が低い銃弾だったことも幸いしたのかもしれない。ただ、首に撃ち込まれた銃弾は体の中に残っていそうなものだったが、医師は何も言わなかった。

最後に飯は食べられそうかと聞かれ、頷くと腕の点滴を抜かれた。しばらくは粥だという。今日の日付を聞くと、あれから三日が経っていた。後日、警察が事情を聞きに来ると言っていたと俺に伝え、医師と看護師は部屋から出て行った。

ひとりになった俺は窓の外に目をやった。街の喧噪が窓越しに小さく聞こえる。この病院は新宿の繁華街に建っていると聞いた。病室は高階層らしく新宿の街並みがよく見えた。穏やかな陽が街に落ちる中、その下で行き交う人々を目にしながら思った。

なぜ俺は生きている。俺は幡山兄妹と一緒に燃えたのではなかったのか？

あの場所は、エイトハンドレッドはどうなったのだろう。あれだけのことがあったのだ。地下施設は火に包まれ、その煙が雨水貯留施設の配管を通じて地上に上がったはずだ。テントの火事もある。ニュースになっていてもおかしくない。そう考え、俺はベッド脇に設置してあったテレビのスイッチに手を伸ばした。午後のワイドショーの時間帯でもある。三日前なら、まだそのニュースを取り上げるかもしれない。

スイッチを入れる。目に飛び込んできたものは、俺の予想を超えたものだった。

『検証！　新宿中央公園陥没事故』

大きなテロップが画面を埋めていた。そのバックではヘリからの映像が流されている。それは新宿中央公園のジャブジャブ池の辺りが消失し、大穴が開いている映像だった。エイトハンドレッドと雨水貯留施設のあった辺りだ。天井に位置する公園部分がごっそりと消え失せていた。大穴の底には大量の土砂と瓦礫に交じって、遊具などの残骸が見て取れる。

「ホームレステントの火事とジャブジャブ池の陥没。これらには関係があるんでしょうか？」

司会者が隣の男に尋ねた。中年のコメンテーターが訳知り顔で答える。

「警察は無関係と考えているようです。まあ、規模も内容も違いますからね。私も関連はないと思いますね」

「ですが、テントの火事では身元不明の遺体が二体も見つかっていますよね？　ジャブジャブ池の方はテロなんて声までありますし、本当に無関係なんでしょうか？」

「可能性は低いと思います。テントの遺体は、テントで暮らしていたホームレスの方のようですし。火災による損傷がひどくて死因はまだ特定できていないようですが、火の不始末が原因の焼死の可能性が高いようです。仮に犯罪だったとしても、若者のいたずらなどによる放火といったところでしょう」

「ジャブジャブ池の陥没についてはどうですか？」

「こちらもテロとは考えにくいですね。新宿中央公園の地下には雨水貯留施設という水害対策用の大きな空洞があるんですよ。天井にあたる公園は大きなコンクリートの支柱で支えられているんですが、その支柱の老朽化、あるいは構造的欠陥が陥没の原因じゃないかと。陥没した時に大きな爆発音を聞いたという近隣住人がいるそうで、それからテロだと疑う人もいるようですが、テロならもっと人が多くて被害が大きくなる場所を選定すると思いますね」

「そうですか。この二つの件は無関係で、テロでもないと」どこかしら残念そうにも聞こえる口調で司会者が言った。

「ええ。あと考えられるとすれば、不発弾ですかね」

「不発弾ですか？」再び司会者の口調が色めき立った。

「時々あるでしょう。戦時下の爆弾が埋まっていたって。でもあそこは雨水貯留施設を作る関係上、一度掘り返しているはずで、その可能性も低いとは思いますけどね」

「わかりました。あと気になる話がひとつ。公園が陥没したのは夜中だったので人気はなかったそうですが、あの辺りにはホームレスの方がテントを張ってたそうなんですよ。同時間帯に、反対側の公園であの火事があったので、ほとんどいなかったみたいですけど。それでも、一部の人は残っていたみたいです」

「それは初耳ですね。その方たちは大丈夫だったんですか？」

コメンテーターの方が興味を示す。

「それがですね。その夜ホームレス狩りが出ていたっていうんですよ。若い男がひとり、陥没した辺りにいたホームレスを相手に暴れたらしくて、残った方も逃げ出していたそうです。その直後に陥没したそうですから、不幸中の幸いとでも言うか――」

「たまには役に立つ不良もいるんですね」

スタジオの空気が緩和したところで、次に取り上げる別の話題が予告されてＣＭへと移った。

俺はテレビを消した。頭の中で浮遊する疑問をまとめようと、こめかみを強く揉んだ。新宿中央公園のジャブジャブ池周辺の陥没。幡山泰二はプラスチック爆薬がうまく作動しないために研究室ごと灯油で焼き払うと言っていた。火災であそこまで大きな陥没が起きるとは思えなかった。

ということは、あの施設にあった爆薬が爆発したのだろうか。灯油の火による誘爆が原因なのか。いや、それはありえない。かつて見たドキュメンタリーでは、プラスチック爆薬は非常に安定した物質であると言っていた。起爆装置で起爆させない限り、たとえ火にくべたとしても爆発はせず、ただ燃えるだけだと。だからこそ安全に使用することができると説明していた。

だとすれば、プラスチック爆薬を起爆させた人間がいるということになる。

誰が？　そしてなぜ、俺は生きているのか。俺の体から銃弾が見つかっていないのもおかしかった。少なくとも首には、誰かが摘出でもしない限り銃弾が残ったままになっているはずだ。あの状態から幡山泰二が動き出せたとは思えない。彼の全身が火に包まれ、燃えさかるのを俺は見た。

まさか、景子が生きていたのか？　俺は景子の死体を見たわけではない。いや、それはないだろう。景子があの時生きていたのなら、俺の息の根を止めないはずはなかった。俺を生かすにはリスクが大き過ぎる。俺は幡山泰二を殺そうとしていたのだ、今後は自分が命を狙われると考えたはずだ。

喧噪する新宿の街を見つめ、俺は沈思した。ひとつ引っかかることがあった。生前のザックの言ったことだ。ヌシこと幡山泰二は、ザックが幸田俊幸であり、Mermaid-Cocktail の副作用で肥満化し、精神の不安定化を起こしたと言った。確かに死の前日、俺が追い詰めたことをきっかけにザックはおかしくなった。だが、断片的ではあったにせよ、ザックの言ったことに嘘はなかった。エイトハンドレッド、悪魔の卵、トランスジェニックニワトリ、ヌシの金庫。すべてが実在していた。そのザックが言っていたことがある。

——俺は違うぞ。本当だ。信じてくれよ。俺はまだ人間を捨てちゃいないんだ。

——あの卵は悪魔の卵。俺には無理だった。

あの言葉は、ザック自身は超寿命化していないという意味ではないのか。将来的に Mermaid-Cocktail を身体に入れるつもりではあったのかもしれない。だからこそ、あれだけの宗教者や哲学書を読んでいたのだ。しかし、彼の精神は、未来はおろか現在にも耐えられなかったのではないか。

ザックは超寿命化していない。では、ザックは幸田俊幸ではあったのだろうか？

俺は目を閉じ、ゆっくりと今までのことを反芻した。

モトキは、ザッコクが六年前に新宿中央公園に来たと言っていた。モトキに対立していたヤマザキもそう言っていたので、信憑性は高い。

モトキとヤマザキ。それぞれが言っていたあのテントのメンバーが公園に来た時期を俺は整理した。彼らの言っていたことに食い違いはない。

八年前にモトキが公園に住み始め、六年前にザッコクが来て、四年前にサムライが来た、と。だとすると、ザッコクが幸田俊幸であるというのは無理がある。幸田俊幸は三年前に会社を辞めて姿を消した、と景子は言っていた。幸田俊幸の情報に関して、彼女が嘘をつく理由があるとは思えない。幸田俊幸が会社を辞めたのが三年前で、ザッコクが公園に来たの六年前。そうすると、幸田俊幸がまだエタニティで働いていた頃、ザッコクはすでに公園に住みついていたことになる。

幸田俊幸はザッコクではない――。

では、誰が幸田俊幸なのか。幸田俊幸が失踪した三年前に公園に来たのは?

誰もいない。だが、奇妙な行動をしている人物がひとりいる。

ヌシだ。ヌシは、六年前に姿を消して三年前に再び戻ってきた。これはモトキとヤマザキだけではなく、あの五匹の猫を飼っているキュウも言っていたことだ。キュウは、戻ってきたヌシと会わせてもらえないと愚痴をこぼしていた。キュウがヌシと会えなかった理由、それは別人がヌシになりすましていたから――。

「そうだ」俺は声を漏らした。一緒に飲んだときヌシは、黄昏が未来を開き、ガラスが未来を支える、と言った。そしてつけ加えた。俺の尊敬する人がよく言ってた言葉だ、と。

黄昏が未来を開き、ガラスが未来を支える。これはMermaid-Cocktailを作った本人の言葉のはずだ。ということは、ヌシはMermaid-Cocktailを作ってはいない。そしてヌシは、Mermaid-Cocktailを作った人物を尊敬していた。

「ヌシは幡山泰二じゃない」俺は自分に言い聞かせるようにつぶやいた。

三年前に戻ってきたヌシ。三年前に失踪した幸田俊幸。

ヌシの正体は幸田俊幸だ。

本当のヌシは失踪したきり戻ってきておらず、幸田俊幸がヌシとしてあの住処で生活を始めた。

背中に冷たい息を吹きかけられたような感覚があった。

ヌシが幡山泰二でないのならば。それなら、それなら一体、誰が幡山泰二なのか？

幡山泰二が失踪したのはいつだ？

ヌシは——幸田俊幸は言っていた。実際に幡山泰二が失踪したのは四年前だと。

「まさか」

俺は突き当たった真実に声をあげた。あの灰色がかった目、火傷のような皮膚。あれは副作用なのか。そうだ、皮膚の急激な老化があるのであれば、その逆もあるのではないか。抜けていた穴がことりとはまる感覚があった。

「ミネダさん」

ふいに声がかかり、俺は驚いて顔を上げた。先ほどの看護師が笑顔をこちらに向けていた。

「すみません。さきほど血圧測るの忘れていたので、測らせてください」

俺は呆然としたまま頷く。看護師は俺の腕に血圧を測る道具を巻きつける。黒いゴム球を握り、液晶パネルを確認しながら彼女は言った。

「弟さんから連絡があったので、目が覚めたとお伝えしておきましたよ。とても喜んでらっしゃいました」

「弟？」俺に兄弟はいない。

「ええ、今日の朝も来てたんですよ」

「はあ」俺はわけがわからず曖昧に答えた。

「でも今日は仕事がお忙しいそうで。言づけを頼まれました」

「言づけ、ですか？」

「ええ。えっと、そのうちに迎えに行くよ、悠久の友。ですって。そう言えばわかるからって。映画かなにかのタイトルですか？　しゃれてますけど」

看護師が笑う中、俺は半口を開け、呆然と室内を見回した。

朝来ていたという言葉に、鼻先に集中する。

室内に漂うアルコールの匂いに混ざって、嗅ぎ憶えのある柑橘系の香水の匂いが、幻臭のように残っている気がした。

2

男は新宿中央公園のテントの残骸を眺めていた。

進入禁止のテープが張り巡らされ、中に入ることはできない。テントを始めとした家財道具の何もかもが、黒炭に変わり果てていた。男は年齢には似合わないほど深い溜め息を吐いた。

「泣いてるのか?」

男が振り返ると、セキが立っていた。男はごまかすように首を横に振り、目の縁を手の甲で拭き取った。

「……全部失くなってしまったな」

隣に立ったセキが残骸を見つめながら、タバコに火をつけた。

「ええ、俺を守るために」

セキは男の言った意味がわからなかったようで、煙を吸い込むのを止めていぶかしげな視線を男に送った。だが男が答えずにいると、興味を失くしたらしく話を変えた。

「これからどうする? もうここにはいられないだろ」

男は黄昏の光を受けて眩しそうに目を細め、セキに答えた。

「また、一緒に生きる仲間を探します。仲間がいれば、時間を超えられる」

セキがふっと笑った。

「今日は、やけにしおらしいじゃないか」

「そうかな」

煙を吐き出し、セキは思い出すように語った。

「あんたと一緒で、あんたの仲間は小難しい話をする人ばっかりだったなあ」

「……だったかもね」

しばらくの沈黙ができた。

黄昏の光が、空のすみずみへと広がっていく。

セキが小さく口を開いた。

「俺もここを離れるんだ。知っていたかもしれんが、俺の妻は認知症でね。ついに俺のこともわからんようになってしまったよ。あの夜中に来てたボランティア、知ってるだろ？　彼らは新薬を研究している人たちなんだよ。送迎の若いのが教えてくれた。元自衛官らしくってね。俺も元自衛官だって言ったら仲良くなってな。もしかしたら治るかもしれないからって、そいつが本当の目的を教えてくれたんだ。藁《わら》にもすがる思いだったが、だめだった。つっぱって生きてきたつもりだけど、もう折れちまったよ。国の世話になる」

「……そう」

男の声が沈んだことに気づいたのか、セキはとりなすように肩を叩いた。

「あんたはまだ若いんだ。社会に戻ったほうがいいぞ」

「俺、実はそう若くはないんだよ」

「そんなこと言ってる間に、ほんとに歳喰っちまうぞ。もうここにはあんたの仲間は誰も残っていないんだ」

男の顔はまた沈んだが、何か思い出したように少しだけ持ち直した。

「いや、ひとりだけいるんだ。今、入院してる。彼なら、本当の仲間になってくれるかもしれない。泡沫じゃなくて悠久の友に」

セキは、タバコの先を赤く光らせながら首を捻った。

「ユウキュウ？　どういう意味だったかな。最近とんと言葉を思い出せん。俺もいかんな」

煙を吐き出しながらセキが笑うと、男も微笑して言った。

「果てしなく長く続くことだよ」

「果てしなく長く、か」

「うん」

セキはもう一度深く吸い込むと、長い煙を吐き出して目を細めた。男にどう答えてやるのがいいか、逡巡しているようだった。

「うん、うん。それもいいが、こんな生活を続けてたら人生なんてすぐに終わっちまうぞ。社会に戻った方がいい。ここで歳喰った本人が言うんだから間違いない」

そう言ってセキはまた笑って見せた。その叱咤と激励に、男は寂しい微笑を見せた。

「時期がきたらそうするよ」

男の返答にセキは短く息を吐き出し、あきらめたように笑った。

「そうか。早いほうがいいぞ」

「ありがとう。それじゃ、またどこかで」

男はきびすを返した。その背中にセキは言った。

「そうめげるなよ。あんたの人生はまだまだこれから長いんだ」

「うん、わかってる。長いよ。本当に」

片手をあげて答える男に、セキは最後の声をかけた。

「元気でな。――サムライ」

参考文献一覧

大沢幸一『妻が「若年認知症」になりました――限りなき優しさでアルツハイマー病の妻・正子と生きる』（二〇〇八、講談社）
岡田斗司夫『評価経済社会――ぼくらは世界の変わり目に立ち会っている』（二〇一一、ダイヤモンド社）
岸本忠三『新・現代免疫物語――「抗体医薬」と「自然免疫」の驚異』（二〇〇九、講談社）
近藤祥司『老化はなぜ進むのか――遺伝子レベルで解明された巧妙なメカニズム』（二〇〇九、講談社）
佐藤健太郎『医薬品クライシス――78兆円市場の激震』（二〇一〇、新潮社）
田平武『アルツハイマー・ワクチン――認知症予防・治療の最前線』（二〇〇七、中央法規出版）
三井洋司『不老不死のサイエンス』（二〇〇六、新潮社）
村田らむ／黒柳わん『こじき大百科――にっぽん全国ホームレス大調査』（二〇〇一、データハウス）
村田らむ『ホームレス大図鑑』（二〇〇五、竹書房）
村田らむ『ホームレスが流した涙』（二〇〇九、ぶんか社）
湯浅誠『反貧困――「すべり台社会」からの脱出』（二〇〇八、岩波書店）

【著者】植田文博（うえだ・ふみひろ）
1975年熊本生まれ。2013年に『経眼窩式』で第6回島田荘司選ばらのまち福山ミステリー文学新人賞を受賞、翌年同作刊行。『ミステリが読みたい！2015』（早川書房）で新人部門第3位入選。

エイトハンドレッド

●

2015年5月28日　第1刷

著者…………植田文博《うえだふみひろ》

装幀…………スタジオギブ（川島進）

発行者…………成瀬雅人
発行所…………株式会社原書房

〒160-0022 東京都新宿区新宿1-25-13
電話・代表03（3354）0685
http://www.harashobo.co.jp
振替・00150-6-151594

印刷…………新灯印刷株式会社
製本…………東京美術紙工協業組合

ISBN978-4-562-05165-6, Printed in Japan